KB238450

2013 제4회

젊은작가상
수상작품집

젊은작가상
수상작품집

2013 제4회

젊은작가상
수상작품집

김종옥 · 거리의 마술사

문학동네

： 차례 ：

김종옥

거리의 마술사

·
·
·

작가노트 마술이 필요하다

해설 신샛별 _ 2012년, 우리가 목격한 가장 슬픈 마법

김종옥
1973년생. 2012년 문화일보 신춘문예에 단편소설 「거리의 마술사」가 당선되어 등단. 소설집 『과천, 우리가 하지 않은 일』이 있다.

거리의 마술사

　남우가 바닥에 떨어졌을 때 복도 창틀에 매달려 그 모습을 지켜본 수많은 학생 틈에 그녀도 끼어 있었다. 학생들은 일제히 비명을 질렀고 붙잡은 것이 무엇이든 간에 더 꽉 움켜잡았다. 창틀이나 창턱, 친구의 손이나 맞잡은 손, 아무것도 잡지 않았던 손은 그냥 꽉 주먹이 쥐어졌다. 아마 그것은 저기서 떨어지는 사람이 순간적으로 자기 자신이라는 착각이 들었기 때문일 것이다. 그녀도 마찬가지였다. 나중에 그녀는 그것이 순간적인 착각만은 아닐지도 모른다는 생각이 들었는데 단순히 그들 내부에서 영원히 무언가 떨어졌다든지 그날 이후 그 끔찍한 복격으로부터 자유로울 수 없게 되었다든지 하는 비유적인 의미에서가 아니었다. 또한 그의 추락을 막지 못한 후회나 심지어는 그를 그렇게 내몬 것이 바로 우리 자신이 아닌가 하는 죄책감으로 떨어졌다는 의미도 아니다. 사실은 정말로 그들 모두가 바닥에 떨어진 것이다.

그녀는 이러한 생각이 아주 이상하다는 것을 깨달았다. 하지만 이것이 실제로 일어난 일이다, 하고 그녀는 생각했다. 그녀는 남우가 공중으로 뛰어올랐을 때, 그가 분명히 무언가 실패했을 때, 자신의 시도 속에서 영원히 추락했을 때, 그것을 바라보는 것이 너무나 끔찍했고 고통스러웠다는 사실을 기억했다. 하지만, 그후에 아주 기적 같은 고요가 찾아왔다. 남우가 만들어낸 마지막 소리가 지상에서 영원히 사라지고 학생들은 비명을 그치고 입을 다물었다. 숨소리조차 내지 않았다. 그녀는 그 순간 자신이 본 것을 기억했다. 건물 벽면에 나 있는 검은 실금, 바람에 쉴새없이 잎을 뒤집는 가로수들, 도로를 달리는 자동차들, 항상 아침저녁으로 오르내렸던 육교, 그리고 우리 동네, 아파트 건물, 파란 하늘, 구름…… 그것은 지극히 짧은 순간이었던 것 같다. 하지만 어떤 마법 같은 일은 분명히 그 순간에 일어났다고 그녀는 믿었다. 그것은 세상이 일순간 아주 평화로워진 것 같은 마법이었다. 바닥에 떨어진 남우를 내려다보는 학생들 모두가 일순간 그 세계 속에 포함되게 하는, 마치 그들 모두가 하나의 눈을 가진 하나의 영혼이 되게 하는 마법이었다. 그녀는 그 순간 자신이 본 모든 것이, 이 세상이 너무나 아름답게 보였다는 사실을 기억했다. 그것은 분명히 남우가 그들 모두를 대신해서 바닥에 떨어졌기 때문일 것이다. 다르게 말하면 그들 모두가 남우와 함께 바닥에 떨어졌다. 세상 전부가 떨어졌다. 그러니까 그들이 그 순간 붙잡은 것이 무엇이든 간에 아무런 소용이 없었던 것이다.

"담배 한 대 피워도 되죠. 어차피 아줌마는 경찰도 아니잖아요."

그녀는 가방에서 담뱃갑과 라이터를 꺼냈다. 담배를 입에 물고 불을 붙이고는 천천히 입에서 연기를 뿜어냈다. 비스듬히 여자를 올려다보며 그녀는 말을 이었다.

"어때요, 나쁜 학생처럼 보여요?"

"너는 나쁜 학생이 아니잖니. 나는 너에 대해 알고 있단다."

"그래요?"

여자는 캐멀색의 얇은 재킷을 걸치고 있었다. 아주 고운 빛깔이었고 원단도 좋아 보였다. 여자는 창턱에 엉덩이를 반쯤 걸친 채 팔짱을 끼고 테이블에 앉은 그녀를 바라보고 있었다.

"그럼 태영이는요? 걔도 나쁜 학생이 아닌가요?"

"네가 뭘 묻는지 모르겠구나."

"아줌마는 변호사시잖아요. 그러니까 이건 법적인 질문이죠."

"이건 법적인 게 아니란다. 법은 그런 게 아니야."

"그럼 여기에 법은 없나요?"

"법?"

"예, 법요. 바로 여기에, 아줌마와 나 사이에 말이죠."

변호사는 팔짱을 풀고 두 손을 뒤로 해서 손바닥으로 창턱을 짚었다.

"법은 어디에나 있지. 하지만 특별히 지금 여기에 더 많이 관여하고 있다고 생각되지는 않는구나. 나는 변호사로서 너를 만나는 게 아니야. 너도 알겠지만, 학교처럼 좁은 동네에서는 금방 말들이 퍼지니까. 나는 태영이 엄마의 부탁으로 여기에 온 거야. 그녀와 나는 사법연수원 동기였지. 그녀는 걱정이 아주 많단다. 당연한 일이겠지. 나라도 그랬을 거야. 태영이가 나쁜 학생이냐고 물어봤지? 나는 잘 모른단다. 하지만 확실한 건 그애는 아직 어린애라는 거야."

"맞아요. 그애는 어린애죠. 우리 모두가 그렇죠. 하지만 곧 어른이 되겠죠. 단 한 사람을 제외하고는 말이에요."

"누구?"

"남우요."

변호사는 말없이 그녀를 바라봤다. 그녀는 반 정도 피운 담배를 유리재떨이에 꼼꼼하게 비벼 껐다. 그러고는 가만히 재떨이를 바라보다가 고개를 들었다.

"아줌마 말은 틀렸어요."

"어떤 말이?"

"만일 아줌마가 변호사가 아니었다면 담임이 이런 면담을 허락하지도 않았겠죠."

"네가 원하지 않는다면 아무 말도 하지 않아도 돼. 다시 말하지만, 이 자리는 전혀 법과 무관한 자리야."

"우는 애도 있었나요?"

"뭐라고?"

"아줌마가 면담한 학생 중에 우는 애가 있었느냐고요."

"없었다. 네가 한번 대답해보렴. 그날 울었던 애가 있었어?"

"있었죠." 그녀는 그날의 일이 떠올랐다. "아이들 대부분은 그런 걸 본 적이 없었을 테니까요. 무서워서라도 울었겠죠."

"너는 어땠어?"

"제가 울었느냐고요?"

"아니, 너는 그런 걸 본 적이 있어?"

"죽은 사람요? 아님 죽는 거요?"

"어떤 거나."

그녀는 등받이에 몸을 기대고 변호사를 바라봤다. 일회용 플라스틱 라이터를 손에 쥐고 가볍게 테이블을 두드렸다.

남우가 걷는 모습은 조금 이상했다. 딱히 뭐가 이상한지 콕 집어 말할 수는 없었지만 자연스럽지가 않았다. 아마 이것이 가장 적당한 표현일 것이다. 마치 기계 같았다. 그래서 어떤 아이들은 그를 로보캅이라고 불렀다. 물론 실제로 부른 것은 아니다. 그애를 로보캅, 하고 부른 것은 아니다. 남우라고 부르지도 않았다. 그럼 대체 그애에게 뭔가를 하라고 하거나 하지 말라고 할 때, 아이들은 그를 어떻게 불렀을까? 그녀는 잘 몰랐다. 다만 아주 오래전에 남우야, 하고 부르던 자기 목소리를 기억했다. 그때 그들은 바닷가에 있었다. 그녀는 까르르 웃고 있었다. 아이들 특유의 날카로운 고음의 웃음이었다. 하지만 남우는 그렇게 웃지 않았다. 남우는 잘 웃지 않았다. 눈도 잘 마주치려고 하지 않았다. 남우야, 하고 불러도 잘 돌아보지 않았다. 그러면 그녀는 계속해서 남우야, 남우야 하고 불렀다. 어른들이 그런 그들을 돌아봤다. 남우야, 희수가 부르잖니? 거들어준다. 남우야, 하고 어른들도 그애의 이름을 부른다. 그래도 남우는 돌아보지 않는다. 그녀는 계속해서 계속해서 그애의 이름을 불렀다. 지치지도 않고, 얼굴 가득 웃음을 띤 채, 처음과 똑같이 아주 신나는 일이 있다는 듯, 네가 그 일에 꼭 필요하다는 듯. 마침내 남우가 돌아본다. 그녀를 쳐다본다. 결코 웃는 얼굴은 아니었다. 미소라고 부를 만한 어떤 것도 그애의 얼굴에 나타나 있지 않다. 하지만, 그녀는 그애가 즐거워하고 있다는 걸 알았다. 그녀만이 남우의 미소를 구분할 수 있었다.

그러나 이것은 가짜 기억이다. 그렇게 어렸을 때의 일을 기억하고 있을 리 없다고 그녀는 생각했다. 기억은 한 장의 사진으로부터 만들어졌다. 사진은 바닷가에 쪼그려앉은 두 아이를 담고 있다. 그러니까 완전히 가짜 기억만은 아니었다. 그 둘은 머리를 맞대고 모래 위에 있는 무언가, 아니면 그냥 모래를 내려다보고 있었다. 사진 속에 남우의 옆얼굴이 살짝 보였다. 그녀는 그애가 사진 속에서 어떤 표정인지 알아보려고 오래도록 살펴보았다. 몇 장의 사진이 더 있었다. 그녀의 가족과 남우의 가족이 함께 떠난 여행이었다. 여행은 그 한 번뿐이었다. 그녀의 부모는 그후로 남우 가족과 여행을 가거나 하지 않았고, 어느 순간부터 그들에 대해 말하지도 않았다. 어째서일까? 카메라를 정면으로 바라보고 찍은 사진들, 어른들과 함께 찍은 단체 사진, 그 안에서 남우는 무표정했고 표가 나지는 않지만 미묘하게 다른 데를 보고 있었다. 분명히 몇 번인가 이쪽을 보라는 소리가 나왔을 것이다. 그녀는 바닷가의 그 사진 속에서, 단둘이 머리를 맞댄 그 사진 속에서만 남우가 웃고 있는 거라고 생각했다.

어느 날 그녀는 교실 칠판에서 어떤 낙서를 보았다. 그것은 한자로 사내 남(男)자와 비 우(雨)자를 적어넣고 그 옆에 영어로 레인맨(Rain Man)이라고 적어놓은 것이었다. 그리고 구름에서 비가 내리는 그림을 덧붙였다. 남우=레인맨. 아주 단순하면서도 재치 있는 발견이었다. 그것을 본 아이들은 와아 하고 웃음을 터뜨렸다. 물론 이것은 〈레인맨〉이라는 영화에 대한 것이다. 영화에서 레인맨이라는 캐릭터는 자폐증을 앓고 있다. 우스꽝스럽게 걷고, 우스꽝스럽게 말하고, 우스꽝스럽게 행동한다. 그녀도 웃고 말았다.

남우는 계속 걷고 있다. 로보캅. 레인맨. 하지만 아이들이 실제로 그 이름을 부른 것은 아니었다. 아무도 그애의 이름을 부르지 않았다. 그럼 어떻게 그애를 불렀을까? 학교 복도에서, 교실의 뒤편에서, 커다란 전신거울이 있는 계단에서, 육교 위에서, 보도에서, 아파트 건물 사이로 난 길 위에서, 남우는 계속 걸었다. 그녀는 그런 남우의 뒤편에서 걷고 있다. 그녀는 남우야, 하고 부르던 자기 목소리를 기억했다. 그것은 언제나 그녀의 가슴과 목 사이에서 맴돌았다. 그래서 남우는 멈추지 않았다.

"남우는 왕따는 아니었어요. 그냥 친구가 없었을 뿐이죠. 맞아요. 그게 왕따의 본래 뜻이죠. 하지만 조금 달랐어요. 심한 괴롭힘을 당하지는 않았죠. 무슨 차이가 있을까요? 친구가 없는 게, 아무도 말 걸어주지 않는 게 이미 너무 괴로운 일이었을까요? 하지만 그건 잘 모르고 하는 소리예요. 세상에는 그냥 괴로운 일과 더 괴로운 일이 있겠죠.

남우는 좀 이상한 아이였어요. 자폐증 같은 면이 있었죠. 확실히 자기 세계에서 잘 나오려 하지 않는 아이였어요. 하지만 완전히 자폐는 아니었던 것 같아요. 어쩌면 그냥 심하지 않은 자폐, 아주 조용하고 말이 없는 아이 그 중간께에 있었을지도 모르죠. 그러니까 친구가 없다는 게 그애에게 확실히 괴로웠던 일인지 아닌지 잘 판단할 수가 없어요.

아이들이 그애를 괴롭히지 않은 데는 그런 면이 크게 작용을 했다고 봐요. 그애가 좀 아프다고 생각했는지도 모르죠. 아이들은 그애를 교실 한구석에 놓인 신발장이나 청소도구함 정도로 생각했던 것 같아요. 아무도 그런 가구를 괴롭히지는 않잖아요. 그애는 눈에 잘 띄지 않는 아이 정도가 아니라, 아예 보이지 않았다고 해도 될 정도예요. 이건 비유적인 의미가 아니라, 실제로 어떤 아이들은 그애가 어떻게 생겼는지도 모를지 몰라요. 다른 데서 만났다면, 사진이나 뭐 그런 데서 보았다면 전혀 알아보지 못하는. 항상 남우는 고개를 숙이고 있었으니까요. 아무도 그애를 정면으로 바라볼 수 없었어요."

"어쩌면 그애는 그런 걸 바랐는지도 모르겠구나."

"뭘 바라요?"

"자기 세계 속에서만 사는 거. 단단한 껍질 안에, 마치 달팽이처럼 말이지."

"달팽이라고요?" 그녀는 웃었다. "정말 그렇게 생각하세요?"

"네가 그렇게 얘기한 게 아니니."

"그랬죠." 그녀는 잠시 생각했다. "맞아요. 우리가 남우를 따돌린 게 아니라 남우가 우리를 따돌렸다고 볼 수도 있겠죠. 그애가 그걸 바랐다고요."

그녀는 변호사를 바라봤다. 변호사는 이제 그녀와 마주보고 앉아 있었다. 잠시 후 그녀는 고개를 돌려 여름 햇빛으로 환한 창을 바라보았다. 그런 채로 그녀는 말했다.

"가끔 세계에 대해 생각해요."

"세계?"

"아까 말씀하셨잖아요. 남우가 자기 세계 속에서만 살길 바랐다고요."

"그랬지."

"하지만 아줌마도 아시잖아요. 그런 건 그냥 하는 말일 뿐이라고요. 자기 세계라느니 하는 말. 그렇지 않아요? 세계는 저기에 있는 거지, 자기 안에 있는 게 아니에요. 누구도 그럴 수 없어요."

"그럼 너는 남우가 괴로웠을 거라고 생각하니?"

그녀는 고개를 숙이고 테이블에 올린 자기 손을 바라보았다. 손가락을 만지작거렸다.

"변호사님."

"응."

"변호사님은 신이 존재한다고 믿으세요?"

"종교가 있느냐고 묻는 거니?"

"아니요, 그냥 신이 있다는 걸 믿느냐고요."

"그게 무슨 차이가 있지?"

"저는 종교가 없지만, 신이 있다고 믿어요."

"이건 남우에 관한 이야기니?"

"이건 신에 관한 이야기죠. 우리가 보는 모든 것에 관한."

그녀는 교실 앞쪽 창틀에 몸을 기대고 창밖을 내다보고 있었다. 운동장에는 아이들이 그림자를 길게 늘어뜨린 채 공을 쫓고 있다. 공이 공중으로 높이 솟아올랐다가 바닥으로 떨어지면 아이들은 그 주위로 모였다가 흩어지고 다시 모였다가 흩어졌다. 마치 영원히 같은 작업을 반복하는 영구 기계처럼.

오래전에 청소 시간은 끝났다. 책상 줄도 잘 맞춰져 있고, 바닥에 떨어진 휴지도 없고, 칠판도 깨끗하게 닦여 있다. 주번은 그녀에게 나갈 때 문을 꼭 닫고 나가라고 당부했다. 누구 기다려? 가방을 들고 마지막으로 교실을 나가면서 그가 물었다. 그녀는 아니라고 대답한다. 그녀는 문 앞에서 자신을 바라보던 주번의 마지막 표정을 떠올렸다. 무슨 할말이 있는 것처럼 보였는데 하지 않는다.

그림자가 점점 더 길어졌고 희미해지기 시작했다. 그녀는 그것을 조금 늦게 깨달았다. 공을 쫓는 아이들의 숫자도 줄어들었다. 그건 마치 아이들 자체가 이 세상에서 영원히 사라져버린 것 같은 착각을 불러일으켰다. 어쩌면 숫자를 미리 세어뒀어야 했는지도 모르겠다고 그녀는 생각했다. 아니, 누군가는 항상 그 숫자를 세어두지 않았을까? 그 숫자를 기억하는 누군가가 항상 어딘가에 있지 않을까?

남우는 주번이 마지막으로 나간 그 자리에 서 있었다. 열린 문 앞에. 교실 앞 공간에서 그녀와 가장 멀리 떨어진 지점에. 그녀는 남우를 보고 빈 책상과 걸상을 보고 다시 남우를 보았다. 남우는 언제나처럼 고개를 숙이고 있어서 그애가 뭘 보고 있는지 알 수 없었다. 그녀는 남우가 왜 그 자리에 있는지 이해할 수가 없었다. 교실에는 두 사람뿐이었으므로, 한순간 남우가 자신에게 말을 걸지도 모른다는 생각이 들었다. 동시에 도망치고 싶다는 생각도 들었다. 어떻게 해야 할지 모르는 중에 시간이 천천히 흘러갔다. 남우야, 하는 말이 목구멍까지 올라왔다. 하지만 그녀는 끝내 아무 말도 하지 않았다. 그때 남우가 고개를 들고 그녀를 봤다. 그러곤 곧바로 돌아섰고 문을 통과해 교실을 나갔다.

그녀는 창문을 닫고 천천히 교실 앞 공간을 가로질러 문 있는 데까지 갔다. 그리고 다시 한번 텅 빈 교실을 둘러보았다. 어쩐지 아이들이 있을 때보다 교실은 작아 보였다. 고개를 내밀고 복도를 살펴보았지만 이미 남우는 보이지 않았다. 그녀는 아주 이상한 느낌을 받았다. 자신이 그 자리에서 정말로 남우를 본 건지 확신할 수가 없어졌다. 이쩌면 남우가 뭔가를 찾으러 교실에 왔다가 자신이 있어서 그냥 돌아갔는지 모르겠다는 생각이 들었다. 그럴듯한 추측이었다. 내가 있어서 그냥 돌아갔다. 그녀는 남우의 자리에 가서 주변을 살펴보았지만, 아무것도 없었다. 서

랍도 텅 비어 있었다. 그애가 찾고 있었던 게 뭐였을까? 그녀는 다시 교실 앞으로 돌아와 창가로 다가갔다. 어느새 노랗던 태양빛은 사라지고 땅에는 잿빛 어스름이 깔리기 시작했다. 여전히 공을 쫓는 아이들이 남아 있었지만, 어스름 속에 공은 잘 보이지 않았고, 그런 그들의 모습은 마치 환영과 함께 춤을 추는 것처럼 보였다. 나쁜 마법에 걸린 것처럼. 그 모습마저도 마치 눈 깜박할 사이에 지워진 것 같았다. 그 숫자를 헤아리던 누군가와 함께. 그녀는 나가면서 교실 문을 닫는 것을 잊지 않았다.

"하지만 상황이 달라졌지." 변호사가 말했다.

"그래요. 아줌마도 이미 다른 애들에게 들으신 거죠?"

"안나 얘기 말이지?"

"안나를 만나보셨나요?"

"아니. 그애는 면담을 거부했단다. 그럴 시간이 없다는 이유였지."

"말도 안 되지 않아요?"

"면담을 거부한 거? 글쎄, 내가 보기에 정말 바쁜 것 같던데. 학교에도 잘 나오지 못할 정도라면 어디서 그애를 만나볼 수 있겠니?"

"아뇨, 그 소문 말이에요."

"여러 소문이 있었던 것 같더구나."

"안나가 그애를 좋아한다는 소문도 있었죠."

"정말 그랬었니?"

그녀는 잠시 생각했다.

"안나는 같은 여자가 봐도 정말 예뻤어요. 하지만 그게 전부였죠. 그게 우리가 알고 있는 전부였어요. 그런 면에서 보면 둘은 공통점을 가지고 있는 셈이었죠. 우리는 남우에 대해서도 전혀 아는 게 없었거든요. 아니, 어쩌면 이 말을 반대로 해야 할지도 모르겠군요. 우리는 그 둘에 대해서 너무 많이 알고 있다고요. 모두가 남우가 어떤 애인 줄 알았죠. 안나에 대해서도 마찬가지였어요. 아줌마도 나보다는 안나에 대해 더 많이 알 거예요. 아주 가끔 그애가 학교에 올 때면 아이들은 얼굴도 제대로 쳐다보지 못했어요. 쉬는 시간마다 일학년 애들이, 다른 반 학생들이, 선배들이 그애를 보려고 교실 앞에 줄을 섰죠. 그애는 우리가 알고 있는 그대로 행동했어요. 우리가 티브이에서 보았던 익숙한 모습 그대로요. 그게 어려운 일이었는지 쉬운 일이었는지 잘 모르겠어요. 어려운 일이었다 하더라도 참을 수 있었을 거란 생각이 들어요. 왜냐하면 그 시간은 항상 짧았으니까요. 그러나 남우는 그렇지 않았어요. 그애는 가장 심하게 괴롭힘을 당한 날에도 끝까지 교실에 남아야 했죠. 그건 쉬운 일이었을까요? 바깥에서 만나게 되면 안나는 우리 반 애 중 몇 명이나 얼굴을 알아볼 수 있을까요? 이건 정말 웃기는 일이죠. 또 바깥에서 만나게 되면 우리 반 애 중 몇 명이나 남우의 얼굴을 알아볼 수 있을까요? 하지만, 장담컨대 안나는 남우를 알아볼 거예요.

이런 건 마치 동화 같다는 생각이 드네요. 안나가 항상 출연하는 티브이 드라마에서나 나오는. 우리는 안나에 대해 너무 많이

알고 있었어요. 그러나 어느 순간부터 전혀 모르게 되었죠. 남우
에 대해서도 마찬가지였어요. 상황이 달라졌죠. 안나가 수업중
에 손을 들었어요. 모두가 그 손을 바라봤죠. 남우를 제외하고
말이죠."

　선생은 칠판에 쓰던 것을 멈추고 안나를 바라보았다. 그녀가
일어나서 칠판이 잘 안 보이는데 앞으로 자리를 옮겨도 되겠느
냐고 물었다. 그녀의 자리는 교실 뒤쪽에 있었다. 선생은 앞쪽의
자리들을 죽 둘러보았다. 안나는 손가락으로 어떤 자리를 가리
켰다. 남우의 옆자리였다. 아이들이 웅성거리기 시작했다. 그들
은 깜짝 놀랐는데 그 이유는 이상한 것이었다. 아이들은 남우의
옆자리가 비어 있다는 걸 그 순간 처음 안 것 같았다. 마치 안나
가 가리키는 순간 거기에 빈자리가 생겨난 것처럼. 선생은 고개
를 끄덕였고 안나는 책과 노트를 들고 그 자리로 걸어갔다. 희수
는 그날의 그 이상한 분위기를 똑똑히 기억했다. 그녀는 무언가
잘못되었다고 느꼈다. 가장 극적인 장면은 안나가 남우의 귀에
대고 무슨 말인가를 건네던 순간이었다. 그것은 수업중에 흔히
옆자리의 아이에게 할 수 있는 행동이었다. 남우는 칠판을 바라
보고 고개를 숙여 자기 책상 위를 바라보고 다시 칠판을 바라보
았다. 그러고는 아주 미묘하게 고개를 그녀 쪽으로 기울였다. 아
이들 모두가 그것만 바라보고 있었다고 해도 과장이 아닐 것이
다. 안나는 다시 남우의 귀에 입을 가까이 가져갔다. 그다음에
남우가 뭐라고 그녀에게 말하는 걸 아이들은 보았다. 심지어 남

우가 그때 웃고 있었다고 말하는 학생도 있었는데, 그 아이가 앉은 자리에서는 결코 볼 수 없는 장면이었다. 선생은 몇 번이나 들고 있던 책을 교탁 위에 올려놓고 자리에 앉은 학생들을 바라봐야 했다. 오늘은 이상하게 조용하다고 선생은 생각했다. 수업이 끝나고 나서 남우는 곧장 자리에서 일어나 교실 밖으로 나갔다. 아이들은 교탁이 놓인 단상을 지나 앞문을 향해 걸어가는 남우를 보았다. 그들은 마치 처음으로 남우를 보는 것 같은 기분이었다. 고개를 숙이고 어깨를 약간 움츠린 채 이상하게 걷는 남우를.

다음 수업 시간에도 안나는 남우의 옆자리에 앉았다. 점심시간이 지난 후에야 남우의 옆자리는 비게 되었다. 이전에 항상 그랬던 것처럼. 하지만 아무도 그렇게 생각하지 않았다. 그 자리가 비어 있게 된 것은 그때가 처음인 것 같았다. 아이들은 그런 생각이 분명히 사실과 다르다는 것을 알고 있었다. 그들은 아주 이상한 감정에 사로잡혔는데, 얼마 후에 그것이 불쾌감이라는 것을 알았다. 그들은 남우의 옆자리가 비어 있는 것을 보는 게 불쾌하게 느껴졌다.

그런 불쾌감을 가장 먼저 직접적으로 표현한 사람이 태영이었다. 이 말의 의미는 태영이 두번째는 아니었고, 세번째도, 마지막도 아니었다는 뜻이다.

그녀는 두번째 담배에 불을 붙였다.

"태영이를 잘 아세요?"

"어떤 질문인지 모르겠구나."

“태영이 어머니와 친구 사이시라면서요. 태영이가 어렸을 때 보고 그러시진 않았나요?”

“그렇진 않단다.”

“그렇게 친한 사이는 아니시군요.”

변호사는 말없이 그녀를 바라보기만 했다.

“아시겠지만 태영이는 문제아가 아니었어요. 성적도 상위권에 속했고 선생님들이 싫어하지도 않았어요. 하지만 잘나갔죠. 여학생들에게 인기도 많았어요. 그애에게는 묘하게 여성적인 면이 있었어요. 그러면서도 뒷자리의 아이들과 잘 어울렸죠. 같이 밤에 놀러다니기도 하고. 대학생 여자친구가 있다는 얘기도 있었어요. 심지어 그 여자친구가 외제차를 갖고 학교 앞에서 기다렸다는 말도 있었는데 그냥 소문이었을지 모르죠. 아님 친누나였거나. 그애를 부러워하는 남자애들도 생겨났죠. 그애가 돈을 꿔달라고 하거나 누군가를 괴롭히거나 한 적은 없었지만, 눈에 띄지 않게 무언가를 시키는 수는 많았죠. 옆 반에 가서 체육복 좀 빌려다줘. 매점 가는 길에 빵 좀 사다줘. 그러면 웬만한 아이들은 그 말을 들어줬어요. 그게 전혀 기분 나쁜 일이 아닌 것처럼.

그래서 어느 날 쉬는 시간에 태영이가 남우를 쳤을 때 아이들은 깜짝 놀랐죠. 그냥 쳤다고요. 남우가 책상에 앉아 있는데 그 옆을 지나다가 마치 남우가 인형이나 마네킹이나 된 것처럼. 그애의 뒤통수를 손바닥으로 내리쳤어요. 그러고는 그냥 계속 가던 길을 걸어갔어요. 많은 아이가 그 장면을 보지는 못했어요. 순식간에 일어난 일이었고 쉬는 시간의 교실이란 정신이 없으니까요. 하지만 금방 교실 안에 있는 모든 아이가 무슨 일인가 방금 일어났단 걸 알게 되었죠. 뭐야, 뭐야. 이런 수군거림이 이곳저곳에서 들려왔죠. 남우는 그냥 그 자리에 앉아 있었어요. 꼼짝도 하지 않았죠. 나중에 태영이가 왜 그랬는지 그 이유를 다른 친구에게서 전해들었는데, 그냥, 이라고 했다더군요. 그럴 작정으로 그애 곁으로 걸어간 건 아니라고요. 그냥 걸어가다 문득 보니 남우가 보였고 그냥 그러고 싶었다고.”

“그냥이라고?”

“예, 그냥.”

그녀는 테이블에 놓인 물컵을 들어 한 모금 마셨다.

“그게 시작이었죠. 태영이의 행동이 안나와의 소문 때문인지 아닌지는 몰라요. 그다음 계속해서 일어났던 일들이 태영이의 ‘그냥’ 때문인지 아닌지도 확실치 않죠. 분명한 건 아이들이 남우에 대해 생각하기 시작했다는 거예요. 그전까지는 전혀 눈에 띄는 존재가 아니었는데, 아니 너무나 눈에 띄어서 자기들과는 상관없는 존재라고 여겼는데 갑자기 남우가 자기들과 같은 교실 안에 있다는 걸 아이들이 절절하게 느끼기 시작했다는 거예요. 남우가 여기에 있다고요. 하지만 분명히 그애는 자기들과 달랐죠. 그건 이미 알고 있었어요. 남우는 아이러니하게도 우리 교실에서 안나와 같은 존재였죠. 사실 안나를 싫어하는 애늘도 꽤 있었어요. 하지만 어쨌든 안나는 우리 교실에 없었죠. 정확히 말하면 그녀의 세계는 여기에 없었어요. 바깥세계, 연예계라는 곳에 있었죠. 똑같은 의미에서 남우의 세계도 여기에 없다고 아이들은 생각해왔어요. 하지만 그 생각을 수정해야 했죠. 왜냐하면 남우는 항상 교실에 있었으니까요. 안나와는 달랐어요. 그애의 세계가 다른 곳에 있다 해도, 아이들은 그게 어딘지 몰랐죠.

처음에는 분명히 아이들은 남우를 어떻게 대해야 할지 몰랐던 것 같아요. 다르게 말하면 그애를 어떻게 처리해야 하는지 몰랐다고나 할까요. 아이들의 생각 속에 그애가 들어왔는데, 왜 그런지 몰랐죠. 그애에 대해 얘기하기 시작했는데, 뭐라고 불러야 할지 몰랐죠. 그러나 금방 알게 됐어요. 혼란스러움이 걷히고 망설임이 사라졌죠. 자신들이 느끼는 감정을 아이들은 하나의 단어로 표현할 수 있게 되었어요. 그건 증오였죠."

그녀는 말을 멈췄다가 다시 이었다.

"아무도 왜 그렇게 됐는지 설명할 수 없었어요. 태영이의 말처럼 그냥 그렇게 됐다고 말할 수밖에…… 왜냐하면 남우는 아무 짓도 안 했거든요. 그애는 그대로였어요. 이전과 어떤 것도 달라지지 않았어요. 아니, 이건 틀린 표현일 거예요. 그냥은 아니겠죠. 뭔가 이유가 있을 거예요. 또는 이유가 너무 많아서 어떤 게 진짜인지 헷갈리는지도 모르죠. 모든 게 이유가 됐죠. 안나와의 소문이나 태영이와의 일뿐만 아니라, 그 이전에 남우라는 존재 그 자체 말이에요. 더 중요한 건 아무도 그것을 심각하게 생각하지 않았다는 거예요. 마치 처음부터 모두가 그애를 싫어했던 것처럼 굴었어요. 이유는 분명하지 않았지만, 그 결과는 너무나 분명했죠. 갑자기 뭔가가 생겨났는데, 그건 이전부터 그곳에 있었던 것처럼 아주 자연스러웠어요. 마치 바람이나 햇볕처럼 말이죠."

숲속에서 그녀는 남우를 기다렸다. 장대같이 가느다랗고 키 큰 나무들이 그녀의 모습을 아파트 뒷길로부터 가려주고 있었다. 언제 비가 왔는지 기억나지 않았지만 젖은 흙냄새가 났다. 남우가 오자 둘은 숲의 안쪽 길을 따라 천천히 걸었다. 그녀는 한 손에 불이 붙은 담배를 들고 있었다. 어느 순간 그 불빛이 너무나 환해져서 길에서 보일 것 같았고, 그녀는 멈춰 서서 적당한 바위 위에 앉아 마지막 한 모금을 빨고 바닥에 비벼 껐다. 남우는 한 발짝 떨어진 거리에서 뭔가를 뚫어지게 바라보는 것처럼 보였는데, 그건 그냥 그애의 평상시 버릇이었다.

그날 남우는 거리의 마술사에 대해 얘기했다.

"거리의 마술사?" 그녀가 물었다.

응. 거리의 마술사.

"그가 뭘 했는데?"

마술을 보여줬지. 남우는 말했다. 일어날 수 없는 일들을 일어나게 했어. 남우는 그가 보여준 마술을 그녀에게 얘기해준다. 카드를 맞힌다든지, 카드를 순식간에 다른 카드로 바꾼다든지, 비어 있는 콜라 캔을 다시 채운다든지, 사람의 마음을 읽어서 그가 떠올린 숫자나 물건의 형상을 맞힌다든지, 또는 아주 조금이지만 공중에 뜬다든지……

"공중에 뜬다고?"

응. 발이 지면에서 떨어져 그렇게 높게는 아니지만, 또 그렇게 오랫동안은 아니지만, 공중에 떠 있었어.

"그건 놀라운걸."

모든 게 놀라웠어.

"하지만 그건 마술일 뿐이야. 속임수야. 그냥 그렇게 보이게 만든 것뿐이야."

그래?

"응. 그건 실제로 일어난 일이 아니야."

하지만 정말로 그렇게 보였는데.

"그건 그 사람이 아주 뛰어난 마술사라서 그래."

그럼 너도 그렇게 할 수 있어?

"연습하면 몇 가지는 보여줄 수 있겠지."

나도 그렇게 할 수 있을까?

"그래, 너도 할 수 있어."

남우는 말이 없었다. 아마도 그가 보여준 마술에 대해 생각하는 것 같았다. 그냥 그렇게 보이게 만드는 것. 일어날 수 없는 일을 일어난 것처럼 보이게 만드는 것. 그게 마술이었다.

"남우야." 그녀가 말했다. "아까 학교에서 널 봤어. 어떤 아이들과 같이 있었지. 멀리서 봐서 확실하지는 않지만."

그녀는 몇 개의 이름을 남우에게 들려줬다.

"그애들이 맞아?"

몰라.

"남우야, 학교를 그만둬. 네가 꼭 이 학교에 있을 필요는 없잖아?"

남우는 여전히 말없이 서 있었다. 물론 그녀도 알고 있었다.

이런 일이 처음도 아니었고 마지막도 아닐 거라는 걸. 마치 간빙기처럼 아주 짧은 시간 동안만 어떤 종류의 평화가 주어진다는 걸. 그녀는 세계에 대해 생각했다. 그녀가 생각하는 세계에는 항상 공을 쫓아 달리는 아이들이 있었다. 그런 아이들을 헤아리는 누군가. 남우는 걷고 있었다. 언제나처럼 고개를 숙이고 기계처럼 딱딱한 우스꽝스러운 걸음걸이로. 남우가 고개를 들고 그녀를 봤다.

그럴 필요가 있어.

"왜?"

남우는 빙긋 미소를 지었다. 하지만 그녀는 어둠에 가려 그것을 또렷하게 볼 수 없었다. 그녀는 자리에서 일어나 남우에게 다가갔다. 남우는 뒤로 한발 물러섰다.

내가 마술을 보여줄게.

"무슨 마술?"

마술. 속임수. 실제로 일어난 게 아니지만 일어난 것처럼 보이게 만드는 거.

그러고는 남우는 뒤돌아섰다. 나무들 사이를 뚫고 길로 나아갔다. 숲을 빠져나갔다.

"어른들은 말하죠. 왜 도움을 청하지 않았느냐고요. 맞아요. 도움을 청했어야 했어요. 만일 나였다면 그렇게 했을 거예요. 저는 견딜 수 없었을 거예요. 물론 완전히 문제가 해결되지는 않아요. 다른 학교로 전학을 간다고요. 하지만 한번 왕따를 당한 아이는 금방 얘기가 전해져요. 요즘에는 뭐든지 빠르죠. 비밀이 없어요. 대안학교 같은 것도 있죠. 모르겠어요. 하지만 분명히 방법이 있었을 거예요. 어딘가 아주 안전한 곳이. 마치 기적처럼 평화가 가득한 그런 세계가 어딘가 있겠죠. 비꼬는 말이 아니에요. 누군가, 어떤 힘이, 선한 힘이 그런 장소를 만들고 지켜낼 수 있다고 생각해요. 영원히는 아니죠. 완전히는 아닐 거예요. 하지만 어떤 불합리한 괴롭힘이, 이해할 수 없는 증오가, 무지막지한 악(惡)이 존재한다면 그 반대도 존재할 테니까요. 우습죠. 저는 이 일과, 그애에게 일어났던 일과……"

그녀는 고개를 숙였다. 그녀는 무언가를 참아야 했다.

"그래요. 저는 이 일을 겪으면서 오히려 선(善)에 대한 확신이 생겼어요. 악을 통해서 선을 보는 거죠. 어디선가 악은 악을 바라보는 그 눈 속에 있다는 말을 들은 적이 있는데, 이건 그 반대의 경우죠. 선은 악을 바라보는 눈이 없으면 볼 수 없어요. 악을 통하지 않으면 볼 수 없어요. 모든 게 그 눈 속에 있죠. 하지만 그 눈은 언제나 속고 말아요. 진실을 보지 못하죠. 마치 마술을 보는 것처럼. 우리는 그게 실제로 일어난 일이 아니란 건 알지만, 눈은 몰라요. 하지만 그럭저럭 넘어가요. 저건 속임수라는 걸 알고 있으니까 하면서 말이죠. 하지만 그런 게 몇 번이나 반복되죠. 계속해서 계속해서. 그땐 정말 뭐가 뭔지 모르게 되어버려요. 자기 자신에 대한 생각조차 확신할 수 없어요. 나 자신이 어떤 인간인지조차 알 수 없게 되어버려요. 자기 자신이 뭘 했는지, 뭘 하고 있는지, 앞으로 뭘 하면 되는지. 그런데 어떻게 누군가에게 도움을 청할 수 있겠어요? 이건 남우에 대한 얘기가 아니에요. 바로 우리 자신에 대한 이야기죠. 사실 도움을 받아야 했던 건 남우가 아니라, 우리였어요. 반 아이들이었죠. 아시겠죠? 그러니까 그건 어떤 의미에서는 불가능했죠. 그것을 가능하게 해줄 수 있는 사람, 그것을 가능하게 해주는 장소. 변호사님은 그런 걸 상상할 수 있나요?"

잠시 후 변호사가 말했다.

"그건 법적인 질문이니?"

그녀는 웃었다.

"물론 아니죠. 이건 법에 대한 얘기가 아니에요."

"그럼 신에 관한 얘기겠구나."

"아뇨. 그냥 마술사에 관한 얘기죠."

"마술?"

"칼에 대한 얘기를 들으셨을 거예요. 그리고 피도."

"그래. 아이들은 칼을 봤다고 했지."

"예. 저도 봤어요. 남우가 들고 있었죠."

그녀가 맨 먼저 본 것은 남우가 교실 앞문에 서 있는 모습이었다. 마치 어느 날인가 청소가 끝나고 혼자 교실에 남아 창밖을 내다보고 있다가 돌아섰을 때 보았던 그 모습처럼. 그날과 다른 점이 있다면 이번에는 교실이 아이들로 채워져 있다는 것이었다. 그녀는 그날처럼, 남우를 보고 교실의 아이들을 보고 다시 남우를 보았다. 가슴이 뛰기 시작했다. 왜 그런지는 몰랐다. 남우가 고개를 들어 자신을 바라볼 거란 생각을 했다. 아니, 그러기를 바랐다. 남우를 끌고 그냥 교실을 나가고 싶었다. 바닷가, 두 아이가 모래사장 위에 머리를 맞대고 쪼그려앉아 있다. 그곳은 어디였을까? 그녀는 비로소 그때 그 둘이 모래사장 위에서 뭘 보고 있었는지 기억해냈다. 남우가 교실로 들어왔다. 그녀 쪽으로는 눈길도 주지 않았다. 곧장 자기 책상이 있는 데로 가더니 서랍 안에서 무언가를 꺼냈다. 한 손으로 쥘 만한 무언가. 그녀는 갑자기 교실 안이 시끄러워진 것처럼 느꼈는데 재빨리 훑어봐도 특별히 그럴 만한 일은 눈에 띄지 않았다. 어쩐지 신경이 날카로워졌기 때문이라고 생각했다. 남우는 그것을 손에 쥐고 천천히 교실 뒤편으로 걸어갔다. 그녀의 시선이 조금 더 빨리 목적지에 도달했는데 거기에는 태영이 발을 걸상 위에 올려놓고 책상에 엉덩이를 붙이고 등을 보이며 앉아 있었다. 그는 옆 책상에 앉아 있는 누군가와 대화를 나누고 있었다. 그 누군가는 누구였을까? 나중에 그 장면을 떠올려봐도 기억나지 않았다. 다만 남우가 태영을 노리고 있다고 느꼈던 건 확실히 기억났다. 그다음에 남우가 태영이 앉은 책상을 발로 민 것. 태영이 책상과 함께 밀려 휘청대며 바닥에 떨어질 듯하다가 간신히 중심을 잡았던 것. 책상은 넘어지고 그 안에 담겨 있던 것들이 바닥에 차라락 소리를 내며 쏟아졌다. 그 소리는 확실히 다른 아이들의 이목을 집중시켰다. 주변에 있던 아이들이 큰 소리에 화들짝 놀라며 물러서는 소리. 의자와 책상이 끌리는 소리. 그런 모든 소리가 사라지자 단단한 침묵이 드러났다. 그 침묵은 벌어진 상처 안에 있는 뼈와 같아서 조금만 건드리면 비명이 터져나올 것만 같았다. 처음에 태영은 남우의 손에 들린 칼을 보지 못했다. 그녀가 맨 먼저, 마치 손 그 자체에서 튀어나온 것 같은 하얀 칼날을 보았다. 하지만 그건 아까 남우가 책상 서랍에서 꺼낸 것이었다. 그건 날을 접었다 폈다 할 수 있는 종류의 칼인 것 같았다. 태영이 오른팔을 뻗어 남우의 머리를 노렸으나 생각만큼 빠르지 않았다. 남우는 허둥대지 않고 거리를 벌렸다가 다시 좁혔다. 남우는 왼손을 들어 태영의 시야를 방해하면서 오른손을 허리 아래쯤에 두고 뭐라고 중얼거렸지만, 주변의 누구도 그 뜻을 알지 못했다. 태영은 여전히 남우의 오른손을 보지 못했다. 다시 헛되이 태영의 손이 허공을 갈랐다. 아이들이 조금 더 뒤로 물러섰다. 그 바람에 책상 하나가 더 쓰러지고 의자 끌리는 소리가 다른 어떤 소리를 묻어버렸다. 하지만 그 소리는 조금 있다 다시 터져나왔다. 누군가 칼이라고 소리쳤다. 그제야 태영도 남우의 오른손을 보았다. 근육이 뻣뻣이 경직됐다. 남우의 시선은 태영을 똑바로 보고 있었다. 태영도 그런 남우의 얼굴을 맞보았다. 처음 보는 것 같은 얼굴. 마치 죽음의 사자처럼 보였다. 움직여야 한다고 생각했지만, 다리를 뒤로 옮겨야 한다고 생각했지만, 말을 듣지 않았다. 남우의 왼손이 여전히 태영의 얼굴 앞에 흔들거리고 있었다. 태영은 자신이 본 것과 보지 못한 것을 생각했다. 보지 못한 것과 본 것을 생각했다. 다리가 움직이고 있었다. 분명히 태영은 자신이 뒤로 조금씩 물러나고 있다고 생각했다. 그러나 여전히 남우와의 거리는 그대로였다. 제발, 누군가 한 명이라도 남우를 붙들어줬으면 하고 바랐다. 어느새 뒤가 막혔다. 이건 뭐지? 벽인가, 신발장인가?

마침내 태영은 남우가 뭐라 중얼거리는지 듣게 되었다. 동시에 자신이 들을 수 있게 되었다는 건 그만큼 남우가 가까이 있기 때문이라는 걸 깨달았다. 남우는 왼손으로 태영의 눈을 가렸다. 태영은 어둠 속에서 배에 무언가 쑥 들어오는 걸 느꼈다. 불에 덴 듯 뜨거웠다. 불 그 자체가 배로 들어온 것처럼 뜨거웠다. 남우는 그냥, 이라고 말했다. 태영은 어둠 속에서 자기 자신이 불타고 있다고 느꼈다.

"하지만 칼은 없었죠."

"그래. 현장에도 없었고 경찰이 와서 온 교실을 다 뒤져도 발견하지 못했지. 그 비슷하게 보일 만한 어떤 것도 없었어."

"태영이는 그저 정신을 잃었던 거고요."

"응. 아무런 상처도 없었어."

그녀는 빙긋 웃었다.

"알아요? 피를 봤다는 아이도 있었어요."

"응."

"피가 막 솟구쳤다고 떠벌리던 아이도 있었죠. 자신이 그걸 봤다고요. 그애를 만나봤어요?"

"아니. 그날 이후로 학교에 나오지 않는다고 하더구나. 집에 전화해서 부모와 통화를 해봤는데, 내가 학교 얘기를 꺼내자마자 전화를 끊더군."

"그건 정말 대단한 쇼였어요. 모두가 속아넘어갔죠. 어떻게 그럴 수 있었을까요?"

"내가 궁금한 건 그다음에 있었던 일이란다. 왜 남우가 복도 창턱에 올라서게 된 거지?"

"그건 이미 다른 애들에게 들으셨을 텐데요."

"그게 전부니?"

"뭘 들으셨는데요?"

"남우가 도망을 쳤다고 하더구나. 그럼 누가 그애를 쫓아갔지?"

"모두가요."

"너는 아니었지."

"물론 그런 의미는 아니죠. 애들은 정말로 태영이가 죽었다고 생각했어요. 남우가 태영이를 칼로 찔러 죽였다고요. 그런데 누가 그런 살인자를 붙잡으려고 했겠어요. 사실은 남우가 아니라 애들이 도망쳐야 할 일이죠."

"그럼 말이 안 되잖아."

"근데 남우가 두 손을 들어 보였어요. 아무것도 없는 두 손을. 고개를 똑바로 들고 말이죠. 심지어는 희미한 미소까지 보이면서요. 이제껏 아무도 남우의 그런 모습을 본 적이 없었죠. 그게 뮤하게 아이들을 진정시켰어요. 마치 최면에서 깨어나게 하는 무슨 약속된 동작 같았죠. 남우는 그런 채로 교실을 걸어나갔어요. 누군가, 가장 멀리 떨어져 있던 누군가가 남우를 붙잡아야 한다고 소리쳤죠. 아이들이 그애의 뒤를 쫓아갔어요. 그애는 계속 걸어갔죠. 상상해보세요. 양손을 들고 미소를 띤 채 아이들에게 둘러싸여 걷는 한 아이를. 그리고 누군가 정말로 그애를 붙잡으려고 했죠. 아니면 그냥 아무것도 모르는 다른 반 아이가 무슨 일이냐고 물어보려고 했는지도 모르죠. 그걸 시작으로 많은 아이가 남우를 붙잡으려고 했어요. 남우는 그걸 계속 뿌리치면서 걸었죠. 무슨 일이 있었는지 모르겠어요. 그애가 어디로 가려고 했는지 모르겠어요. 시간이 흐르자 아이들은 완전히 꿈에서 깨어났죠. 이제 그애를 붙잡는 게 목적이 아니었어요. 언제나 그랬던 것처럼 그애를 때리고 넘어뜨리고 짓밟으려고 했죠. 욕을 하고 침을 뱉고 비웃으려는 게 목적이었죠. 그리고 이번에는 그 모든 일이 정당화될 수 있었죠. 남우는 정말 그럴 만한 일을 당할 사람이 되었어요. 남우는 계단이 있는 데까지 갈 수 없었죠. 학교를 내려가는 다른 방법을 찾아야 했어요. 아마 그래서 창을 열고 밖으로 나가 창턱에 선 거겠죠."

"내려가려고 했다고?"

"예."

"아이들은 그애가 죽으려고 한 것처럼 보였다고 하던데?"

"자살요?"

"응."

"그건 아마 애들이 그 장면을 보았을 때 모두 태영이가 죽었다고 생각했기 때문일 테죠. 남우가 태영이를 죽였다고 말이죠. 그렇다면 남우가 자살할 만한 이유가 충분하잖아요. 그러나 그건 그냥 쇼였어요. 모두가 몰랐다 하더라도 남우까지 모를 수는 없죠. 자신이 태영이를 죽이지 않았다는 걸, 그애는 죽지 않았다는 걸. 근데 왜 자살을 하겠어요?"

"나중에는 애들도 알았지. 자살할 만한 이유가 그 외에도 있다고 애들은 믿는 게 아닐까?"

"변호사님도 그렇게 생각하시나요?"

"그애는 왕따를 당했어. 그 이전에도 그다지 행복한 삶을 살았던 것 같지는 않구나."

"삶이 행복하지 않다고, 괴롭다고, 무섭다고 사람들이 자살하는 걸까요?"

"마음이 약한 사람들은 죽음이 어떤 해결책이 된다고 믿기도 하지. 죽음을 원하기도 하지."

"전 잘 이해할 수가 없군요. 삶이 아무리 무서워도 죽음만큼 무서울까요? 자신이 뭔지도 모르는 것을, 원할 수 있을까요?"

"이건 의미 없는 대화인 것 같구나. 이건 죽은 자의 말을 통해서만 풀 수 있는 질문이지."

"아뇨, 만일 누군가 죽음을 바란다면 그 사람은 죽음이 뭔지 아는 사람일 거예요. 어떤 사람들은 삶 속에서 죽음을 살죠. 그 사람은 삶 속에서 죽음을 봐요. 그러나 남우는 그렇지 않았어요. 그애는 죽음 속에서 삶을 보는 애였죠."

변호사는 그녀의 말을 곰곰이 생각하는 듯하더니 결국 자리에서 일어났다.

"아마 더이상의 조사는 없을 것 같구나. 그게 네 말대로 자살이 아니라 사고사라 하더라도 달라지는 건 별로 없을 것 같아.

뭐라 해도 창턱에서 발을 뗀 건 그애 자신이니까. 아무도 그애를 그 자리로 내몰지 않았고 다시 내려오지 못하게 막지도 않았지. 그렇지 않니?"

그녀는 테이블에 두 손을 올려놓은 채 변호사를 올려다보았다.

"그애를 괴롭힌 애들은 어떻게 되나요?"

"네 입으로 말하지 않았니. 도움이 필요한 건 그애들이라고. 그리고 그건 불가능할 거라고."

그녀는 아무 의미 없이 고개를 끄덕였다. 변호사는 문 앞에서 아직 테이블에 앉아 있는 그녀를 다시금 쳐다보았다. 그녀는 창 쪽을 바라보고 있었다. 마치 창 너머에 있는 무언가를 보는 것처럼. 하지만 창은 환한 빛 때문에 그저 하얗게 보일 뿐이었다. 그녀가 다시 고개를 돌려 변호사를 바라보았다.

"가능할 수도 있어요. 아마 그애가 그렇게 했는지도 모르죠."

저녁 어스름이 깔리는 상가 거리에서 그녀는 거리의 마술사를 만났다. 그녀는 주위를 둘러보았다. 아무도 그가 거리의 마술사 인지 모르는 것 같았다. 상점들은 하나둘씩 간판에 불을 밝히기 시작했고 방금 지나쳐 온 반찬가게에서 부침개나 전 같은 구운 반찬 냄새가 풍겨왔다. 앞쪽의 새로 생긴 슈퍼마켓에서 마이크 로 오늘의 특가상품을 소리치는 아저씨의 목소리가 반복해서 들 려왔다. 장바구니나 비닐봉지를 든 아주머니들이 바깥에 내어놓 은 야채나 과일 등을 허리를 굽혀 살펴보고 있었다.

거리의 마술사는 그녀에게 카드 마술을 보여줬다. 과연 남우가 말했던 대로 놀라운 솜씨였다. 그녀는 계속 놀랍다고 소리쳤다. 마술사는 흡족한 미소를 지으며 연달아 계속 마술을 시연했다. 하나만 더요, 하나만 더요, 그녀는 계속 재촉했다. 마술사가 마지막으로 보여준 마술은 이런 것이었다.

그녀에게 펜과 노트를 건네주며 자기한테서 멀리 떨어진 데까지 걸어가라고 했다. 그리고 그곳에서 결코 자기에게 펜 움직이는 것도 보이지 않도록 주의하면서, 그녀에게 정말로 중요한 사람의 이름을 종이에 적으라고 했다. 정말로 중요한 사람이어야 합니다. 마술사는 말했다. 그녀는 그렇게 했다. 마술사는 그 이름을 적은 종이를 그 자리에서 노트에서 찢어낸 다음 작은 조각이 되도록 여러 번 접으라고 했다. 그녀는 또 그렇게 했다. 그러고는 마술사에게 돌아와서 그 종잇조각을 건네주었다.

마술사는 그녀에게 라이터가 있는지 물었다. 그녀는 가방에서 라이터를 꺼내 마술사에게 건넸다. 그러자 마술사는 그 종잇조각에 불을 붙였다. 어스름은 조금 전보다 깊어져서 불빛은 아주 환했고 종이에 쉽게 옮겨붙었다. 하지만 몇 번이나 접어 두툼해진 종이뭉치는 한 번에 확 타오르지는 않았다. 검은 재를 남기면서 금방 꺼졌고 마술사는 몇 번이나 반복해서 종이의 이쪽저쪽에 불을 붙여 태웠다. 검은 재 몇 조각이 하늘로 날아올랐다. 그녀는 그것을 멍하니 바라보았다. 마술사는 이제 충분히 종이가 태워졌다고 생각했는지 라이터를 그녀에게 다시 건네주고 종이의 타지 않은 부분을 손끝으로 쥐고는 그 재를 옷 위에서 자기 배에 문질렀다. 마치 죽은 자를 위한 의식처럼.

그다음에 마술사는 옷을 천천히 들어올렸다. 그러자 맨살 위에 검은 재로 어떤 이름이 쓰여 있는 게 보였다. 바로 그녀가 종이에 쓴 이름이었다. 그녀의 필체 그대로 마술사의 하얀 배 위에 그 이름이 커다랗게 쓰여 있었다. 가슴이 먹먹해졌다. 무언가 목과 가슴 사이를 꽉 누르는 것 같았다.

마술사는 그녀에게 한발 다가와 자신의 손을 바로 그곳에 얹었다. 그러고 가만히 있었다.

이 이름은 여기에 있어요. 마술사가 말했다. 언제까지나 그럴 겁니다.

그녀는 눈물을 흘렸다. 한 손에는 라이터를 들고 다른 손에는 불에 태운 종잇조각을 들고.

거리의 마술사는 돌아서서 앞으로 걸어가기 시작했다. 그녀는 그런 마술사의 뒷모습을 어둠이 조금씩 지워가는 것을 바라보았다. 자기 눈물이 지워가는 것을 바라보았다. 그녀는 남우야, 하고 불렀다. 그러자 남우가 뒤를 돌아보았다.

그녀는 정말 마술 같구나, 하고 생각했다.

마술이 필요하다

이 작품에 대해서 작가로서, 즉 직접 쓴 사람만이 할 수 있는 얘기는 세 가지로 압축할 수 있다. 데이비드 블레인, 남우, 마지막 장면.

'데이비드 블레인'은 실존하는 미국의 마술사로 그의 쇼는 이 소설과 똑같은 〈거리의 마술사〉라는 제목으로 티브이에서 방송된 바 있다. 말할 것도 없이 나는 이 쇼를 보았고, 그것은 이 소설의 씨앗이 되었다.

'남우'도 실제로 내가 고등학교 시절 알았던 같은 반 친구의 이름이었다. 그의 이름을 내가 선명하게 기억하는 이유는 소설에도 등장한 바 있는, '남우(男雨)＝Rain Man'이란 도식과 관련해서였다. 이것도 정말 있었던 일이다. 그러나 그애가 소설에서처럼 왕따였냐 하면, 그렇지는 않았던 것 같다. 물론 그애가 지나치게 내성적인 부분이 있었던 것은 사실이다. 하지만 누군가 그애를 괴롭히는 걸 본 적은 없다.

정확한 것은 아니지만, 나는 마지막에 여자 주인공이 실제로 '거리의 마술사'를 만나는 장면을 이 소설의 첫 문장을 쓰기 전부터, 아니 구체적인 내용이 떠오르기 전부터 가지고 있었던 것 같다. 그것은 앞서 말한 '데이비드 블레인'의 마술 중의 하나였다. 거의 똑같다. 가슴에 손을 대고, 이 이름은 언제까지나 여기에 있을 거라고 말하는 장면도 나온다. 이 장면을 써먹겠다고 생각했을 때, 나는 전체 이야기가 왕따를 주제로 한 내용이 될 거라고 생각지 못했다. 그저 사람이 다른 사람의 존재를 가슴에 품고 살아간다는 이야기가 될 거라고만 생각했다.

그러니까 이 작품은 몇 개의 요소, 몇 개의 우연 들이 연결되면서 꼴이 갖추어졌고, 또 그렇게 된 순간 필연적으로 '마지막 장면'을 향해 나아갈 수밖에 없었다. 몇 번이나 이전에 말했는데, 나는 중간쯤에 이르러 이 소설이 완전히 망했다고 느꼈다. 구체적인 지점을 들자면 '안나'가 등장하는 부분이다. 나는 왜 이 소설에 '안나'가 나와야 하는지 그 필연성을 확신할 수 없었고, 지금도 그렇다. 그래도 계속 밀고 나간 데는 여러 이유가 있지만, 무엇보다 '마지막'이 있었기 때문일 것이다. 마지막 거리 마술 장면 말이다. 나는 그 장면이 무척 마음에 들었다. 하지만 돌이켜 생각하면, 그것은 양날의 검이었다는 느낌이다. 어쩌면 나는 그 장면을 포기했어야 하는 게 아닌가? 좀더 자연스러운 흐름을 따라가야 하지 않았을까? 상황은 이렇다. 그 장면이 있었기 때문에 나는 소설을 완성시킬 수 있었고 가장 마음에 드는 장면이기도 하지만, 만일 이 소설에 어떤 잘못이 있다면, 그 원인도 바로 거기에 있는 게 아닐까? 이것은 마치 너새니얼 호손의 「반점」처럼, 아름다운 아내의 유일한 흠이었던 반점을 없애자, 그 아내의 존재 자체가 사라지게 되는 것과 비슷한 것 같다.

나는 이 소설을 변명하고 싶은 마음은 없다. 또한 내가 변명하기에는 너무 큰 상을 받아버렸고, 이제 거꾸로 내가 이 소설을 두고 뭔가 배워야 할 입장인지도 모른다. 그러니까 심지어 나도 이 소설의 가치가 무엇인지 알고 싶어진다.

최근에 내가 자주 생각하는 것 중의 하나는 소설은 정말로 다양하다는 것이다. 꽤 오랫동안 소설을 좋아하고 읽어왔던 나에게 이런 느낌은 무척 새삼스럽지만, 그만큼 깊이 느끼게 된다. 그런데 동시에 결국에는 다 똑같은 게 아닐까 하는 생각도 든다. 어떤 동일성도 느낀다. 이러한 느낌은 동시적으로 찾아왔는데, 뻔한 결론을 내자면 결국에 모든 소설은 일종의 '동일한' 실패의 '다양한' 결과일지도 모른다는 것이다. 그런 의미에서 보면 이 소설에 어떤 가치가 있다면, 그것은 꽤 그럴듯하게 '실패'했기 때문에 얻어진 게 아닐까?

이런 결론은 사실 아주 뻔하지만, 매우 흥미로운 부분이기도 하다. 그리고 말할 것도 없이 매우 무서운 일이기도 하다. 한 편의 소설을 두고 말할 때는 우리는 쉽게 이런 태도를 취할 수 있지만, 한 사람의 인생, 실제로 벌어지는 세상의 일을 두고 말할 때는 상황은 전혀 달라진다. 며칠 전에도 고등학교 일학년 아이가 왕따를 견디지 못하고 아파트 이십삼층에서 투신한 사건이 있었다. 그러한 일을, 잘못이 어디에 있느냐 따지는 것은 차치하고, 단순히 어떤 실패의 결과일 뿐이라고 말하는 것은 얼마나 무서운 일인가?

정말 마술이 필요한지도 모르겠다. 세상이 일순간 평화로워지는 마술, 모두가 모두를 사랑하게 하는, 서로의 이름을 가장 애타는 목소리로 부르게 하는 마술. 하지만 어떤 일이 마술이고, 어떤 일이 마술이 아니겠는가? 지금 벌어지는 일들이, 어쩔 수 없는, 결코 바꿀 수 없는 단단한 현실이라고 믿는, 그 마음은 얼마나 속지 않고 있는 걸까?

2012년, 우리가 목격한 가장 슬픈 마법

신샛별

누군가의 이야기를 경청하고 그를 이해하는 일은 그가 누구든지, 무조건 그의 편으로 한 걸음 다가가보겠다는 선언이나 다름없다. 김종옥의 「거리의 마술사」를 처음 읽었을 때, 이 소설은 지금—여기에 꼭 필요한 하나의 선언 같았다. 이 소설은 친구들에게 따돌림을 당하고 괴롭힘에 시달리다 사망한 '남우'의 이야기를 찾아나선다. 우리와 동행하며 남우의 이야기를 찾아나서는 이는 어린 시절 그와의 추억을 가지고 있는 같은 반 친구 '희수'다. 그녀와 변호사는 면담의 형식을 빌려 표면적으로는 왕따 학생의 자살 혹은 사고사의 전말을 재구성하는 것처럼 보인다.

최근 몇 년 동안 우리 사회 초미의 관심사로 대두된 왕따 문제가 전면적으로 다루어지고 있다는 점에서 이 소설은 일단 배포가 크다. 그러나 그것뿐이었다면 소설은 조악한 마술사의 손놀

림처럼 유치해 보였을지 모른다. 이 소설이 빤한 속임수가 아니라 진정한 마법의 경지에 도달할 수 있었던 것은 작가가 희수를 통해 우리가 간절히 믿고 싶은 아름다운 허구를 구축해냈기 때문이다. 희수의 말마따나 "그냥 마술사에 관한 얘기"를 곡진하게 들려줌으로써, 이 소설은 남우에게, 남우와 함께 추락한 같은 반 아이들에게, 그리고 회복을 염원하기 어려우리만치 폐허가 된 이 세상 전부에 한 걸음 다가선다. 이 소설이 제 몸을 내어주며 경청하는 것은 지금-여기를 살고 있는 우리의 이야기다.

하지만 어떤 마법 같은 일은 분명히 그 순간에 일어났다고 그녀는 믿었다. 그것은 세상이 일순간 아주 평화로워진 것 같은 마법이었다. 바닥에 떨어진 남우를 내려다보는 학생들 모두가 일순간 그 세계 속에 포함되게 하는, 마치 그들 모두가 하나의 눈을 가진 하나의 영혼이 되게 하는 마법이었다. 그녀는 그 순간 자신이 본 모든 것이, 이 세상이 너무나 아름답게 보였다는 사실을 기억했다. 그것은 분명히 남우가 그들 모두를 대신해서 바닥에 떨어졌기 때문일 것이다. 다르게 말하면 그들 모두가 남우와 함께 바닥에 떨어졌다. 세상 전부가 떨어졌다. 그러니까 그들이 그 순간 붙잡은 것이 무엇이든 간에 아무런 소용이 없었던 것이다.(10~11쪽)

인상적인 도입부에서 희수는 남우의 추락이 만들어낸 기적 같은 순간에 대해, 그 기적 이후에 찾아온 어떤 기미에 대해 말한다. 희수는 아이들을 대신해 남우가 바닥에 떨어졌던 그 순간, 아이들이 남우의 세계 속으로 진입해들어가, 모두의 눈과 영혼이 하나로 수렴되었고, 그로 인해 세상이 일순간 평화롭고 아름다워졌다고, 그리고 그것은 분명히 마법 같은 일이었다고 믿고 있다. 희수가 이런 믿음을 갖게 된 데에는 우선 숲속에서 나눴던 남우와의 대화가 크게 작용했을 것이다. 어느 날 남우는 희수에게 거리의 마술사에 대해 말한 적이 있거니와, 언젠가 그 마술사처럼 "실제로 일어난 게 아니지만 일어난 것처럼 보이게 만드는" 마술을 보여주겠다고 장담했던 적이 있다. 그래서 남우가 자신을 괴롭히던 '태영'을 칼로 찌른 (것처럼 보이는) 사건을 "그건 정말 대단한 쇼"였다고 단언하는 희수의 어조에는 한 치의 망설임도 없다.

그러나 동화적 환상으로 넘실거리는 숲속 장면을 돌이켜보면, 또 희수의 기억이 얼마간 가짜라는 소설 속 언급을 참조하면, 사건 현장에서 칼과 피를 보았다는 다른 아이들의 증언을 집단 환상으로 치부하고 무시해버릴 수도 없는 노릇이다. 희수의 진술을 전적으로 신뢰할 수 없게 만드는 이러한 정황들은 이 소설을 읽는 일이 사건의 경위를 따지는 작업과는 전혀 무관하다는 것을 알려준다. 여기서 이 소설의 작가가 '마술'과 '마법'을 구별해 사용하고 있다는 점에 주목해보면 어떨까. 남우는 자신의 목숨을 건 '마술'을 시도했고, 희수는 그 '마술'이 실패하자 교실이 '마법'에 사로잡힌 듯했다고 기억한다. 교실이라는 하나의 완강한 세계에 대응하는 한 개인의 행동이 '마술'이라면 '마법'은 그 결과었던 셈이다. 우리는 이렇게 당겨 말할 수 있다. 「거리의 마술사」
는 한 소년의 실패한 '마술'에 대한 애도의 글이자, 그 실패를 성
공으로 만들기 위해 한 소녀가 상상해낸 가장 슬픈 '마법'의 기록
이라고. 도대체 어떤 마술이 행해졌고 어떤 마법이 발생했는가.

　희수와 변호사의 대화 내용을 조합해보면, 사건현장에서 아이
들은 칼을 봤다고 증언했고, 심지어는 남우가 들고 있던 칼에 찔
린 태영의 몸에서 피가 솟구쳤다고 말한 아이도 있었다. 아이들
은 상해 또는 살인을 저지른 남우가 도망을 치다가 결국 자살을
결심하고 창턱에서 발을 떼었다고 생각했다. 변호사는 "그애는
왕따를 당했어. 그 이전에도 그다지 행복한 삶을 살았던 것 같지
는 않구나"라고 덧붙이며 남우의 자살을 확신하는 모양새다. 법
적 진술에 가까울 이 이야기는 희수가 몸소 겪은 심리적, 정서적
경험과는 거리가 멀다. 그래서 희수는 마술이라는 형식으로 감행
된 남우의 어떤 시도에 대해, 그리고 그 시도의 실패가 가져온 마
법적 효과에 대해, 자신이 믿고 있는 단 하나의 진실에 대해, 아
이들과는 다른 방식으로 진술해야 했을 것이다. 더불어 그것은
이 소설이 해낸 일이기도 하다. 소위 '왕따 학생의 자살'로 정리
되고 마는 지금―여기의 비극을 그 사건의 무게와 밀도를 고스란
히 간직한 허구로 만들어내면서, 이 소설은 같은 사건을 다루는
그 어떤 사실적인 이야기보다도 우리의 현실로 육박해들어온다.
남우를 잃은 것을 충분히 안타까워하면서도 결코 피해서는 안 되
는 현실, 즉 비록 남우는 잃었지만 같은 일이 반복되지 않도록 무
엇이든 해야 하는 현실과 우리를 직면하게 하는 것이다.

희수가 보여주는 남다른 방식의 회고 덕분에 우리는 남우를 잃고 난 이후에 찾아온 어떤 기미와 그것의 긍정적 가능성을 포착해낼 수 있게 됐다. 남우가 공중으로 뛰어오르는 장면을 공중 부양을 시도했으나 실패한 것으로 여기면서, 희수는 남우가 결코 죽음을 향해 내달린 것이 아니라는 결론에 다다른다. 남우는 비록 뛰어난 마술사가 되지는 못했지만, 마법을 일으켜, 지금껏 외따로 떨어져 버성기기만 했던 자신의 세계에 친구들을 끌어모았고, 그들의 눈과 영혼이 하나로 포개지도록 만들었다. 기실 아이들에게 교실은 하나의 세계다. 그 세계에는 저마다의 개성으로 빛나는 수십 명의 아이들이 있다. 세계의 질서를 유지해나가는 동안 아이들의 개성은 조금씩 무뎌지기 마련이지만, 개성이 두드러지는 남우와 같은 어떤 아이는 애초에 부재한 것처럼 잊히거나, 교실 한구석에 놓인 신발장이나 청소도구함 정도로 여겨지기도 한다. 그러나 '안나'에게 지목을 당하면서 남우의 세계는 돌연 부각되었고, 아이들은 교실에서 돌출된 남우의 세계를 '그냥' 불쾌와 증오의 대상으로 삼기 시작했다. 남우와 아이들이 충돌하며 만들어낸 파열음이 멈추고 정적이 찾아왔을 때, 남우는 사라졌지만 그의 세계는 친구들을 흡인했다. 이제 교실은 남우의 빈자리가 상흔처럼 돌올하게 새겨진 세계로, 종전과는 완전히 다른 세계로 변모할 것이다. 영원히 사라진 아이의 숫자를 미리 세어 그의 자리까지 각인해둔 그 세계는 "숫자를 헤아리던 누군가(신)"가 사라진 세계보다 훨씬 좋은 세계가 아닐까.

만약 남우가 사라지기 전 아이들의 세계에 그들의 숫자를 미리 세어두는 이가 있었다면, 그 숫자를 헤아려, 부재하듯 보이지 않던 남우의 이름을 한 번쯤 불러줄 수도 있었을 것이다. 그랬다면 남우는 아이들의 세계와 만나기 위해 생명을 걸어야 하는 위험한 마술을 시도하지 않았을지도 모른다. 그러나 교실은 "나쁜 마법에 걸린 것처럼" 그 숫자를 헤아리는 누군가가 완벽히 지워진 세계였고, 희수는 "남우야, 하는 말이 목구멍까지 올라왔"지만 "끝내 아무 말도 하지 않았다". 희수는 신이 부재하는 가운데 선과 악을 구별하는 척도가 불분명해진 교실에서 아이들이 겪었을 윤리적 혼란을 거듭 마술에 속아넘어가는 상황에 빗대어 말한 뒤 무언가를 참아내는 인내심을 발휘하며 다음과 같이 고백한다. "이건 남우에 대한 얘기가 아니에요. 바로 우리 자신에 대한 이야기죠. 사실 도움을 받아야 했던 건 남우가 아니라, 우리였어요. 반 아이들이었죠"라고. 그러나 도움을 받는 건 불가능해 보였다. "그것을 가능하게 해줄 수 있는 사람, 그것을 가능하게 해주는 장소"가 없었기 때문이다. 남우가 보여준 마법을 목격하기 전까지는 말이다.

그녀는 창 쪽을 바라보고 있었다. 마치 창 너머에 있는 무언가를 보는 것처럼. 하지만 창은 환한 빛 때문에 그저 하얗게 보일 뿐이었다. 그녀가 다시 고개를 돌려 변호사를 바라보았다.
"가능할 수도 있어요. 아마 그애가 그렇게 했는지도 모르죠."
(38쪽)

마치 마술을 보는 것처럼 언제나 속고 마는 눈은 끝내 진실을 볼 수 없으며, 진실을 구별해내는 눈이 없을 때 선과 악은 불분명해진다는 의미심장한 대목에서 희수는 "저는 이 일을 겪으면서 오히려 선(善)에 대한 확신이 생겼"다고 말한다. 남우로 인해, 실패한 마술의 참혹한 결과와 마주한 아이들은 그저 하얗게 보이는 창을 보고서도 그 일을 떠올리며 스스로에게 윤리적 물음을 던질 것이다. "자기 자신이 뭘 했는지, 뭘 하고 있는지, 앞으로 뭘 하면 되는지"를 자문하는 아이들이 있는 교실에서 영원히 잊히는 이름은 없을 것이다. 소설 말미에서 희수가 "무언가 목과 가슴 사이를 꽉 누르는" 통증에 시달리다 결국 "남우야, 하고" 부를 수 있게 되었듯이, 아이들은 서로에게 신이 되어 서로의 이름을 부를 것이니 말이다. 희수는 지금 남우의 마술이 없었다면 결코 불가능했을 일들이 일어날 조짐을 보고 있다. 생의 최후의 마술에 실패한 아마추어 마술사 남우의 시신을 앞에 두고 아이들이 겪었을 마음의 동요, 그것은 순간적인 눈속임으로는 가릴 수 없는 엄연한 진실이다. 그리고 그 진실은 마법처럼 기적과 같은 위력을 발휘할 것이다.

물론 이것은 지나친 낙관일지 모른다. 그러나 이야기를 찾아 나선 길에서 이것이야말로 진실이라고 믿고 싶은 거짓을 만나고, 그 거짓에 매혹되는 이들은 세상이 점차 좋은 방향으로 교정될 수 있다고 믿는 낙관론자일 가능성이 높다. 이들을 나쁜 의미에서 순진하다고 탓할 수만은 없지 않을까. 이들 덕분에 우리는 마법이라도 부린 듯 기적처럼 찾아오는 어떤 기미를 다 같이 알아챌 수가 있고, 그 기미를 공유하면서 우리의 삶이 실제로 나아지기 위한 방법을 모색해볼 수도 있지 않은가. 나는 절망적 상황 속에서 미약하게 피어오르는 긍정적 가능성의 기미를 세심하게 포착해내 아름다운 이야기로 축조해준 이 작가의 역량에 감탄하며 감사한다. 이 기미마저 놓쳐버린다면, 우리는 또 수없이 많은 아이들을 잃을 것이기에.

신샛별
동국대 국문과 졸업. 동대학원 석사과정 수료.
2012년 문화일보 신춘문예에 평론이 당선되어 등단.

이장욱

절반 이상의 하루오

:
:
:

이장욱

1968년생. 2005년 장편소설 『칼로의 유쾌한 악마들』로 문학수첩작가상을 수상하며 등단. 소설집 『고백의 제왕』 『기린이 아닌 모든 것』 『에이프릴 마치의 사랑』, 장편소설 『천국보다 낯선』이 있다. 문지문학상, 김유정문학상, 제1회, 제2회, 제6회 젊은작가상을 수상했다.

절반 이상의 하루오

1

내 일본인 친구의 이름은 다카하시 하루오高橋春夫인데, 그는 일본인답지 않게 여행을 매우 좋아했기 때문에 전 세계에 친구를 가지고 있었다. 하루오 자신의 말을 그대로 옮기면 이렇다. 나, 하루오는 일본보다 다른 나라에 친구들이 더 많다.

실제로 세어보지는 않았다고 하지만 아마 사실일 거라고 생각한다. 그는 연중 일본보다 일본 바깥에 있는 시간이 더 길고, 일본에 있을 때는 "죽은 듯이" 시간을 보낸다고 한다. 아무도 만나지 않고 아무런 활동도 하지 않는다. 일부러 그러는 거 아닌데, 지내다보면 그렇게 된다는 것이다. 심해어나 바다거북처럼 시간을 보내다가 문득 비행기를 타고 다른 나라로 날아간다. 그게

나, 다카하시 하루오가 살아가는 방식이다. 그는 그렇게 말했다.

그럼 무슨 돈으로 생계를 유지하는가? 여행은 무슨 돈으로 다니는가?

이것은 나의 질문이었지만, 곧 우문임이 밝혀졌다. 나는 여행을 하는 것이 직업이고, 여행을 함으로써 생계를 유지한다―는 것이다.

하루오의 대답은 사실이었다. 그의 홈페이지를 방문해보면 유수의 다국적기업들이 배너광고를 띄워놓고 있었다. 한 귀퉁이에는 내가 일하는 외국계 회사의 광고도 보였다. 마케팅 코디네이션 팀―이라고는 하지만 몇 안 되는 국내 대리점들의 공동 프로모션을 관리하는 수준―에서 일하게 된 지 얼마 되지 않았지만, 앞으로 해외 쪽으로 나가게 될지도 몰랐다. 그건 내가 바라는 바였다.

하루오는 영어로 홈페이지를 운영하고 있었는데, 그는 거기에 자신의 여행담을 연재하는 중이었다. 그 여행담은 꽤나 인기가 있는 모양이어서 전 세계에 폭넓은 독자층을 갖고 있었다. 조회수를 보면 일만 회는 보통이었고, 어떤 게시물은 십만을 넘기는 경우도 있었다. 덕분에 그는 세계 각국의 다종다양한 잡지에 자신의 글을 싣게 되었고, 책도 몇 권 냈다고 했다. 그리고 언젠가부터 여행은 그의 취미가 아니라 직업이 되었다는 것이다.

나는 영어 공부 삼아서 자주 그의 홈페이지에 들렀다. 하루오의 문장은 대개 단문이었고 어려운 단어는 거의 없었다. 영어는 하루오에게도 내게도 외국어였으니까―라고 말하면 이상하지만, 바로 그래서 편하기도 했다.

그의 글은 여행 정보를 전달하는 유의 것은 아니었다. 파리에 가면 노천주점에서 홍합요리를 먹어보라거나, 상트 페테르부르크에서는 에르미타주 박물관보다 러시아 미술관이 좋다거나, 뉴올리언스라면 밤의 버번 스트리트를 강추한다거나—그런 글이 아니라는 뜻이다. 일본과 비교하자면 이곳은 이렇고 저곳은 저렇다는 식의 내용도 없었다. 그는 관광지를 소개하지도 않았고 특별히 일본인으로서 글을 쓰지도 않았다. 그렇다고 맛깔스러운 에세이나 지적이고 감성적인 여행기도 딱히 아니었다. 나로서는 그런 것이 왜 그리 인기가 있는지 알 수 없을 정도로 그냥 무색무취하다고 할까. 그러면서도 나 자신부터 그의 게시물들을 멍하니 읽고 있으니 신기하다면 신기한 노릇이었다. 글에다가 중세의 마법 같은 걸 걸어놓은 게 아닌가 싶을 정도였다.

사실 그는 자신의 행적을 글과 사진을 통해 노출할 뿐이었다. '노출'이라고 해서 사생활을 까발리면서 쾌감을 얻는다는 뜻은 아니다. 말하자면 자신이 있는 곳에서 자연스럽게 살아가는 모습을 옮겨 적는다고 하는 편이 옳았다. 그곳이 뉴욕 타임스스퀘어이건 치앙콩의 후미진 골목길이건 개의치 않는다는 투였다. 타임스스퀘어에서는 뉴요커처럼 살았고 치앙콩에서는 치앙콩에서 나고 자란 태국인인 듯이 살았다. 그랬다. '살았다'고 말할 수밖에 없는 방식으로, 하루오는 여행을 했다. 그걸 '여행'이라고 할 수 있다면 말이지만.

어쨌든 낯설고 새로운 게 없지 않을 텐데, 하루오는 그런 것에 별다른 관심이 없는 것 같았다. 기껏해야 자기가 어디에 있는 것인지 갑자기 어리둥절해졌다는, 그런 정도의 느낌뿐이었다. 낯섦에 관심이 없는 여행가라니—이건 거리 풍경에서 매일 신기함을 느끼는 노선버스기사만큼이나 도대체 말이 안 되는 게 아닌가.

나는 그렇게 생각했지만, 독자들 가운데는 실제로 '프렌드'가 된 사람들도 있다고 하루오는 말했다. 어떤 친구는 온라인의 글로만 알고 있다가 우연히 여행을 간 곳에 살고 있어서 만나게 되고, 어떤 친구는 여행길에서 만났다가 나중에 그의 홈페이지에 들어와 연락을 주고받게 되고, 그렇다는 것이다.

우리—나와 그녀—로 말하자면, 후자의 경우였다. 여행중에 만난 뒤 홈페이지에 들어가 독자가 되었다는 뜻이다.

2

하루오를 만난 건 몇 해 전 델리에서 바라나시로 가는 야간열차 안에서였다. 그녀와 나는 만난 이후 처음으로—실은 처음이자 마지막으로—함께 여행을 떠난 참이었다. 그것도 해외여행을.

사실 그녀는 외국이 익숙했지만, 나는 그렇지 않았다. 그때 나는 추리닝에 토익책을 끼고 사는 취업 준비생이었다. 고교 시절까지만 해도 파일럿이 장래희망이었지만 해외여행이라고는 중국에 가본 게 전부인 위인이 나였다. 그것도 아버지가 추진한 동네 노인회의 마을여행에 억지로 끼어서였다. 사내는 모름지기 넓은 세상을 알아야 한다―그게 아버지가 나를 어르신들의 중국여행에 끼워넣은 이유였다. 당신 자신이 비행기를 처음 타본다는 이야기는 하지 않았다. 내가 그때 '중원'의 넓은 세상에 나가서 한 것이라고는 건강식품을 파는 상점에서 가이드의 지루한 설명을 들으며 물건을 집었다 놨다 집었다 놨다 했던 것뿐이다.

그녀는 달랐다. 전 세계에 라인을 갖고 있는 외국계 N항공사의 객실승무원이 되었으니까. 나는 파일럿이 꿈이었으되 책상머리에 앉아 핏발 선 눈으로 컴퓨터 화면을 노려보는 사무직원이 될 것이었고, 그녀는 안정된 공무원이 꿈이었으나 고도 구천 킬로미터의 허공에서 일하는 스튜어디스가 될 것이었다. 이제 막 입사했을 뿐이지만 인천을 베이스로 미주 등지를 왕복하게 될 그녀의 미래는 밝았다. 미국 내의 호텔에서 퍼 디움(체류비)을 받으며 머물 자격이 있는 인생이라는 얘기다.

그러니까 이건 거대한 쇳덩어리인데 어디든 날아갈 수 있단 말야. 가벼운 솜털이 가지 못하는 곳을 무거운 쇳덩어리는 왕래할 수 있다는 거지. 그녀는 첫 비행을 마치고 난 소감을 그렇게 말했다. 얼굴이 달떠 있었다. 꽤나 낭만적인 소감이네―나는 그렇게 이죽거릴 뻔했지만, 그녀는 내 기분을 알아차리지 못하고 말을 이었다.

하룻밤 내내 비행기를 타고 머나먼 도시로 날아갔다가, 그곳의 호텔에서 시간을 보낸 후 다시 돌아오는 생활인 거야. 바다

건너의 마천루에 도착하면, 스무 시간밖에 날아가지 않았는데도 이틀이 지나 있는 거지. 돌아올 때는 반대야. 스무 시간이나 날아왔는데도 두 시간밖에 안 지나 있어. 시간을 호주머니에 넣었다가 다시 꺼내는 꼴이랄까.

그녀는 갓 내린 커피를 마시며 대단히 흥미롭다는 어조로 말했다. 그날 우리는 만난 뒤 처음으로 술을 마시지 않고 헤어졌다.

그녀 역시 내 꿈이 비행사였다는 걸 알고 있었다. 어렸을 때는 아카데미의 팬텀 시리즈나 하세가와 모델 들을 수집했고 나중에 항공학교로 진학하는 걸 당연하게 생각할 정도였다. 집에서도 물론 반대하지 않았다. 문제는 시력이었는데, 고교 때 시력이 급하게 안 좋아졌기 때문에 안경을 써야 했던 것이다. 중대한 결격 사유였다. 하지만 나는 꿈을 접지 않았다. 부모님을 졸라 라식수술을 받은 것이다.

그리고 그것으로, 모든 꿈이 물거품처럼 사라졌다. 나중에 알게 된 사실이지만 눈 수술은 치명적이었다. 신체검사 때 의사는 이렇게 말했다. 비행기라는 것은 전후좌우뿐 아니라 위아래로도 움직이는 기계지. 비행사는 급격한 중력의 변화에 견뎌야 해. 그런데 라식은 각막을 깎아내는 수술이야. 결론은? 기압이 갑자기 바뀌면 시야가 흐려질 수도 있고, 최악의 경우 안구 자체가 터져버릴 수도 있다는 거지.

나는 하늘에서 안구가 터지는 상상을 했다. 수없이 했다. 구름 속을 날아가다가 갑자기 거대한 태풍을 만난다. 기체가 상하좌우로 급격히 흔들린다. 그러다 문득 태풍의 눈으로 진입한다. 태풍의 눈은 고요로 가득하다. 그 고요의 한가운데서 갑자기 안구가 펑, 터져버리는 것이다. 시야가 사라진다. 시야가 캄캄해지는 게 아니라, 시야라는 것 자체가 그냥 없어진다는 뜻이다. 상상력이 꿈을 죽이기도 한다는 것을, 나는 그때 알았다. 이불을 뒤집어쓰고 상상을 반복한 끝에, 나는 흔쾌히 꿈을 접을 수 있었다.

하지만 요즘도 출장을 갈 때마다 공항에 들어서면 묘한 느낌이 든다. 그곳에서는 모두들 제 몸만큼 커다란 가방을 두어 개씩 끌고 머나먼 곳으로 떠나거나 머나먼 곳에서 돌아온다. 그런 곳에서 정장을 입은 채 보딩패스를 받고, 수화물을 보내고, 출국심사를 받기 위해 줄을 서서 허공을 바라보고 있으면…… 하릴없는 생각들이 나를 사로잡는 것이다. 세상의 모든 목적지들이란 어떻게 태어나는 것일까. 사람에게 목적지가 필요한 게 아니라 목적지가 사람들을 필요로 하는 게 아닐까. 인간이 떠나고 돌아오는 게 아니라 떠날 곳과 돌아올 곳이 인간들을 주고받는 게 아닐까—알록달록한 표지로 된 서양 잠언집의 문장 같은, 그런 생각들 말이다. 그러니까, 그녀에게 여행을 제안한 건 나였다.

열차는 꽤 지저분했다. 침대차였지만 쿠페형이 아니라 개방형이었다. 위아래로 두 칸씩의 침대가 마주보는 형태였다. 바닥에는 오물들이 흩어져 있고 상한 과일 냄새 같은 것이 차내를 흘러다녔다. 나와 그녀는 냄새 같은 것은 아랑곳없이 창밖과 열차 안을 번갈아가며 구경하고 있었다. 한국을 떠날 때는 한겨울이었는데 인도에 도착하니 초가을이구나. 그녀가 하나 마나 한 말을 중얼거렸다. 그게 지구라는 물건이야. 나 역시 하나 마나 한 말로 대꾸했다. 과연 그렇다고, 그녀는 고개를 끄덕였다. 낮의 창밖으로는 어느 나라에나 있을 법한 정겨운 시골 풍경이 지나갔고 밤의 창밖으로는 역시 어느 나라에나 있을 법한 캄캄한 어둠이 흘러가고 있었다.

시타푸르쯤을 지날 때였던가. 열차 안에서 바닥의 오물들을 치우기 시작한 사람이 있었다. 잠을 자거나 무료하게 시간을 보내고 있는 사람들 사이에 얌전히 앉아 있다가 문득 몸을 일으키더니, 어디선가 빗자루와 걸레를 가져와 물까지 슬슬 뿌려가며 객차 바닥을 청소하기 시작한 것이다. 중키에 호리호리한 체구의 젊은 남자였다. 남자가 그 열차의 직원이 아니라는 것은 누구나 알 수 있었다. 낡은 면바지에 헐렁한 그레이 티셔츠를 걸친, 평범한 복장을 하고 있었으니까.

저 사람, 뭐 하는 거야? 그녀가 남자 쪽을 턱으로 가리켰다. 다른 승객들 역시 그런 남자를 이상하다는 듯이 바라보고 있었다. 남자는 웃음 띤 얼굴로 승객들과 인사까지 나누며 청소를 계속하고 있었다. 남자가 가까이 다가왔을 때에야, 우리는 그의 얼굴이 인도인과는 다르다는 것을 깨달았다.

남자가 내 자리까지 와서 다리를 들어달라고 청했다. 나로서는 자연스럽게 그에게 말을 걸 기회가 생긴 셈인데, 내 입에서 나온 영어란 겨우 이런 것이었다.

당신은, 무엇을 하고 있습니까?

남자는 고개를 들어 나를 바라보더니 당연하다는 듯 대답했다.

나는, 청소를 하고 있습니다.

그의 싱거운 대답에 나는 다시 질문했다.

내 말의 뜻은, 왜 당신이 청소를 하고 있는가 하는 것입니다.

나는 '당신이'에 강세를 두고 말했다. 남자는 무표정하게 나를 바라보며 대답했다.

왜 내가 청소를 하면 안 되는 것입니까?

남자 역시 '내가'에 힘을 주어 대답했다. 나는 어이가 없어져서 실없는 웃음을 터뜨리고 말았다. 그녀가 끼어들었다.

이곳은 인도이고, 우리가 있는 곳은 다른 곳도 아닌 야간열차 안입니다. 인도의 열차는 대개 이렇게 지저분하고 오래된 차량으로 되어 있습니다. 그것은 자연스러운 것입니다. 그것 자체가 인도의 일부라고 할 수 있습니다. 당신은 직원이 아니라 승객이며, 그렇기 때문에 청소를 할 필요가 없다고 우리는 생각합니다.

거의 연설에 가까운 그녀의 말을 듣고 나더니, 남자는 천진한 표정으로 빙긋, 웃었다. 그러고 나서 그가 한 말은 다소 뜻밖의 것이었다.

당신들과 나는, 친구가 되도록 합시다.

그것이 하루오와의 첫 만남이었다.

그후 우리는 정말 '프렌드'가 되었다. 하루오의 얼굴을 보고 있다가, 그녀와 나 역시 서로를 마주보며 빙긋, 웃고 말았으니까. 우리가 웃는 이유를 우리 자신도 딱히 잘은 모르겠다는, 그런 표정으로.

3

하루오는 짐을 챙겨 우리 자리로 옮겨왔다. 그리고 그 밤의 열차 안에서 내내 오랜 친구처럼 이야기를 나누었다. 처음 만났을 때조차 전혀 어색하게 느껴지지 않았다는 건 좀 의아한 일이지만, 하루오는 공기처럼 자연스럽게 우리에게 스며들었다.

말하자면 이런 느낌이었다. 여행자인 그녀와 나는 이쪽에 있고, 여행지의 풍경과 사람 들이 저쪽에 있다. 이쪽과 저쪽은 서로를 바라보지만 그 사이에는 건널 수 없는 유리막 같은 게 있다. 우리는 유리막 저편의 세계를 구경하고 저편의 세계는 우리에게서 어떤 식으로든 수수료를 받는다. 여행이든 관광이든, 우리가 그 풍경 속에서 살아간다고는 할 수 없으니까.

그런데 그 중간에 하루오가 슥 들어와 양쪽의 경계를 흩뜨려놓는다. 유리막 같은 것이 갑자기 사라져버려서 바깥의 공기가 밀려들어온다. 그런 것이다.

새벽에 바라나시에 도착한 우리는 역시 같은 게스트하우스에 여장을 풀었다. 우리는 함께 노천카페에서 인도 맥주를 마셨고, 오토릭샤들이 윙윙거리며 내달리는 바자르를 헤맸으며, 갠지스 강변의 가트(계단)에 앉아 이런저런 이야기를 나누었다. 하루오는 처음부터 우리와 함께 떠나온 사람처럼 자연스러웠고, 그녀와 나 역시 그걸 자연스럽게 여겼다.

그게 하루오가 가진 기묘한 재능이라는 것은 나중에서야 깨달았던 것 같다. 하루오와 맥주를 마시며 떠들고 있으면 내가 외국의 언어를 쓰고 있다는 느낌이 사라지곤 했다. 하루오와 바자르를 헤맬 때는 그녀보다 더 오래 알고 지낸 옛 친구와 걷고 있다는 착각에 빠지기도 했다. 그녀보다 더―라는 표현을 빼고 말하긴 했지만, 그녀도 내 의견에 동의를 표했다.

하지만 하루오가 우리 곁에만 붙어 지냈던 것은 아니다. 하루오에게는 하루오의 여행이 있다는 식이랄까. 하루오는 자주 사라졌다. 밤새도록 어딘가를 돌아다니다가 아침에 개처럼 지친 몰골로 나타나기도 했고, 어디선가 오토릭샤를 빌려 와 혼자 먼지 날리는 시골길을 달리기도 했다. 인도인 친구들이라며 낯선 사람들을 게스트하우스로 데려와 '짜이(茶)'를 마신 일도 있었는데, 그럴 때 둥글게 앉아 있는 인도 사람들 사이에 일본인이 끼어 있다고 생각할 수 있는 사람은 거의 없었다.

하루오는 하루오의 주위에 아무도 없는 것처럼 자연스럽게 행동했다. 때로는 하루오 자신이 이미 하루오가 아닌 것처럼 보이기도 했다. 한번은 게스트하우스에서 가까운 바자르를 지나가다가 인도산 액세서리들을 파는 상인을 물끄러미 바라본 적이 있다. 저 사람, 어딘지 낯이 익다―는 느낌이 들어서였다. 잠시 후 그녀와 나는 입을 딱 벌릴 수밖에 없었다. 그 복잡한 시장통에 좌판을 벌여놓고 액세서리를 팔고 있는 것은, 다름아닌 하루오였던 것이다. 인도인 친구에게서 물품을 받아 파는 것이라고 말할 때의 하루오가 어찌나 천연덕스럽던지, 그가 이곳에서 나고 자란 사람이 아닌가 착각이 들 정도였다.

너는 내가 알고 있는 일본인과 다르다—고 하루오에게 말한 적이 있다. 그때 하루오는 내 얼굴을 멍청하게 쳐다보더니, 너도 내가 알고 있는 한국인과 다르다—고 대꾸했다. 예의 그 빙긋, 하는 웃음과 함께였다. 그건 당연한 일 아니냐는 투였다. 옆에 있던 그녀가 나를 향해 편견이 너무 많다고 비난한 것 역시 당연한지도 모른다. '일본인답지 않게 여행을 좋아하는 하루오' 어쩌고 한 것을 두고 하는 말이었다. 하긴 이 글의 첫 문장도 그렇게 시작했으니 나로서는 할말이 없는 셈이다.

게다가 하루오는 엄밀히 말해서 전형적인 일본인도 아니었다. 하루오의 할아버지는 미국인이었고, 하루오의 어머니는 오키나와 태생이라는 것이다. 오키나와라면, 하고 그녀가 말했다. 대만 쪽에 있는 그 섬들인가? 류큐제도라고 하던가?

하루오가 고개를 끄덕였다. 오키나와 인들은 일본인이라고 할 수도 없고 일본인이 아니라고 할 수도 없고, 그렇다던데. 그녀가 애매하게 뇌까렸다. 그때 하루오가 던진 농담은 이런 것이었다.

말하자면, 절반 이상의 하루오는 어딘지 다른 하루오이다—라고.

오키나와에서 나고 자란 하루오는 도쿄의 백부 댁으로 이주한 뒤에 이런저런 불행에 시달렸다고 한다. 하루오가 도쿄로 오자마자 오키나와에 있던 부모님이 이혼한 게 첫번째였다. 게다가 학교에서는 왕따에 시달렸다. 일본인으로서는 어딘지 모르게 이상한 외모에 말수가 적은 하루오로서는 교실이라는 우주에 적응하는 것이 가장 힘든 일이었다. 게다가 지원한 대학에는 보기 좋게 낙방까지 해버렸던 것이다.

하루오는 백부 집을 나와 무작정 여행을 떠났다고 한다. 일종의 '자살여행'이었지. 삶에 의욕이 없었고 죽음에 특별한 거부반응이 없었기 때문에 ─ 라고 하루오는 설명했다.

죽기 전에 그간 모아둔 돈을 모두 털어 여행을 가기로 마음먹은 하루오는, 절망에 빠진 청년답게 무작정 북극에 가고 싶다고 생각했다. 하지만 경제 사정 등 여러 이유 때문에 결국 가까운 한국을 택했다고 한다. 부산에서 출발해 서울, 춘천, 속초를 거쳐 칠번국도를 타고 내려와 부산으로 돌아가는 루트였다.

여행의 첫날, 하루오는 이상한 느낌을 받았다고 한다. 부산 뒷골목의 어느 게스트하우스에서 ─ 아마도 그건 모텔이나 여관일 거라고 그녀가 정정해주었다 ─ 머물게 된 하루오는 전에 없이 길고 깊은 잠을 잤다. 깨어 보니 낯선 방이었다. 몇 겹의 삶이 지나간 듯 오래 잔 느낌이었다. 그 아침, 천장을 바라보며 누워 있던 하루오는 어쩐지 바다 밑바닥에서 빠져나오는 기분으로 몸을 일으켰다. 창문을 열고 소음으로 가득한 거리를 내려다보았다. 희미한 햇살이 있었고, 무수한 자동차들이 지나다녔고, 매연이 뒤섞인 찬 공기가 창문으로 밀려들었다. 하루오는 아, 하고 짧은 신음을 내뱉었다. 어딘지 모르게, 그것은 새로운 세계였던 것이다.

아침식사를 위해 거리로 나갔다가 하루오는 사소하지만 이상한 경험을 하게 된다. 길 저편에서 다가오던 젊은 여자 하나가 하루오에게 이렇게 물었던 것이다.

혹시…… 도를 믿으시나요?

하루오는 여자를 멍하니 쳐다보았다. 자신이 도를 믿는지 아닌지 알 수 없다는 표정을 짓고 있다가, 하루오는 자기도 모르게 빙긋, 웃음을 흘렸다. 여자도 하루오의 얼굴을 쳐다보고 있다가 그를 따라서 빙긋, 웃었다. 그것으로 그만이었다. 어쩐지 서로 더이상 말이 필요 없어진 것 같은, 그런 기분이 된 것이다.

여자를 지나쳐 걸어가다가 하루오는 문득 이상한 느낌이 들었다. 여자가 한 말이 영어가 아니라는 것을 깨달았던 것이다. 물론 일본어도 아니었다. 발음으로 보아—하루오는 그 발음을 또렷이 떠올릴 수 있다고 했다—그것은 확실히 한국어였다. 자신이 아는 한국어라고는 김치와 불고기, 그리고 안녕하세요—라는 인사말뿐이라고, 하루오는 덧붙였다.

여자와 헤어지고 찬 공기가 흘러다니는 거리를 걸어가면서, 하루오는 기이하게도 죽고 싶었던 마음이 어디론가 사라져버렸다는 사실을 깨달았다. 그것을 하루오는 이렇게 표현했다. 말하자면 그건, 나라는 존재가 오 센티미터쯤 다른 세계로 옮겨진 것 같은, 그런 순간이 아니었을까. 어쩌면 정말 도를 알게 된 것인지도 모르지만. 믿거나 말거나, 그건 겨울의 부산 남포동 거리에서 있었던 일이 분명하다—고 하루오는 진지한 표정으로 말했다.

4

바라나시를 떠나기 전날 밤이었다. 우리는 게스트하우스의 방에 앉아 술을 마셨다. 하루오가 들고 온 포도주였다. 그녀와 나는 인도와 갠지스 강에 대해 여행자들다운 대화를 나누었다. 인도의 현재는 갠지스 강의 신비와 IT산업의 결합이다—라든가, 조지 해리슨은 갠지스 강변에서 죽음을 기다리면서 무슨 생각을 했을까—같은 싱거운 이야기들이었다. 하루오는 간간이 웃어주었을 뿐이다.

잠시 옅은 잠이 든 모양이었다. 어둠이 깊다는 느낌이 들었다. 깊은 물속에 잠겨 있는 기분이었다. 새벽 두시나 세시는 된 듯했다. 나는 술을 마시던 그대로 침대 위에 누운 채였다.

어둠 속에서 하루오와 그녀가 이야기를 나누는 소리가 아련하게 들려왔다. 물속에서 들려오는 대화 같았다. 나는 무거운 눈꺼풀을 조금 들어올렸다. 하루오와 그녀가 눈에 들어왔다. 창밖에서 스며든 희미한 불빛이 하루오와 그녀에게 부드러운 실루엣을 만들어주었다. 그들은 나란히 앉아 가만히 손을 잡은 채 이야기를 나누고 있었다. 아주 오래된 연인들처럼 자연스러워 보였다.

이것은 밤과, 어둠과, 희미하고 연약하게 심장이 뛰는 물속의 풍경이라고 나는 생각했다. 그들의 모습이 너무 아늑하고 고요해 보여서, 나는 내가 깨어 있다는 기척조차 낼 수 없었다.

나는 물고기처럼 다시 잠에 빠져들었다.

아침에는 잔뜩 날이 흐려 있었다. 우리는 마지막으로 갠지스 강에 나가보기로 했다.

우리는 아무런 목적 없이 걸었는데, 발이 멈춘 곳은 버닝 가트였다. 버닝 가트는 일종의 화장터로, 계단들 사이사이의 석조 제단에 장작이 쌓여 있고 그 곁에 천으로 싸맨 시신이 순서를 기다리는 곳이다. 한쪽에서는 이미 장작불이 타오르고 있었다.

우리는 가트 주변을 걸었다. 바람을 타고 검은 재가 점점이 우리를 지나갔다. 검은 재는 불규칙하게 흩날리다가 우리의 머리와 어깨에 내려앉았다. 그녀와 나는 곧 델리로 돌아가 인천행 비행기를 탈 것이었다. 하루오는 바라나시에서 네팔을 거쳐 방글라데시까지 내려가볼 요량이라고 했다. 거기 어디서 일본으로 돌아갔다가, 두어 달 뒤에는 남미를 돈 뒤에 쿠바를 거쳐 북미로 향할 거라는 계획도 덧붙였다. 일본에 있을 때는 "죽은 듯이" 시간을 보낸다는 이야기도 그때 들은 것이다.

버닝 가트 뒤쪽으로 천으로 싸맨 시신들이 수레 위에 드문드문 놓여 있었다. 그 위로 빗방울이 떨어지기 시작했다. 천이 젖어들고 있었다. 내 곁의 수레에 놓여 있던 시신의 윤곽이 스르르 드러나는 것을, 나는 물끄러미 바라보았다. 가슴과 허리의 굴곡, 가는 다리 선이 시신을 덮은 주홍색 천 위로 조금씩 도드라지고 있었다. 젊은 여성의 시신인 것 같았다. 나는 그 윤곽에서 시선을 떼지 못했다. 오늘은 춥네―나를 힐끗 바라본 그녀가 몸을 여미며 중얼거릴 때까지.

찬 안개가 물 위를 흘러다니고 있었다. 인도의 아침이라고는 믿을 수 없을 정도로 체감온도가 낮았다. 공기중에 얼음을 몇 개 푼 것 같은 느낌이었다. 몇몇 인도인들만이 강물에 몸을 담그고 묵상을 하거나 가볍게 몸을 씻고 있었다.

강 저편은 황량해 보였다. 집도 사람도 보이지 않는 모래땅이었다. 그곳을 '죽음의 땅'이라고 부른다는 이야기는 게스트하우스의 주인이 해준 것이다. 버닝 가트에서 타고 남은 재들이 모두 그곳으로 흘러가기 때문에 붙은 말이라고 했다.

그녀와 나는 계단에 앉아 점점이 떨어지는 빗방울을 맞으며 강과 강의 저편을 바라보고 있었다. 우리가 무언가 생각을 하고 있었던 것 같지는 않다. 그저 물 위를 떠가는 재들을 바라보고 있었을 뿐이다. 아니면 재들이 우리를 바라보고 있었는지도 모르지만.

그때 우리의 눈에 들어온 물체가 있었다. 그것은 강물에 떠 있었는데, 가만히 보니 남자의 머리였다. 남자는 물 위로 머리를 내놓은 채 흘러가고 있었다. 처음에는 시신인가 싶었지만, 때때로 팔을 들어 물을 젓기도 하는 것으로 보아 헤엄을 치고 있는 게 틀림없었다. 그것은 확실히, 배영이었다.

간혹 수영을 하는 사람을 본 적이 있긴 하지만, 빗방울까지 듣는 차가운 아침에 배영이라니. 그녀와 나의 멍한 표정이 일그러지는 데는 그리 오랜 시간이 걸리지 않았다. 수영을 하고 있는 사람은 비로 하루오였던 것이다. 어느 결엔가 또 우리 곁에서 사라진 하루오가, 거기 물 위에 있었다.

하루오는 머리를 물 밖으로 내놓고 하늘을 바라보며 간간이

물을 저으며 흘러가고 있었다. '흘러가고 있다'고 표현할 수밖에 없는 속도였다. 아마도 강의 저편에 닿을 요량인지도 몰랐다. 하루오 주위의 수면에는 시신을 태우고 난 뿌연 재들이 형체 아닌 형체를 이루어 떠내려가고 있었다. 그런 하루오의 모습을, 우리는 가트에 앉은 채 멍하니 바라보고 있었다.

그녀가 중얼거리듯 말했다.

하루오가…… 떠내려가네.

나 역시 중얼거리듯 뭐라 대꾸했는데, 내 입에서 튀어나온 말은 나 자신에게도 어리둥절한 것이었다.

아무래도…… 절반 이상의 하루오니까.

그녀가 나를 돌아보았다. 내 목소리가 어딘지 퉁명스럽게 들린 모양이었다.

5

한국에 돌아온 뒤 나는 하루오의 홈페이지에 들러 그의 여행기 아닌 여행기를 읽기 시작했다. 어쩐지 탐닉이라고 해도 좋을 만한 열정이었던 것으로 기억한다.

하루오는 인도에서 만난 '프렌드'로 그녀와 나를 소개하고 있었다. 그것은 무관심도 아니었고 과도한 애정도 아니었다. 우리를 묘사의 대상으로 삼지도 않고 주인공으로 삼지도 않는다는 느낌이었다. 그냥 그녀와 내가 그의 글에서 숨쉬고 있을 뿐이었다. 카트만두를 거쳐 치타공까지 가면서도 하루오는 황량하고 아득한 그곳의 풍광에 감탄하지 않았다. 그는 여행길에서 만난 이들과 자신이 어떻게 지냈는지, 어떤 음식을 먹을 때 어떤 생각이 떠올랐는지, 그런 시시콜콜한 것들을 기록해놓고 있었다. 얼마 뒤 문득 쿠바의 음악을 들려주면서도 이것은 단지 음악일 뿐이라는 듯 말했으며, 멕시코의 거리에서 목격한 강도사건을 적으면서도 나리타의 어디인 것처럼 쓰고 있었다. 하지만 이상하게도 그 모든 글들에서 내가 떠올린 것은, 재와 함께 갠지스 강물 위를 떠가는 하루오의 모습이었다.

세월은 빠르게 흘러갔다. 하루오의 홈페이지를 방문하는 빈도는 눈에 띄게 줄어들었다. 시간이 흐르니까 어쩔 수 없지, 하는 느낌이었지만 실제로는 그의 글에 대해 그리 흥미를 느끼지 않게 되었다고 하는 편이 옳았다. 하루오는 그토록 많은 장소들에서 살아가고 있었지만, 그의 글이 나에게 주는 인상은 점점 줄어들고 있었다.

그의 글을 읽으며 느꼈던, 이유를 알 수 없는 탐닉도 희미해졌다. 마음이나 집중력이라는 것에도 탄생과 소멸의 주기가 있는 법이니까―라고 나는 생각했다. 아마도 그 때문일 것이다. 그녀와 내가 헤어진 것 역시.

어느 날인가 그녀가 나를 불러낸 적이 있다. 그녀는 이 단짜리 캐리어를 끌고 비행기에서 내린 모습 그대로 내 사무실 앞에 서 있었다. 퇴근하는 길인 모양이었다. 두 손을 앞으로 모아 캐리어의 손잡이를 잡고, 그녀는 가만히 서서 나를 바라보고 있었다.

그런 그녀를 향해 한 걸음 한 걸음 다가가는데, 무언가 내 가슴속을 지나가고 있다는 느낌이 들었다. 한 줄기 텅 빈 바람인지도 모르고, 늙은 나무에서 마지막으로 떨어지는 잎사귀인지도 몰랐다. 이것으로 그녀와의 관계가 과거의 것이 되었다는 것을 나는 깨닫고 있었다. 그건 그녀도 마찬가지였던 모양이다. 그날 저녁식사를 하면서 서로 눈이 마주쳤을 때, 우리는 동시에 어색한 미소를 지었다. 우리 두 사람 사이에 앉아 있는 타락한 천사가 우리의 표정에 무거운 돌을 하나씩 올려놓는 느낌이었다. 돌이 떨어지면 잠시 미소가 돌아오려 하고, 그러면 그 짓궂은 천사는 무거운 돌을 하나 더 올려놓는 것이다. 나는 하루오의 그 빙긋, 하는 웃음을 흉내내보려고 했지만 잘 되지 않았다.

나는 생각했다. 뭐랄까, 이건 그냥 일상적인 사건인 거야. 그래서 지금 당장은 아무런 영향도 미치지 않을 테니 괜찮아. 나는 그녀와 헤어진 후 집에 가서 잠을 잘 것이고, 내일은 출근을 할 것이고, 그리고 아무 일도 일어나지 않을 것이다. 나는 그런 엉뚱한 생각을 하면서 그녀와 마주앉은 시간을 흘려보냈다. 기린과 펠리컨이 같이 앉아 있는 것처럼, 서로 말이 없었다.

다음날 밤 그녀가 전화를 걸어왔다. 그리고 그 무렵 새로 사귄 미국인 애인에 대해 이야기했다. 새로 배운 악기라든가, 새로 익힌 외국어에 대해 설명하는 것 같은 어조였다. 같은 항공사에서 근무하면서 뭐가 어떻게 된 건지 모르게 자연스럽게 그렇게 되었다고 했다. 그것이 나와 헤어지게 된 원인인지 결과인지는 잘 모르겠다고, 그녀는 웃으면서 말했다. 나는 전화를 귀에 댄 채 고개를 끄덕였다.

어느 순간 인생은 '갑자기' 흘러가는 모양이다. 그 무렵 나는 같은 회사에서 근무하던 인턴 여직원과 가까워졌고, 모든 면에서 전형적인 연인관계로 발전해 있었다. 고향에서 홀로 지내시던 아버지를 모셔 와 전쟁 같은 결혼식을 치른 것은 그로부터 얼마 뒤였다. 충동적으로 떠난 여행처럼, 모든 것이 내 곁을 휙휙 흘러간다는 느낌이었다. 결혼 후의 생활은 순탄치 않았다. 나는 자꾸 밖으로 돌았고, 아내는 그런 나를 견디지 못했다. 절반 이상의 나는 어디 다른 곳에서 살고 있는 듯한 느낌이었다. 그건 아마도 아내 역시 마찬가지였을 것이다.

해외 전출을 희망했던 것과는 달리, 나는 국내 대리점 관리를 벗어나지 못했다. 그도 그럴 것이 미국에 본부를 둔 모회사가 휘청거리는 바람에 한국 지사 역시 인원 감축 등 사업 전반의 구조조정이 시작되던 때였기 때문이다. 모든 것이 뜻대로 되지 않는다고 생각했지만, 실은 내 뜻이 무엇인지도 정확히 알 수 없었다. 원인과 결과가 마구 뒤섞이는 느낌이었다. 아내와는 한 해를 채우지 못하고 결국 이혼에 합의했다. 불행은 불행을 따라다니는 모양인지, 이혼 수속이 진행되는 와중에 아버지가 돌아가셨다.

아버지는 고향 집에서 눈을 감으셨는데, 나는 그걸 아버지의 작고 겸손한 행복이라고 생각했다. 아버지는 평생 한 번도 떠나지 않은 자신의 공간에서 고요히 눈을 감으신 것이다. 오래전 함께 중국여행을 떠나기도 했던 동리 어르신들은 이제 거의 남아 있지 않았다. 절반 이상이 세상을 떠난 탓이기도 했지만, 한편으

로는 근방에 생긴 리조트 덕분이기도 했다. 그쪽에 땅을 갖고 있
던 몇몇 고향 어른들은 '한몫' 잡아서 도회로 나갔다고 했다. 반
면 아버지를 포함한 많은 토박이들은 리조트 건설 반대시위를
벌이며 사이가 벌어졌다. 이후 리조트 쪽과 시청 쪽의 로비 몇
번에 시위는 유야무야되었다. 시간은 많은 것을 순식간에 바꿔
놓았다. 고향은 고향이었지만, 나로서는 아무런 미련이 남지 않
는 고향이었다.

사흘간의 장례는 참으로 간소했다. 가까운 곳에 살던 몇몇 지
인들이 찾아오고, 내 직장 사람들 중 친한 이들 몇몇이 내려와
술을 마셔주고, 사설 공원묘지를 구입해 아버지를 모시고, 장례
가 끝난 뒤 아버지의 유품들을 정리하고, 사망신고를 하고……

읍내의 부동산에 작은 집과 쓸모없는 텃밭을 내놓고 나오려는
데, 아버지의 친구이기도 한 주인이 생전의 아버지를 회고했다.
멀쩡하던 양반이 갑자기 쓰러졌다 깨어난 와중이었기 때문에 더
더욱 가슴이 아팠다고 덧붙이면서였다. 이보게, 여기가 어딘가?
내가 태어난 곳이 맞는가? 내가 태어난 곳은 어디로 사라졌는
가?―아버지의 말을 들려준 뒤에 부동산 주인은 허공을 쳐다보
며 안타까운 듯 혀를 찼다. 그래도 그 양반은 고향에서 뜨셨으
니, 다행이지.

나는 정중히 인사를 건네고 부동산을 나왔다. 아마도 아버지
의 옛 친구를 만나는 것도 마지막일 것이다. 집과 텃밭이 팔리면
전화와 팩스로 일을 처리할 것이었다.

나는 아버지의 방에서 아버지의 요를 깔고 누운 채 고향에서

의 마지막 밤을 보냈다. 낡은 벽지가 그대로인 천장을 바라보며 붓꽃 무늬들을 하나하나 세었다. 오십 개쯤의 붓꽃까지 세다가 숫자를 놓치면 처음부터 다시 세었다. 이백 개쯤의 붓꽃까지 세다가 숫자를 놓치면 처음부터 다시 세었다. 오백 개쯤의 붓꽃까지 세다가 숫자를 놓치면 처음부터 다시 세었다.

그녀와는 가끔 연락하고 지냈다. 아내가 아니라 스튜어디스였던 그녀 말이다. 한번은 아주 오랜만에 저녁식사를 함께한 적도 있다. 하필이면 우리가 처음 연애를 시작한 바로 그날이었다. 목소리들이 마구 날아다니는 술집에서, 대화라는 걸 생전 처음으로 해보는 사람의 기분으로 그녀와 이야기를 나누던 오래전의 그날.

하필이면……이라고 했지만, 어쩌면 우리는 그날을 기억하고 있다가 우연을 빙자해 만난 것인지도 몰랐다. 다시 만날 것도 아니면서 옛 기념일이라니, 우리는 참 괴팍하군. 누가 먼저랄 것도 없이 그런 말들을 뱉어놓고는 동시에 웃음을 터뜨렸다. 샐러드의 키위드레싱이 좀 시었던지, 그녀가 얼굴을 찡그렸다. 내가 농담삼아 물었다.

공중은 어때? 좋은 곳인가?

그녀는 뜻밖에 풀이 죽은 목소리로 탁자를 내려다보며 중얼거렸다.

공중은…… 외로운 곳이야. 창밖을 봐도 신호등도 없고, 마주오는 구름을 향해 손을 흔들 수도 없고.

혼자 중얼거리듯 그녀는 말을 이었다.

공중에 있는 건 사람들뿐이지. 내가 시중들 사람들.

내가 짓궂게 반문했다.

비행기 속도가 시속 구백 킬로미터야. 선동열이 던지는 공보다 여섯 배나 빨리 움직이는 기계 안에서 주스와 생수와 식사를 서비스하는 거지. 설마, 그걸 모르고 시작했다는 말이야?

그녀의 얼굴에 힘없는 미소가 떠올랐다가 사라졌다. 그녀가 문득 하루오 이야기를 꺼낸 것은 그 무렵이었다.

하루오를 봤어.

하루오? 하루오? 아, 하루오.

나는 그녀의 입에서 하루오라는 이름이 나오자 가벼운 감탄을 뱉어냈다. 물풀과 녹조와 쓰레기로 채워진 기억의 늪에 잠겨 있다가, 스르르 수면 위로 떠오르는 이름 같았다. 인도여행을 한 지 꽤 된데다 그간의 생활에 변화가 심했기 때문인지, 이젠 '올드 프렌드'라는 느낌마저 들었다.

그녀의 이야기는 다소 뜻밖이었다. 그녀가 하루오를 본 것은 디트로이트 공항에서였다고 한다. 아니, 그게 하루오인지 아닌지는 확실하지 않지만 — 이라고 얼버무리면서 그녀가 말을 이었다.

그녀는 승무원 전용 라인에서 순서를 기다리고 있었다. 두 손을 모아 예의 그 이 단 캐리어를 쥐고 정복을 입은 채였다. 그런데 외국인 입국자들이 수속을 밟는 옆쪽 웨이팅 라인 쪽에서 작은 소동이 벌어지고 있었다.

한 남자가 공항경비대 소속 직원과 실랑이를 벌이고 있었던 것이다. 남자는 간간이 괴성을 지르면서 항의했고, 직원 두 명이 남자의 양팔을 잡고 조사실로 동행을 요구하고 있었다. 낡은 청바지에 헐렁한 갈색 니트를 입은 동양계 남자였다. 목소리와 억양으로 보아 일본인인 듯했는데, '일본인답지 않게' 격렬히 항의하더라는 것이다.

저것은 하루오이다─라는 생각이 든 것은 실랑이를 벌이던 남자가 문득 그녀 쪽을 돌아보았을 때였다. 눈이 마주치는 순간 빙긋, 하는 웃음이 남자의 얼굴을 지나갔다고 생각한 것은, 아마도 자신의 착각이었을 거라고 그녀는 덧붙였다.

미국 공항에서는 전신 스캔이 '랜덤하게' 이루어진다고 그녀는 설명했다. 임의로 선택된 외국인 승객을 커다란 원통형 촬영실에 넣고 용의자처럼 두 팔을 들게 한 뒤 엑스레이 같은 것으로 전신을 스캔한다는 것이다. 9·11 테러 이후 강화된 조치라고 했다. 요구를 거부하면 때로는 입국허가를 받지 못할 수도 있었다.

그녀는 하루오를 돕지 못했다고 한다. 몰려온 공항경비대원들이 그를 조사실로 데려갔기 때문이었다. 단순한 항의를 넘어 일종의 난동을 부렸으니, 아마도 간단한 신상조사 후 입국거부 절차가 진행됐을지도 모르겠다고 그녀는 덧붙였다.

기념일이란 이렇게 쓸쓸한 것일까, 하는 생각을 나는 하고 있었다. 식당 창밖으로는 눈이 내리고 있었다. 겨울도 막바지인지라 소담스러운 눈송이는 아니었다. 젖은 눈, 젖은 눈, 나는 그렇게 중얼거렸다.

그녀는 앞으로의 계획에 대해 말했다. 조만간 항공사에서 근무하는 '캡틴'과 결혼이 예정돼 있으며, 로스앤젤레스에 정착할 계획이라는 얘기였다. 승무원 일은 이미 그만두었고, 한국은 이것으로 이별이라고 덧붙였다. 아주 길고 끝나지 않는 여행을 하게 된 셈이야—라고 그녀는 말했다. 그래도 가끔은 놀러와. 하나 마나 한 말을 뱉으며 나는 고개를 끄덕였다.

헤어질 때 그녀가 지나가는 말인 듯 들려준 이야기는 이런 것이었다.

그때 바라나시의 게스트하우스에서 하루오와 밤새 이야기를 나누었잖아.

그녀는 젖은 눈이 떨어지는 하늘에 시선을 두고 말했다.

너도 우리를 보고 있었으니까 기억하겠지. 그때 우리가 어떤 이야기를 나눴는지 알아?

나도 눈발이 굵어지는 하늘을 바라보았다.

나는 하루오가 아름답다고 말했어.

밤하늘에 시선을 둔 채 그녀가 말을 이었다.

그때도 하루오는 빙긋, 웃었는데, 그 웃음 뒤로 너무 쓸쓸한 표정이 떠오르는 거야.

그 표정 앞에서 그녀는 입을 다물 수밖에 없었다고 한다. 바라나시의 밤이 흘러가고 있었다. 그 어두운 방 안의 고요 속에서, 하루오가 지나가는 말인 듯 이렇게 말했다고 한다.

아름다운 건, 하루오를 제외한 모든 것이다.

그게 하루오의 말이었는데, 어딘지 건조한 그 말이 그때는 아주 조용하고 희박한 공기처럼 느껴져서, 뭐라고 더 말을 할 수가 없었다는 것이다. 그리고 그 순간, 그녀에게는 이상한 느낌이 들었다고 한다.

그녀가 젖은 눈을 손바닥으로 받으며 가만히 말했다.

작은 사랑이 하나 지나간 느낌이었어 ─ 라고.

하루오에 대해서는 덧붙일 이야기가 하나 더 있다.

얼마 전부터 내가 일하는 한국 지사는 위기를 극복하고 회복세를 타고 있었다. 나는 오랜 무력감을 느끼고 있었지만, 회사는 정치권에 발이 넓다는 신임 회장의 강력한 의지에 힘입어 사세를 확장해가고 있었다. 한국 지사가 동아시아 및 동남아시아 시장 쪽을 총괄하게 되면서 사내에는 고요한 흥분이 일고 있었다.

나는 해외 영업 강화를 위해 시작된 프로젝트에 참여하게 된 후, 외국인 사원 신규채용을 추진하는 일을 진행하게 되었다. 다양한 아시아계 외국인들을 선발하는 작업이었다.

뜻밖에도 나는 지원자들 가운데 하루오와 비슷한 일본인을 발견했다. 온라인으로 받은 지원서에는 다카하시 하루오가 아니라 하라 쿄스케라고 적혀 있었다. 하지만 사진으로 보아 그는 다카하시 하루오의 바로 그 눈매와 콧날과 입술을 가지고 있었다. 전체적인 인상은 지원서의 사진 쪽이 훨씬 날카로웠지만, 아무래도 하루오인걸 ─ 하는 생각을 떨칠 수 없었다. 나는 반신반의했지만 확인할 방법은 없었다. 하루오의 홈페이지가 어느 날 문득 폐쇄된 뒤로, 그의 근황은 물론 글도 전혀 접할 수 없었기 때문이다.

면접 때, 나는 하라 쿄스케를 직접 대면할 수 있었다. 하라 쿄스케는 스트라이프 양복을 맵시 있게 차려입고, 입가에 절제된 미소를 띠고 있는 남자였다. 일본인답게 예의와 절도를 안다는 느낌이 들었다. 일본의 소규모 무역회사에서 인턴으로 근무했던 적이 있고, 최근 한국 여성과 사귀게 되면서 한국문화에 깊은 관심을 갖게 되었다고 했다.

하라 씨는 혹시 다카하시 하루오라는 이름을 따로 쓰지 않으십니까?

나는 그렇게 물었다. 하라 쿄스케는 나를 보고 무슨 뜻이냐는 표정을 지으며 갸우뚱하더니 또박또박 답했다. 자신의 이름은 하라 쿄스케이며, 다카하시 하루오라는 이름은 알지 못한다는 것이었다.

면접이 끝난 그날 밤, 나는 혼자 집에서 술을 마시다가 하라 쿄스케의 번호를 찾아 전화를 걸었다. 하라 쿄스케는 인사담당자가 밤늦게 전화를 걸었다는 게 이상한 모양이었다. 열시가 넘은 시간이니 당연한 반응이었다. 나는 아랑곳없이 질문을 던졌다.

하라 씨, 당신은 정말 다카하시 하루오가 아닙니까? 당신은 오래전에 여행에 대한, 아니 삶에 대한 블로그를 운영한 적이 있고, 인도에서 나를 만난 적이 있습니다.

영문을 모르겠다는 듯한 침묵이 지나간 뒤, 하라 씨가 말했다.

그렇습니다. 나는 오래전에 인도를 여행한 적이 있고, 블로그를 운영한 적이 있습니다. 하지만 그것은 여행이나 삶에 대한 것이 아니라 글로벌 트렌드에 대한 것입니다. 물론 글로벌 트렌드 역시 삶에 대한 것이긴 합니다만…… 어쨌든 나의 이름은 하라 쿄스케이며 다카하시 하루오라는 사람은 알지 못합니다.

나는 하라 씨의 말이 끝나기 무섭게, 이상한 열에 들떠서, 단호하게 말했다.

그렇죠? 당신은 역시 다카하시 하루오가 아닙니다. 당신은 다카하시 하루오여서는 안 됩니다. 다카하시 하루오는 여전히……

전화기 저편에서 하라 씨는 침묵을 지켰다.

……여행중일 테니까요.

그렇게 말한 뒤 나는 일방적으로 전화를 끊었다. 독한 중국술이 담긴 술잔을 들어 입에 털어넣었다.

얼마 뒤 나는 회사를 그만두었다.

이유는 여러 가지였다. 프로젝트가 지지부진해졌다는 것, 거기에는 나와 우리 팀원들의 책임도 있다는 것, 회사 쪽의 압박이 조금씩 들어오면서 팀 내 갈등이 심각해졌다는 것 등등.

나는 별다른 계획 없이 사표를 제출했다. 회사를 옮길 수도 있고, 어쨌든 홀몸이었으니 전혀 다른 일을 할 수도 있을 것이다. 하지만 마음은 어느 쪽으로도 움직이려 하지 않았다.

며칠 동안 침대에 누워 천장의 아라베스크 무늬들을 바라보며 시간을 보냈다. 삼백 개쯤의 무늬까지 세다가 숫자를 놓치면 처음부터 다시 세었다. 칠백 개쯤의 무늬까지 세다가 숫자를 놓치면 처음부터 다시 세었다. 구백 개쯤의 무늬까지 세다가 숫자를 놓치면 처음부터 다시 세었다. 천오백 개까지 세다가, 나는 문득 인터넷에 접속해 인도행 비행기 티켓을 구했다.

여행이나 다녀오자는 느낌도 아니었고, 도를 찾아가자는 마음도 아니었다. 이렇게 말해도 좋다면, 어쩐지 그래야 할 것 같았다고나 할까. 아마도 나는 델리로 가서 바라나시행 야간열차를 탈 것이었다. 잠을 자거나 무료하게 시간을 보내고 있는 사람들 사이에 얌전히 앉아 있다가 문득 몸을 일으켜 청소를 시작할 것이었다. 그렇게 하고 있으면 누군가 이렇게 말을 걸어올지도 모른다.

당신은 혹시 다카하시 하루오를 아십니까?

라고.

나는 빙긋, 웃으며 이렇게 대답할 것이다.

절반 이상의 하루오라면,

아마도.

나와 하루오와 메모들

*

소설을 쓰는 일 자체보다는, 소설이 아직 아닌 무엇을 떠올리는 일을, 나는 더 좋아하는 것 같다. 가령 하루오에 대해 쓰는 시간이 아니라, 하루오라는 사람이 머릿속에서 문득 눈을 뜨는 순간을.

눈을 뜬 하루오가 미소를 짓거나
걸어다니거나
사라져버려서 나를 외롭게 만드는
그런 순간들을.

*

그렇다고 생각한다. 하루오에게는 하루오의 세계가 있을 것이라고.
아니, 그렇지 않다고도 생각한다.
어쩌면 하루오 스스로가 그냥, 이 세계 자체인지도 모른다고.
나로서는 '세계'라고밖에는 달리 말할 수 없는.

*

나는 그를 좋아하지만, 나의 사랑이 그에게 무슨 의미가 있는지는 모르겠다. 그에게 '나'라는 존재가 가능하기나 할는지. 어쩌면 나의 목소리까지도 자신의 일부라고 생각하지 않을지……
그래도 그런 시간을 피할 수는 없다.
'하루오'라고 혼자 중얼거려보는 밤의 시간을.
나와 하루오와
흰 당나귀의 시간을.

*

나는 하루오를 사랑은 하고
눈은 푹푹 날리고
나는 혼자 쓸쓸히 앉아 소주를 마신다.
소주를 마시며 생각한다.
하루오와 나는
눈이 푹푹 나리는 밤 흰 당나귀를 타고
고향으로 가자.
출출이 우는 깊은 고향으로 가 마가리에 살자……

라고.

저 혼자 쓸쓸한 농담처럼.

*

이 단편도 마찬가지였지만, 원고를 출판사에 보내고 나면 책상 위에 고개를 숙인 채 나직하게 중얼거리게 된다. 아, 이번 물건은 실패야. 다음 건 잘될까―라고. 거의 예외 없이. 매번.

마치, 이번 생은 실패야, 다음 생은 잘 살아볼 수 있을까, 그렇게 중얼거리는 사람처럼.

*

물론 다음 생 같은 게 있을 리 없다. 하지만 다음 소설은 가능할지도 모른다. 어떻게 해서든 다시 한 편의 소설을

살아볼 수는 있을 것이다. 누군가 문득 내 머릿속에서 눈을 뜨고

걸어다니고

사라져버리는 세계를.

말하자면 매번의 사랑과 적의를,

매번의 이별을.

*

결국 그런 순간들을 위해 쓰는 것인지도 모른다. 인물이 캐릭터에서 벗어나는 순간들을 위해서 말이다.

나는 문득 그를 향해 묻게 된다. 넌 대체 누구냐―라고.

그러면 이상하다는 듯이, 글자들 속에서 나를 쳐다보는 사람이 있다.

그 시선을 좋아한다.

*

인간의 역사는 하루의 마지막 이 초이다―라는

어느 불행했던 철학자의 문장을 떠올린다.

시의 세계가 언제나

이 세계의 최초의 이 초인 것처럼 발생한다면,

소설의 세계는 언제나

이 세계의 마지막 이 초인 것처럼 이루어진다.

그렇다고 생각한다. 그래서일까, 가끔은 이런 기분이 든다.

저 이 초를 건너가면 곧,

이 늙은 세계가 스르르

사라져버릴 것 같은.

*

클레의 천사가 되어 밤거리를 헤매는 사람을 떠올린다. 이제 저 골목을 돌아가면 또,

그가 예기치 못했던 세계가 나타날 것이다.

이제 마지막 이 초만이 남아 있는

위태로운 세계가.

세상의 모든 절반들에게

이재원

삶에도 형식이 있다면 가령 이러한 것이 아닐까. 하나의 자리를 지키(려)는 시간과 그 자리를 벗어나오(려)는 시간 사이의 뒤엉킴. 대개 '일상'과 '여행'이라고 불리는 이 두 종류의 시간은 의지적으로 혹은 비의지적으로 고유의 비율을 만들어내며 개별적인 삶의 문양을 짓는다. 보통의 경우 일상은 주체가 고정된 자리에서 세계와 맺는 관계들로 주조되는 데 비해, 여행은 일상을 타자화한 채 낯선 자리에서 편입되는 새로움을 통해 이루어진다. 일상의 시간이 주체만의 한정된 경험으로 어떤 세계를 일군다면 여행의 시간은 오랜 기간 축적되어온 주체 중심의 세계를 잠시 소거함으로써 인식의 자리를 넓힌다. 즉 여행은 '차이'의 실감을 통해 삶을 확장하는 역할을 한다. 그런데 이장욱은 이 익숙하면서도 어딘지 다른 소설 속에서 다양한 삶의 형식들을 불러와, 오래된 삶의 문법을 뒤섞는다. 우리에게 타자이며 이방인이기를 자청하는 하루오를 만났는데도, 그와의 간격보다는 '빙긋' 하는 웃음 속에서 어떤 동질감과 연대를 경험하게 되니 말이다.

'나'는 '여기'를 살 때 가장 자연스러운 사람이다. 평생을 한곳에서 지내다 죽음과 마주한 아버지처럼, 비행사라는 꿈을 꽤 쉽게 마무리하고 평범하게 회사를 다닌다. 그래서 내게 이곳을 떠나는 일, 곧 여행이란 본래의 삶과 분리되어 일어나는 하나의 사건이다. 그리고 한곳을 떠나는 데 소질이 없는 이들에게 여행이 사건으로 작용할 수 있는 것은 그것이 여기에서 '멀고도 다른' 곳에 대한 것이기 때문이다. "일본인답지 않게"라는 무의식적인 말에서처럼, '나'는 이곳을 떠나지 않으면서도 저곳에 대해 일방적 환상과 편견 들을 지니고 있다. 그런 '나'에게, 여행이란 다른 세계에 대한 판단들을 확인하고 재정립하는 경험을 통해 인식의 지평을 넓혀, 일상과는 다른 방식으로 사유하는 시간인 것이다. 그러나 대개 이 사유들은 실존적 문제를 거쳐 일상을 향하는 수순을 밟는다. 여행은 늘 일시적이고 일상은 지독하게 길며, 하나의 존재가 근본적으로 변화하기란 쉽지가 않다. 그러므로 여행이 마감되면, '나'는 조금 수정된 일상으로 복귀할 것이었다. 적어도 하루오를 만나기 전까지, 그리고 그를 다시 떠올리기 전까지는, 그러했다.

하루오는 '나'의 반대편에 있는 삶의 형식이다. "'살았다'고 말할 수밖에 없는 방식으로, 하루오는 여행을 했다"라는 문장에서처럼, '나'가 보기에 하루오에게 여행이란 일상으로부터 탈주하는 사건이 아니라 삶 자체이다. 고향인 일본에서는 "죽은 듯이"

지내다가, 그 자리를 떠남으로써 지탱되는 삶. 그리고 이같은 하루오를 '나'와 그녀가 특별하게 여기는 것은 그가 '여기'를 떠나기를 반복해 이질감을 수반해야 하는 상황을 겪으면서도, 다른 나라, 다른 세계, 다른 사람과 대면할 때 발생하는 격차들에 무심하기 때문일 것이다. 그는 다른 나라, 즉 '거기'에서 마치 오래 전부터 지내온 '여기'인 듯 살 줄 안다. 객관적이며 추상적인 공간(space)이 주체와 만나 주관적이며 의미가 담기는 장소(place)를 만들어내는 것과 달리, "낯섦에 관심이 없는 여행가"인 그에게는 모든 '거기'를 "무색무취"하게 '공간'화하는 "기묘한 재능"이 있다. 이러한 능력은 그가 '다른' 것과 접촉하는 특별한 방식으로부터 발생한다.

하루오는 짐을 챙겨 우리 자리로 옮겨왔다. 그리고 그 밤의 열차 안에서 내내 오랜 친구처럼 이야기를 나누었다. 처음 만났을 때조차 전혀 어색하게 느껴지지 않았다는 건 좀 의아한 일이지만, 하루오는 공기처럼 자연스럽게 우리에게 스며들었다.

말하자면 이런 느낌이었다. 여행자인 그녀와 나는 이쪽에 있고, 풍경과 사람 들이 저쪽에 있다. 이쪽과 저쪽은 서로를 바라보지만 그 사이에는 건널 수 없는 유리막 같은 게 있다. 우리는 유리막 저편의 세계를 구경하고 저편의 세계는 우리에게서 어떤 식으로든 수수료를 받는다. 여행이든 관광이든, 우리가 그 풍경 속에서 살아간다고는 할 수 없으니까.

그런데 그 중간에 하루오가 슥 들어와 양쪽의 경계를 흩뜨려놓

는다. 유리막 같은 것이 갑자기 사라져버려서 바깥의 공기가 밀려들어온다. 그런 것이다.(64쪽)

　어디에 있든, 나와 너, 나와 그곳과의 격차를 실감하는 것이 아니라, 마치 공기가 그러하듯 그곳에 자연스럽게 들어갈 줄 아는 자가 하루오이다. ‘나’와 그녀에게 있는 ‘유리막’이 그에게는 없다. 유리막이 없다는 것은 그만큼 그와 그의 외부 사이가 뚜렷하게 단절되어 있지 않음을 의미한다. 그래서 그는 함께한 시간과는 별개로 ‘나’와 그녀, 그리고 생경한 모든 것들과 만나 오래된 친밀감으로 스며든다. 세계를 재단하지 않으려는 마음으로, 그는 차이를 무화하고 경계를 지우는 형태로 닿는 곳마다 동화됨으로써 살아가는 것이다.

　하루오의 이러한 특별한 성정은 일본인이라고 하기에도 아니라고 하기에도 애매한 태생과 연관되어 보인다. 출발부터 이곳과 저곳의 경계를 디뎌야 했던 그가 죽고 싶던 마음 대신 “나라는 존재가 오 센티미터쯤 다른 세계로 옮겨진 것 같은, 그런 순간”을 맞이한 곳은 부산이라는, ‘다른’ 세계였다. 죽음이라는 극적인 사건 앞에서 다른 세계와의 물리적인 접촉들이 존재 심연에 변화를 몰고 오는, 아주 특별한 경험을 한 것이다. 그래서 그는 끊임없이 나와 너를 구분해야 하고 또 구분되어야 하는 일본에서의 삶이 아니라 일본 바깥의 삶에서, 다른 세계에 자연스럽게 스며드는 방식으로 ‘다른 삶’을 얻어낸다. 이렇듯 이 소설은 ‘나’와 하루오의 만남을 통해, 줄곧 차이와 구분이 배태되어 있는 삶의 양상 속에서 이를 무화시키기를 반복한다. 낯선 세계에 대해 이물감과 환상을 함께 가지던 '나'와 그녀의 삶은 이방인이 자 타자인 하루오와 만나게 되면서, 오히려 그 차이들이 '빙긋' 하는 웃음과 단순화된 언어를 통해 어느 때보다 내밀한 교감으 로 승화되는 경험에 이르는 것이다.

그러나 삶의 문법 속에서 여행은 일상으로 돌아가기 위한 시간 이다. '나'와 그녀, 물론 하루오까지도 결국, 돌아간다. 그래서 하 루오라는 인물에게는 더욱더 공존하기 힘든 것들이 공존하게 된 다. '나'와 그녀를 매혹시킨 하루오와 '아름다운 건 자신을 제외 한 모든 것이다'라고 쓸쓸하게 말하던 하루오, "재와 함께 갠지 스 강물 위를 떠가는 하루오", 그리고 시간이 흐른 후 '나'와 그 녀가 본 어딘지 다르지만 하루오를 닮은 남자. 이들은 모두 하나 의 삶으로 수렴된다. 그래서 그를 알아가는 일은 삶의 불가항력 적인 모순들을 깊이 체감하게 한다. 즉 그에게는 존재의 표면과 이면 사이의 낙차가 있다. 또 삶과 죽음의 경계인 강을 따라 흘러 가는, 죽음의 껍질을 경험한 삶, 죽음에 스며들어 있는 삶의 형태 가 있다. 그리고 삶 자체이지만 직업이기도 한 여행이 있다. 여행 의 형식으로 삶을 지지해내기 위해서는 여행이 직업이기도 해야 한다는, 절반으로 나뉜 삶이 있다. 그러니까 하루오가 우리를 매 혹시킨 절반의 생, 또 이 생을 유지시키기 위해 더욱 절실했을지 모르는 다른 절반의 생 모두 하나의 삶의 다른 얼굴들인 것이다.

그러므로 하루오가 지나간 이곳에는, 자신만이 아는 어떤 절 반들이 남겨져 있다. 그리고 어쩌면 삶의 문법 중 가장 자명한 것은 일상도 여행도 아니라, '그녀'가 있던 '공중'의 자리에 있을 지 모른다. 제자리를 떠났지만 아직 목적지에 닿지 못한 경계의 자리, 일상과 여행의 기운들이 충돌하는 이 공중에는 시간이 지 날수록 타인들, 그리고 태생적 불안과 어디에도 자리잡지 못한 외로움만이 돌올하게 쓰러져 있다. 그래서 '절반 이상의 하루 오'의 삶은 양면적이고 모순적인 형식 속에서 '외로운 공중'을 버텨야 하는 모든 삶에 대한 몽타주이자 애도로 다가온다.

하루오를 만난 후 다른 삶으로 나아가고 있는 '나'와 그녀에 대해 생각한다. "원인과 결과가 마구 뒤섞이는 느낌" 속에서 삶을 감내하던 우리도 '나'처럼 하루오에 대해 적어도 절반 이상은 알게 되었다. 그렇다면 어쩐지 떠나고 싶어졌을 우리에게, 이 여행에서 중요한 것은 '어디로'가 아니라 '어떤'일 것이다. 매일 흘러가면서 도 하루오를 완전히 떠나지 않을 때, 그래서 희미하게나마 "작은 사랑이 하나 지나간 느낌"에 대해 떠올리게 될 때, 우리는 어느 날 하루오와 재회할 것이다. 그때마다 조금씩 다른 마음들이 되어 또 여기로 돌아오겠지만, 그래도, 여기에서도 우리 '빙긋', 하는 유일한 웃음을 놓지는 말기로 하자. '다른 삶'으로의 입구가 이 웃음이 지나다니는 낯선 길목에 있을 것만 같으니 말이다.

이재원
경희대 국문과 졸업. 동대학원 박사과정 재학중.
2012년 중앙신인문학상에 평론이 당선되어 등단.

김미월

아직 일어나지 않은 일

작가노트 지구 최후의 남

해설 이소연_종말 연습

김미월

1977년생. 2004년 세계일보 신춘문예에 단편소설 「정원에 길을 묻다」가 당선되어 등단. 소설집 『서울 동굴 가이드』『아무도 펼쳐보지 않는 책』『옛 애인의 선물 바자회』, 장편소설 『여덟번째 방』이 있다. 신동엽문학상, 제1회, 제3회 젊은작가상, 오늘의 젊은 예술가상을 수상했다.

아직 일어나지 않은 일

꿈이었을 거야. 잠에서 깨자마자 생각했다. 정말 이상한 꿈이었어. 머리맡을 더듬어 휴대폰을 찾았다. 오늘 서울의 날씨 맑음. 내일도 맑음. 모레는 흐림. 글피는 다시 맑음. 일기예보 애플리케이션을 종료했다. 여전히 내일이 있고 모레가 있다. 일주일이 있다. 그러니까 아무 일도 일어나지 않은 것이다.

있는 힘껏 기지개를 켰다. 술이 덜 깨서일까. 팔이 내 팔 같지 않고 다리도 내 다리 같지 않은 것이 기지개를 켜도 시원하지가 않았다. 어제 대학 동기 모임에 나간 것은 실로 오랜만이었다. 그중에서 아직 취업을 못 한 사람은 공과 나 둘뿐이었다. 술자리에 끝까지 남은 것도 우리 둘뿐이었다. 취업 이야기는 하지 않았다. 공은 동생이 저보다 먼저 장가가게 되었다며 투덜거렸고, 나는 결혼 일찍 해봐야 좋을 거 없다며 횡설수설했고, 우리는 서로

술값을 내겠다며 승강이했고, 그리고 어느 틈엔가 각자 집으로 가는 택시를 탔다. 띄엄띄엄이나마 거의 다 기억이 났다. 다만 누가 계산을 했는지를 기억할 수 없었다. 침대에서 몸을 일으켜 탁자 위의 가방으로 팔을 뻗었다. 지퍼를 열자 지갑이 아니라 웬 깡통이 묵직하게 손에 딸려나왔다. 동원 복숭아 황도 사백 그램. 헛웃음이 나왔다. 그것을 괜히 한번 흔들어보았다. 그러나 내 머릿속을 꽉 채운 것은 이게 왜 뜬금없이 내 가방에 들어 있느냐 하는 당혹감이 아니라 어젯밤 꿈이 꿈이라기엔 지나치게 구체적이지 않은가 하는 불안감이었다. 얼마를 더 그렇게 앉아 있었을까. 창밖에서 목소리 굵은 남자가 확성기로 외치는 듯한 소리가 들려왔다. 시민 여러분…… 모두 함께…… 시청 앞 광장으로……

나는 창가로 달려갔다. 건물 삼층에서 내려다보는 토요일 오전의 팔 차선 대로는 오가는 차량들로 번잡했다. 저만치 육교 밑에서 트럭 한 대가 유난히 느린 속도로 움직이는 것이 보였다. 확성기 소리는 그 트럭에서 흘러나오는 것 같았다.

"그냥 이대로 앉아서 죽을 수는 없습니다!"

"이것은 미국의 거대한 음모입니다, 여러분!"

행인 몇이 걸음을 멈추고 트럭을 향해 고개를 돌렸다가 이내 별일 아니라는 듯 원래 가던 길을 갔다. 트럭 뒤에 있던 승용차가 차선을 바꾸며 경적을 울렸다. 언뜻 보면 여느 주말 아침과 별다를 것 없는 풍경이었다. 하지만 나는 감지할 수 있었다. 거기에 뭔가가 빠져 있다는 것을. 굳이 적당한 단어를 찾는다면 생기라고 부를 수도 있을. 그것이 오늘 아침의 거리에는 없었다.

불현듯 어젯밤 술집 계산대 앞에서 공과 옥신각신하다가 텔레비전 뉴스 속보를 보았던 것이 떠올랐다. 저거 다 뻥이야! 공이 외쳤던가. 맞아, 다 뻥이야! 내가 맞장구쳤던가. 그러고 보니 집에 돌아와 침대에 쓰러지듯 누우면서 했던 생각도 떠올랐다. 자면 안 되는데. 지구가 멸망하는데 잠이 온다니. 말도 안 돼.

정말이지 말도 안 되는 일이었다. 목이 말랐다. 나는 꿈을 꾼 것이 아니었다.

멸망이라고 해야 하나. 아니면 종말이라고 해야 하나. 멸망이든 종말이든 하여간 이 세계가 끝장난단다. 그것도 당장 내일 새벽에.

믿기지 않지만 믿지 않을 도리가 없다고 텔레비전을 보며 나는 생각했다. 광고도 없고, 아침드라마도 없고, 만화영화나 요리 프로그램도 없었다. 모든 채널이 오직 지구 멸망에 대한 특집 뉴스만을 연달아 내보내고 있었다. 어제 심야 뉴스에서 각 방송사가 일제히 외신을 앞세워 긴급 보도한 바에 따르면 태양계 외부의 행성들 중 하나가 지구를 향해 돌진해오고 있다고 했다. 지구와 충돌하기까지 남은 시간은 최초 보도 시각을 기준으로 약 서른 시간. 미 항공우주국을 비롯한 세계 각국의 우주 관련 연구소와 정부 기관이 실시간으로 모든 지구 근접체를 관찰해왔다면서 문제의 행성인지 소행성인지가 지구를 산산조각내기 서른 시간 전에야 그 사실을 세상에 알렸다는 것은 그들이 뭔가를 은폐하고 있을지도 모른다는 의혹을 사기 충분했다. 전 지구인이 들고 일어나 음모론 운운하는 것도 당연한 일이었다. 하지만 음모론이라니. 음모를 꾸민 이들도 내일이면 다 죽게 된 마당에 대관절 누구를 위한 무엇을 위한 음모란 말인가.

컴퓨터의 전원을 켰다. 포털사이트도 온통 지구 멸망 관련 기사들뿐이었다. 어떤 기사는 행성이라 하고 어떤 기사는 소행성이라 하는 식으로 세부 정보에 약간의 차이는 있어도 그것이 내일 새벽 지구와 충돌하면 모든 게 끝이라는 결론만큼은 죄 같았다. 나는 문제의 행성을 촬영한 동영상을 재생시켰다. 컴컴한 우주 한가운데 불그스름하게 빛나는 점 같은 것이 하나 찍혀 있었다. 그게 다였다. 그것은 무시무시하지도 않았고 불길하지도 않았다. 천문대에서 나눠주는 달력 사진이나 윈도 바탕화면처럼 근사하지도 않았다. 그것의 반지름이 사십오 마일이고 그것이 현재 지구를 향해 날아오는 속도가 시간당 구백만 마일이라고 내레이터가 설명했지만, 마일이라는 단위에 익숙하지 않으니 그게 얼마나 큰지 얼마나 빠른지 감을 잡을 수도 없었다. 나만 그런 궁금증을 가진 것은 아니었던 듯 과연 인기 검색어에 '일 마일은 몇 킬로'가 떠 있었다. 덩달아 에미넴이 출연했던 영화 〈8마일〉까지 연관 검색어에 올라 있었다. 일 마일은 약 1.6킬로미터였다. 즉 사십오 마일은 대략 칠십이 킬로미터, 구백만 마일은 일천사백만 킬로미터가 조금 넘는다고 친절한 네티즌들이 답해주었다. 마일을 킬로미터로 환산해도 감이 잡히지 않기는 마찬가지였다.

인기 검색어는 수시로 바뀌었다. 나사 음모론, 노스트라다무스의 예언, 행성 이름, 행성과 소행성의 차이…… 지구 종말의 순간에도 사람들은 이렇듯 네이버에 묻고 있었다.

휴대폰 벨이 울렸다. 시골집에서 걸려온 전화였다.

"너는 무슨 통화를 그렇게 오래 하냐?"

"저 통화 안 했는데요?"

지구 멸망 하루 전이어서일까. 나도 모르게 존댓말이 나왔다. 어색하게 느껴질 법도 한데 아버지는 그것에 대해서는 아무 말도 하지 않았다.

"그래? 이상하네. 한 시간 전부터 계속 통화중이던데."

"회선에 문제가 생긴 게 아닐까요. 통신망에 과부하가 걸렸을 수도 있고요."

지금 시국이 비상시국이잖아요 하고 덧붙이려다가 그냥 입을 다물었다.

"테레비 봤냐?"

"네."

"힘든데 니가 내려올 것 없다."

"네?"

"느 엄마 생각도 그렇고. 우리가 서울로 올라가마."

하마터면 왜요 하고 물을 뻔했다. 아버지는 어째서 최후의 날을 가족이 오순도순 모여서 보내야 한다고 생각한 것일까. 평소에 그리 가정적인 사람도 아니었으면서. 그럴 필요 없다고 대꾸하고 싶었다. 하지만 그렇다고 딱히 나 혼자 있고 싶은 것도 아니었다. 그냥 아무 생각이 없었다.

"점심 먹고 바로 출발하면 저녁 전에는 도착할 거다."

"엄마는요?"

"고추 딴다고 밭에 나갔다."

오늘 같은 날 고추를 딴다니. 기가 찼지만 나는 순순히 네 하고 전화를 끊었다.

어머니는 불쌍한 사람이었다. 하루종일 집과 밭을 오가며 억척스럽게 일만 했다. 없는 일도 만들어 하고 안 해도 되는 일도 일부러 했다. 누가 시키지도 않았는데 도토리를 주워 묵을 쑤고, 감을 말려 곶감을 만들고, 쑥을 캐어 개떡을 빚고, 감자를 갈아 녹말을 내고, 그러고는 과로로 앓아눕는 식이었다. 도대체 왜 그렇게 사느냐 물었더니 일을 하지 않으면 시간이 가지 않는다고 했다. 그러니까 어머니는 놀 줄을 모르는 사람이었던 것이다.

물론 아버지도 알고 보면 불쌍한 사람이었다. 일평생 당신이 태어나고 자란 시골 땅을 벗어나본 적이 없는 그의 유일한 낙은 텔레비전으로 축구 중계를 보는 것이었다. 2002년 한일 월드컵에서 우리나라 대표팀이 4강에 진출하던 때가 인생에서 최고로 행복했던 순간이라고 그는 몇 차례나 진지하게 말했다. 죽기 전에 우리나라가 개최하는 월드컵을 한 번만 더 보는 것이 소원이라고 말하기도 했다. 그의 소원은 이루어지지 않을 것이다.

아래층에서 피아노 소리가 들렸다. 아니나 다를까, 정각 열한시였다. 이 건물 이층에는 중년 여자가 운영하는 피아노 교습소가 있었다. 교습 시작 시간은 오후인데 여자는 매일 오전 열한시면 어김없이 피아노를 쳤다. 매번 같은 곡이었다. 멜로디가 귀에 익숙한데도 나는 번번이 곡명을 떠올리는 데 실패했다. 그런데 저 여자는 오늘 같은 날에도 피아노 칠 기분이 날까. 얼떨결에 멜로디를 따라 흥얼거리다 말고 생각했다. 곡이 끝났다. 열한시 오분. 인류 절멸 예정 시각인 내일 새벽 여섯시까지 약 열아홉 시간 남은 셈이었다. 내 남은 평생 서른 시간 중에서 술 먹고 자는 데 이미 열한 시간을 써버린 것이다. 갑자기 마음이 분주해졌다. 세수부터 해야지 하고 욕실로 들어서다가 순간 멈칫했다. 오늘 같은 날 세수는 무슨 세수.

나는 세수를 했다. 엄마가 고추를 따고 여자가 피아노를 치는 것처럼. 얼굴에 선크림도 발랐다. 내일 지구가 멸망해도 오늘 자외선은 피해야 했으니까. 탁자 위의 황도 통조림이 눈에 들어왔다. 복숭아를 그다지 좋아하지도 않을뿐더러 통조림이라면 거들떠본 적도 없는데, 입안에 침이 고였다. 탁자로 다가갔다. 애석하게도 원터치 캔이 아니라서 당장 개봉할 수가 없었다. 출처를 모르고 있다는 점도 꺼림칙했다. 공이 술김에 사준 것일까. 혹시 내가 술김에 어디선가 훔친 거라면 어쩌지. 공에게 전화를 걸었다. 두 번 다 통화중이었다. 통화중 대기음을 들으면서 나는 배터리가 거의 바닥난 휴대폰을 충전기에 꽂았다. 순간 어찌 된 일인지 문자메시지 예닐곱 통이 한꺼번에 쏟아져들어왔다.

'그동안 고마웠어. 네가 내 친구여서 행복했다.'

'더 잘해주지 못해서 미안해. 사랑한다, 친구야.'

'하느님이 언니를 지켜주실 거예요. 천국에서 만나요.'

　대학 동기며 동아리 후배, 고등학교 때 친구, 사촌동생 등 친한 사람뿐 아니라 평소 안부 주고받는 일이 드물던 이들에게까지 메시지를 받으니 흡사 추석 전날 같은 기분이었다. 메시지 내용은 거개가 비슷했다. 고맙다, 미안하다, 사랑한다…… 어조도 하나같이 진지하고 비장했다. 오직 이동통신사에서 온 메시지만이 밤사이 아무 일도 없었다는 듯 평심을 유지하고 있었다.

　'고객님의 금월 무료 통화 시간이 구십오 분 남았습니다.'

　문득 얼마 전에 이십사 개월 할부로 구입한 스마트폰의 기기 대금을 더이상 갚지 않아도 되겠구나 하는 생각이 들었다.

　배터리를 충전하는 동안에도 카카오톡 메시지들이 속속 도착하는 소리가 요란했다. 나는 메시지를 확인하는 대신 냉장고를 열었다. 이상한 일이었다. 뉴욕의 9·11 테러나 대구 지하철 참사 등 갑작스러운 죽음을 앞두고 사람들이 저마다 소중한 이들에게 전화를 걸어 사랑한다든가 미안하다든가 했다는 일화를 접했을 때와는 느낌이 생판 달랐다. 그때는 남 이야기인데도 슬펐으나 지금은 내 이야기인데도 별 감흥이 없다고 할까. 아마 메시지를 받은 나도 똑같이 죽기 때문일 것이다.

　현관문 앞에 서 있는 사람은 우체국 택배기사였다. 그는 삼층까지 뛰어올라왔는지 숨을 몰아쉬고 있었다.

　"이거 옆집 택배인데 좀 맡아주실래요?"

　"네? 택배라고요?"

　나는 말귀를 한 번에 알아듣고도 내가 제대로 알아들었는지

의심하느라 눈을 끔벅거렸다.

"옆집에 지금 아무도 없는 것 같아서요."

그는 내가 어떤 표정을 짓고 있는지 신경도 쓰지 않았다. 제 손목시계를 흘끔거리고 나서 손등으로 땀이 맺힌 이마를 훔치더니 내 발 앞에 택배상자를 던지듯 내려놓았다.

"내일 다시 올 순 없으니까, 부탁 좀 할게요."

나는 거절하려고 했다. 옆집 사람과는 말 한마디 나눠본 적 없는 사이이며 나 역시 곧 외출할 예정이라고 말해야 했다. 그러나 그는 이미 돌아서서 걸음을 옮기고 있었다. 땀으로 젖은 그의 등판이 순식간에 계단 아래로 사라져가는 것을 나는 지켜보았다. 맞는 말이었다. 내일 다시 올 수는 없었다. 상자를 현관문 안으로 들여놓았다. 그는 지금 어떤 생각으로 택배를 배달하는 것일까. 직업정신일까. 일종의 사명감 같은 것일까. 상자는 크기에 비해 몹시 가벼웠다. 택배송장을 살펴보았다. 오늘만 특가, 한방 생리대 육 개월분 만구천구백원. 내일 지구가 멸망하리라는 것을 미리 알았더라면 옆집 여자는 생리대를 한꺼번에 육 개월치나 구입하는 짓 같은 것은 하지 않았을 것이다.

배가 고팠다. 냉장고에는 말라비틀어진 식빵 쪼가리뿐 요기할 만한 것이 없었다. 찬장에 라면이 있기는 했지만 이 더운 날 그것도 첫 끼니로 라면을 끓여먹고 싶지는 않았다. 탁자 위의 황도 통조림에 다시금 눈이 갔다. 종말 직전의 묵시록적 풍경 속에 놓인 최후의 식량이 코카콜라도 아니고 깡통에 든 복숭아라니, 뭔가 어설프고 촌스러웠다. 찬장을 열어보았다. 깡통 따개 같은 것이 집에 있을 리 없다는 것은 찬장 앞으로 가기 전부터 알고 있었다. 그래도 나는 온 집 안 수납장을 샅샅이 뒤졌다. 지구에 종말이 오면 마지막으로 하려고 했던 일이 바로 이것이었다는 듯.

그러고 보니 언제였던가, 지구 종말이 하루 앞으로 다가오면 무엇을 할 것인지에 대해 글을 쓴 적이 있었다. 대학 신입생 때였을 것이다. 교양과목 중에 '글쓰기 특강'이라는 수업이 있었다. 막 제대한 복학생이라 해도 믿을 만큼 앳되어 보이던 강사는 대학강단에 서는 게 처음인지 수업 시간에 어마어마한 양의 유인물을 나눠주고 특이한 과제를 내주는 것으로 자신의 열정과 의욕을 펼쳐 보이고는 했다. 유서 쓰기, 소설책 읽고 작가에게 이메일 보내기, 유행가 가사를 바탕으로 이야기 지어내기, 최고의 연애시 찾아오기 등등. 내일 지구가 멸망한다면 무엇을 할 것인지 쓰라는 것도 당시 과제들 중 하나였다.

내일 지구가 멸망한다고 한다. 나는 전부터 짝사랑해온 남자에게 고백을 하러 가기로 마음먹는다. 그러나 그의 집으로 가려면 버스를 타야 하는데 불행히도 운행중인 버스가 없다. 버스기사들도 운전대를 팽개치고 각자 사랑하는 이에게 갔기 때문이다. 딱 한 대의 버스만이 정상 운행을 하고 있다. 그 기사는 얼마 전에 실연을 당했고 가족도 없어서 홀로 지구가 멸망하는 순간까지 버스를 몰겠다고 한다. 다만 문제가 있다. 그 버스를 타려는 사람이 너무 많다는 것이다. 누가 버스를 탈 것인지 분란이 일자 기사가 한 가지 제안을 한다. 모두들 자신이 왜 이 버스를 꼭 타야 하는지 이유를 말한 다음 가장 절실한 이유를 가진 사람

순서대로 버스에 태우자는 것이다. 그렇게 하여 이야기 배틀이 펼쳐진다. 참가자들이 사연을 구구절절 이야기하는 동안 해가 지고 밤이 온다. 달이 뜰 무렵 마침내 내 차례가 온다. 나는 내가 그 남자를 얼마나 사랑하는지에 대해 이야기하기 시작한다……

당시 내가 썼던 글의 내용을 나는 아직도 기억하고 있었다. 과제를 제출한 다음 수업 시간에 강사는 나를 호명했다. 강단으로 나와서 과제를 발표하라는 것이었다. 수강생들이 환호성을 지르며 박수를 쳐댔지만 나는 진땀을 흘렸다. 글 뒷부분에서 짝사랑하는 남자에 대한 내 마음을 묘사한 대목을 읽을 때는 말을 더듬기까지 했다. 그도 그럴 것이, 그 남자가 바로 그 강의실에 앉아 있었기 때문이다. 글에 남자의 이름이 등장하지는 않았다. 그래도 그는 알아들었을 거라고 나는 생각했다.

어쨌거나 상상과 현실은 실로 얼마나 판이한 것인가. 지구 종말이 현실로 다가왔건만 나는 짝사랑하는 남자에게 고백하러 가기는커녕, 어디서 났는지도 모를 황도 통조림을 먹기 위해 깡통 따개를 찾아 온 집 안 구석구석을 뒤지고 있었다. 통조림을 노려보았다. 현재 깡통 따개 없이 그것을 먹을 수 있는 방법은 없었다. 그런데도 오기인지 객기인지 꼭 먹어야겠다는 생각이 들었다.

다들 사랑하는 사람을 만나러 가기라도 한 것일까. 이 건물 전체에서 내 집 말고 사람이 안에 있는 집은 딱 한 가구밖에 없었다. 여자는 누군지 묻지도 않고 문부터 열어주었다.

"반가워요. 어서 들어와요."

기다리고 있었다는 듯한 여자의 태도에 나는 당황했다.

"아니, 잠깐 뭐 좀 물어보려고요."

여자가 일단 들어와 앉으라고 재촉하는 바람에 엉겁결에 거실 소파에 앉았다. 건물 계단을 오르내릴 때마다 지나쳤으면서도 막상 피아노 교습소 내부에 들어와보기는 처음이었다. 방 세 칸 짜리 가정집을 개조해놓은 실내는 예상보다 넓었다. 거실 한가운데 놓인 그랜드피아노의 위용과 어울리지 않게 깜찍한 뽀로로 매트가 바닥에 깔려 있는 것이 인상적이었다.

여자가 내게 묻지도 않고 아이스커피 두 잔을 내왔다.

"학생이에요?"

"아니요, 취업 준비하고 있어요."

내 입으로 대답해놓고도 취업을 준비하고 있다는 말이 이토록 허무하게 들릴 수 있다는 데 놀랐다. 내일이 없는데 무슨 준비를 한다는 말인가. 정리를 해도 시간이 모자랄 판국에. 여자는 내 대답을 들었는지 못 들었는지 표정에 변화가 없었다.

"깡통 따개? 깡통 따는 거? 그건 뭐하려고?"

"복숭아 통조림을 따려고요."

"어쩌지. 그런 건 집에 없는데."

더이상 할말이 없었다. 나는 커피를 마셨다. 그동안 커피를 좋아하면서도 신경성 위염 때문에 삼가왔는데 이제는 그럴 필요가 없었다. 여자가 리모컨으로 텔레비전을 켰다. 여전히 지구 멸망을 다룬 특집프로그램이 이어지고 있었다. 검은색 정장을 차려입은 앵커가 다행히도 밤사이 방화나 약탈, 공공재 파손이나 폭동 등 우려할 만한 범죄는 일어나지 않았다고 했다. 마지막까지 인간으로서의 품위와 질서를 지키려는 고귀한 시민정신의 승리 아니겠느냐고 묻는 목소리가 우스꽝스러울 만큼 비장했다. 여자가 채널을 돌렸다. 화면에 백악관 전경이 비치고 있었다. 거긴 아직 밤이었다. 오바마 대통령이 수많은 카메라 앞에서 열변을 토하는데 화면에 한글 자막이 뜨지 않아서 무슨 말을 하는지 알아들을 수가 없었다. 여자가 다시 채널을 돌렸다. 천체 전문가입네 과학자입네 하는 이들이 어떻게 갑자기 이런 일이 벌어졌는지 토론하고 있었다. 행성이 블랙홀과 충돌하여 궤도를 이탈했다는 둥 태양폭발이 행성의 이동경로에 영향을 미쳤다는 둥 요령부득의 설전을 보다가 내가 여자를 향해 물었다.

"지구가 멸망한다는 거…… 정말일까요?"

"그렇겠지요. 텔레비전에서 정말이라고 하는데."

나는 고개를 끄덕였다. 우리는 다시 텔레비전으로 시선을 돌렸다. 정말일까. 정말 내일 지구가 멸망할까. 그 진위를 판단하기 위해 우리가 할 수 있는 일은 그저 이렇게 텔레비전을 보는 것밖에 없었다. 하기야 어떤 진실은 너무 거대해서 오히려 이렇게 작은 화면으로밖에 확인할 수 없을 것이다.

여자가 한숨을 쉬었다. 마지막 날인데 할 일도 없고 갈 데도 없다고 했다. 시집간 딸은 자기 가족과 함께 시간을 보내기로 했고, 종교에 미친 남편은 휴거를 준비한다며 신도들과 어울려 산으로 올라갔다는 것이었다. 내일 지구가 멸망하지 않는다면 오늘 처음 인사를 나눈 위층집 처녀에게 결코 하지 않을 종류의 이야기였다. 나는 자리에서 일어났다.

"저는 그만 가볼게요."

"그래요."

여자가 별안간 나를 가볍게 끌어안았다 놓았다. 어처구니없는 포옹이었지만 지금 헤어지면 다시는 못 보겠거니 생각하자 나까지 어처구니없게 목이 메려고 했다. 등뒤에서 교습소의 문이 닫혔다. 그제야 아침마다 여자가 연주하던 피아노곡의 제목을 물어보지 않았다는 것이 떠올랐다. 상관없었다. 다 부질없었다. 이제 와서 곡명을 안들 무엇하랴.

그러니까 내일 지구가 멸망한다는 건 그런 것이었다. 내일 죽는다는 게 문제가 아니라, 죽기 전까지 매 순간 모든 생각 모든 행동이 부질없어진다는 것이 문제였다. 아직 살아 있는데도 세상에 의미 있는 일이 하나도 없다는 것, 그게 죽는 것보다 더 무서운 일이었다.

앵커가 말한 그대로였다. 거리는 여느 때와 크게 다르지 않았다. 지하철도 버스도 모두 정상적으로 운행되고 있었다. 보행자들은 횡단보도 앞에 서서 신호등에 파란불이 켜지면 걷고 빨간불이 켜지면 멈추었다. 간혹 정지신호를 무시하고 달리거나 불법 유턴을 하는 승용차들이 눈에 띄었지만 그건 지구 종말이 아니어도 흔히 있는 일들이었다.

물론 색다른 풍경이 있기는 했다. 대형할인마트는 주말 대목인데 출입구를 아예 봉쇄해버렸다. 그와 대조적으로 소규모 슈퍼마켓들은 필요한 물건이 있으면 가져가라는 안내문을 출입문

에 붙여놓았다. 행인들에게 갓 구운 빵을 나눠주는 빵집이 있는
가 하면 아이스크림을 그냥 퍼주는 아이스크림 전문점도 있었
다. 노숙자 행색을 한 사내 둘이 편의점 파라솔 아래 마주앉아
소주를 박스째 쌓아놓고 마시는 모습은 심지어 평화로워 보이기
까지 했다. 지구 종말을 다룬 영화에서처럼 묻지 마 살인이라든
가 강간, 방화, 죄수들의 집단 탈옥, 폭탄 테러 같은 극적인 사건
들은 일어나지 않았다. 아마도 그 모든 게 부질없기 때문일 거라
고 나는 생각했다. 어차피 내일이면 다 끝난다는 체념이 일체의
욕망과 행동의지를 지배하기 때문이리라고 말이다.

오늘따라 종로 방면으로 가는 버스가 좀처럼 오지 않았다. 버
스 도착 안내 전광판을 보려고 몸을 돌리자 얇은 천가방 안의 황
도 통조림이 옆구리를 쳤다. 이게 어젯밤 공이 먹고 싶어서 일부
러 산 것이었다니.

공과 통화가 되었을 때만 해도 그를 만날 계획은 없었다. 그는
대뜸 무엇을 어떻게 해야 할지 모르겠다고 했다. 주말이면 으레
취업 준비 스터디에 갔다가 독서실로 직행하는데 오늘은 그럴
수 없었으니까. 엊그제 환갑 기념으로 부부 동반 제주도여행을
떠난 부모님은 오늘 아침 그에게 전화를 걸어 항공권을 구할 수
가 없다며 울부짖었고, 동생은 조금 전까지 망연자실해 있다가
결국 죽기 전에 둘이서라도 결혼식을 치르겠다며 애인에게 달려
갔다고 했다. 속 쓰리고 배도 고픈데 설상가상으로 황도 통조림
을 어딘가에 흘리고 온 것 같다는 공의 말에 나는 소스라쳤다.
그것이 내게 있노라 털어놓으면서도 설마 돌려달라고 하진 않겠

지 싶었는데 그가 당장 시간과 장소를 정하라고 했다. 통조림도 받을 겸 죽기 전에 해장도 할 겸 만나자는 것이었다.

버스가 왔다. 승차 단말기에 교통카드를 대려고 하자 운전기사가 말했다.

"그냥 타세요."

그는 나 다음으로 버스에 오르는 이들에게도 같은 말을 반복했다. 그래도 꿋꿋하게 카드를 가져다 대는 승객들이 있었다. 그럴 때면 운전석 바로 뒷자리에 앉은 깡마른 노인이 기사 대신 나서서 참견을 했다.

"에헤이, 오늘은 다 공짜라니까!"

버스가 출발하자 노인은 좌석에 앉은 채 상체를 뒤로 틀어 승객들에게 외쳤다.

"예수 믿고 구원받으세요! 안 그러면 지옥 갑니다!"

기사가 운전에 방해된다며 조용히 해달라고 했다. 노인은 의외로 금방 입을 다물었다. 승객들 가운데 누구 하나 말을 하는 사람이 없었다. 버스 안이 너무 조용해서 마치 종로가 아니라 저승 가는 버스에 타고 있는 것 같았다. 기사가 라디오를 틀었다. 당연히 지구 종말 관련 뉴스가 나올 줄 알았는데 음악이 흘러나오다 멎었다.

"오늘은 특별히 두 시간 내내 청취자 여러분의 신청곡과 함께할게요."

디제이의 목소리가 귀에 익었다. 섹스 비디오 유출 파문으로 한때 연예계에서 퇴출당하다시피 했던 여자 가수였다. 이번에

재기하면서 라디오 가요프로그램의 디제이를 맡았다는 기사를 어디선가 읽은 기억이 났다. 그런데 그녀의 이름이 기억나지 않았다. 휴대폰으로 검색해볼까 하다가 그만두었다. 다 부질없는 짓이었다. 차창 밖으로 눈길을 주었다. 광화문에서 종로 방향으로 차가 몹시 막혔다. 전경 버스 수십 대가 광화문 광장을 둘러싸고 있었다.

"백 퍼센트 틀어드린다니까요? 음악 좀 신청해주세요, 네?"

디제이의 말투는 애원에 가까웠다.

"지금 라디오 듣고 계시죠? 전화나 문자로 신청곡 올려주세요."

하긴 누가 오늘 같은 날 라디오를 들으며 음악을 신청하겠는가. 교통 체증이 점점 심해졌다. 종로가 코앞인데 이 상태로 계속 가다가는 약속시간에 늦을지도 몰랐다.

"청취자 여러분, 그거 아세요? 인류가 완전히 멸종한 후에도, 모든 문명이 완벽하게 사라진 후에도, 인간이 남긴 텔레비전과 라디오 방송의 전파는 영원히 우주를 떠돌아다닌다고 합니다. 그러니까 지금 제가 틀어드리는 노래, 지금 제가 하고 있는 멘트, 이것들은 사라지지 않는다는 거예요. 영원히, 영원히 우주를 떠도는……"

디제이가 말끝을 흐렸다. 잠시 흐느끼는 소리가 나더니 설마 하는 사이 통곡으로 이어졌다. 방송사고였다. 마이크가 뭔가에 부딪치는 듯한 소음이 나고 곧바로 음악이 흘러나왔다. 모든 인류가 세상을 떠난 후에도 언제까지나 영원히 이 우주를 떠돌아다닐 음악이.

나는 광화문 정류장에서 하차했다. 종각역까지 걸어가는 게 더 빠를 것 같았다. 광화문 광장을 가로지르는데 사람들이 한곳에 모여 있는 것이 보였다. 세종대왕 동상 앞에서 한 남자가 고통 없이 죽을 수 있다는 드링크제를 팔고 있었다.

"한 병에 만원! 고통 없는 죽음이 단돈 만원!"

죽을 때 고통스러울지 어떨지 그것까지는 생각해보지 않았는데, 남자는 내일 죽기 직전에 이 음료를 마시면 잠자는 듯 평화롭게 죽을 수 있다고 했다. 좌판에는 박카스병에서 스티커만 떼어낸 것처럼 보이는 갈색 병들이 진열되어 있었다. 구경하던 사람들 중에서 누군가 소리쳤다.

"그냥 나눠주지, 뭘 팔아? 인제 돈 벌어서 어디다 쓰게?"

"아따, 뭘 모르는 말씀이십니다. 저승길에서도 노자는 필요하지요."

남자는 약장수답게 언변이 좋았다. 중절모를 쓴 노인이 좌판 앞에 쪼그려앉더니 약병을 햇빛에 비춰가며 요리조리 돌려보았다.

"이게 뭘로 만들어진 거요?"

"어르신, 제가 설마 오늘 같은 날 몸에 나쁜 걸 팔겠습니까?"

남자는 고대 중국 황실에서부터 전해내려온 신비의 명약이 어쩌고 불로장생의 비밀이 저쩌고 하면서 끝까지 성분을 말해주지 않았다.

"그거 한 병만 주세요."

선뜻 지갑을 연 사람은 나였다. 모여 있던 사람들이 동시에 나를 쳐다보았다. 고통 없이 죽고 싶어서가 아니었다. 어차피 죽는데 고통이 있으면 어떻고 없으면 또 어떤가. 나는 그냥 뭔가를 사보고 싶었다. 아직도 화폐가 통용되는지 확인해보고 싶었다고 할까. 물건을 사는 이가 나타나니 도리어 구경할 맛이 반감되었는지 사람들이 하나둘씩 자리를 떴다. 이윽고 좌판 앞에는 나 혼자 남았다.

"아저씨, 이거 성분이 뭐예요?"

"응, 이거? 그냥 박카스야."

남자는 목소리를 낮추지도 않았다. 물건을 산 사람이니까 특별히 말해주는 거라며 허허 웃기까지 했다. 결국은 사기였다. 그는 사기꾼이었다. 그런데도 나는 화가 나지 않았다.

"그런데 돈은 받아서 뭐하시려고요? 어차피 못 쓸 텐데."

"흥, 난 절대 안 속아."

"네?"

그는 내일 지구가 멸망한다는 것을 믿지 않는다고 했다. 신문기사도 텔레비전 뉴스도 전부 날조된 것이라고 했다. 멀쩡한 세상이 어떻게 하루아침에 사라질 수가 있느냐는 것이었다. 하다 못해 비가 오기 전에는 먹구름이 끼고 임신하기 전에는 태몽을 꾸게 마련인데, 아무 징조도 없이 지구가 통째로 사라질 수는 없다고 그는 말했다.

정말 아무 징조도 없었을까. 아니, 있었다 한들 내가 알아차릴 수는 있었을까.

　종각역을 향해 걸었다. 공은 삼십 분쯤 늦을 거라고 했다. 승용차를 끌고 나왔는데 종로 거의 다 와서 길이 막혀 오도 가도 못하고 있다는 것이었다. 나는 혹시나 하는 마음에 부모님께 전화를 걸어보았다. 아버지는 집에서 출발한 지 두 시간이 넘었는데 고속도로에 들어선 후로 정체가 심해 꼼짝달싹 못하고 있다고 했다. 전국 어디나 도로 사정이 마찬가지인 모양이었다.

　"천천히 오세요."

　"빨리 가야지, 그게 무슨 소리냐."

　"아……"

　생각해보니 우리에게는 시간이 없었다. 내일 지구가 멸망한다는 거대한 사실을 실감하게 되는 것은 의외로 이렇게나 작고 보잘것없는 순간들이었다. 보신각 앞에 다다랐다. 인도 곳곳에 오늘자 조간신문이 무더기로 쌓여 있는 것이 보였다. 그중에는 어젯밤 긴급 뉴스가 터지기 전에 발행한 것인지 일 면 중앙에 '초복 특수에도 닭고기값 폭락' 기사가 실린 일간지도 있었다.

　징조가 있었을지도 모른다. 그러나 징조가 징조였음을 깨닫게 되는 것은 대개 사건이 터진 후다. 아무 사건도 일어나지 않았다면 그것이 징조인 줄도 몰랐을 사소한 징조들. 나는 가을에 있을 중등교사 임용시험을 준비하고 있었고, 동네 보습학원에서 중등반 수학 강사 아르바이트를 하고 있었다. 어쩌다 가끔 친구들을 만나 술을 마셨고, 인터넷에서 인기 영화를 다운로드해 보았으며, 한 달에 한 번꼴로 부모님이 계신 시골에 다녀왔다. 특별한 일이라고는 없었다. 어젯밤 오랜만에 대학 동기 모임에 나간 것이 문제였을까. 마시지도 못하는 술을 넙죽넙죽 받아마신 게 징조였을까. 아무리 생각해도 모를 일이었다.

공이 도착한 것은 세시를 훌쩍 넘긴 때였다. 그는 태어나서 이 정도로 극심한 교통 정체는 처음 겪는다고 했다. 시내 중심가를 따라 전경 버스가 끝없이 늘어서 있고 도로 한가운데 버려지는 차가 점점 많아지고 있으니 상황이 더욱 악화될 거라고도 했다.

"버려지는 차라니?"

"길이 너무 막히니까 다들 도로에 차를 버리고 걸어가는 거지."

껌은 껌종이에 싸서 버리는 거지 하고 말하는 것처럼 심드렁한 어조였다. 공이 앞장서서 단골 해장국집 쪽으로 걸었다.

"그런데 참, 니 차는 어디다 뒀어?"

"나도 버리고 왔어."

그는 씩 웃었지만 나는 따라 웃을 수가 없었다. 자동차를 버리다니, 그런 일은 재난 영화에서나 가능한 줄 알았는데. 과연 종각에서 동대문 방면으로 차량 행렬이 길게 이어졌다. 다들 어디로 가는 것일까. 가족을 만나러 가는 것일까. 애인을 만나러 가는 것일까. 저들 속에 내 부모님도 끼어 있겠거니 생각하자 마음이 무거웠다. 멈춰 서 있던 자동차들 사이를 오토바이 수십 대가 굉음과 함께 지그재그 곡예를 부리며 보란 듯이 빠져나갔다.

종각역 뒤편 해장국집의 문은 닫혀 있었다. 우리는 마침 근처 떡집에서 나눠주는 떡을 먹으며 발 닿는 대로 걸었다. 땅만 보고 걷는데 공이 내 어깨를 쳤다. 거리의 행인들이 모두 고개를 쳐들고 있는 것이 눈에 들어왔다. 그들의 시선을 따라간 곳에 이명박 대통령이 있었다. 그러니까 광화문 사거리 빌딩들의 대형 전광판에 하나같이 이명박 대통령의 얼굴이 비치고 있었다. 대국민 연설을 시작하겠다는 안내방송이 흘러나왔다.

"존경하는 국민 여러분."

스피커가 어디에 있는지 몰라도 목소리가 머리 위에서 들려오니 꼭 그가 벌써 하늘나라에 가 있는 것 같았다. 우리는 걸음을 멈추었다. 사실 지구 멸망 전날 일국의 대통령이 국민들에게 할 이야기란 새해 아침 아나운서들이 다사다난했던 한 해가 가고 운운하는 멘트처럼 뻔할 것이다. 그럼에도 나는 그가 서울 시장이었던 시절 전과가 있는 만큼 이번에는 지구를 하느님께 바친다고 하면 어쩌나 걱정이었다.

대통령은 차분하게 말을 이었다. 본인은 대한민국 국민으로서 언제나 자랑스러웠고…… 국민 여러분을 존경하고 사랑하며…… 어떤 고난과 역경 속에서도 당당하게…… 그가 갑자기 손수건을 꺼냈다.

"국민 여러분, 정말 죄송합니다."

손수건으로 눈가를 찍는 품이 아무래도 눈물을 흘리는 것 같았다. 눈물이야 흘릴 수 있지만 지구가 멸망하는 것은 그의 잘못이 아니었다. 그가 죄송해할 필요는 없었다. 등뒤에서 자동차들이 경적을 울려댔다. 어느 틈엔가 광화문 우체국 앞 도로에도 운전자가 버리고 간 차들이 하나둘 생기고 있었다. 어디서 나타났는지 속옷 차림의 젊은 여자가 도로 한가운데로 뛰어들었다. 차 안에 있던 사람들이 휴대폰을 꺼내 여자의 사진을 찍었다. 전경들이 여자의 팔을 잡고 도로에서 끌어내려 하자 여자가 발버둥을 치며 울음을 터뜨렸다. 아수라장이 된 도로 위를 한 소년이 스케이트보드를 타고 지나갔다.

걷다보니 시청 방향이었다. 더웠다. 다리도 아팠다. 우리는 청계천 근처 공원의 벤치에 앉았다. 공이 휴대폰을 들여다보더니 사람들이 지금 시청 앞 광장으로 몰려가고 있다고 했다. 트위터 사용자들이 모두 함께 시청 앞 광장으로 모이자는 메시지를 사방으로 퍼 나르고 있다는 것이었다.

"시청 광장에 모여서 뭘 하려고?"

"글쎄. 아무것도 안 하고 죽긴 좀 억울하니까."

그는 이렇게 될 줄 알았으면 취업 준비 같은 건 진작 때려치우고 여행이나 다니는 건데, 여자들이랑 섹스나 실컷 해보는 건데, 하더니 불쑥 물었다.

"지금 세상에서 제일 억울한 사람이 누군지 알아?"

"음…… 부자?"

"내일 치아 교정 끝내는 사람."

나는 소리내어 웃었다. 그는 계속 주워섬겼다. 내일 제대하는 군인, 내일 대학에 합격하는 수험생, 내일 내 집 마련하는 가장, 내일 아기를 낳는 임부, 내일 태어나는 아기…… 가장 억울한 사람은 현재 가진 게 많은 사람이 아니라 기다릴 미래가 있는 사람이었다.

"핼리혜성 말이야."

"응?"

공이 먼 하늘을 쳐다보았다.

"지구가 멸망한 후에도 핼리혜성이 찾아올까?"

그는 약 칠십육 년을 주기로 지구를 지나가는 핼리혜성이 1986년에 관찰되었으니까 계산대로라면 2062년에 다시 올 것이라고 했다. 어렸을 때부터 2062년 팔십 노인이 된 자신이 그것을 직접 보는 순간을 늘 상상해왔는데, 정작 핼리혜성이 다가올 때 자신은 지구에 없으리라는 것이 억울하다고 했다.

나는 대꾸 없이 휴대폰을 들여다보았다. 우리가 사라지고 난 후의 세상에 대한 이야기라니, 상상이 가지 않았다. 우리가 사라지는 순간도 상상이 가지 않는데. 믿을 수조차 없는데. 어느새 오후 네시였다. 문득 궁금했다. 공은 기억하고 있을까. 오래전 대학 교양 수업 시간에 우리가 지구 멸망에 관한 작문 과제를 했던 것을, 그때 내가 발표했던 글의 내용을. 그는 알아들었을까.

"몇 시간 남았냐?"

"음, 열네 시간 정도?"

휴대폰을 가방에 넣었다. 그리고 황도 통조림을 꺼냈다. 실은 먹으려고 했는데 깡통 따개가 없어서 못 먹었다고 하자 공이 입을 딱 벌렸다. 그가 통조림을 아랫면이 위로 가도록 뒤집어 내 눈앞에 내밀었다. 그것은 원터치 캔이었다. 통조림 아랫면에 원터치 고리가 부착되어 있었던 것이다. 나도 입을 딱 벌렸다. 세상에 그렇게 쉬운 일을, 통조림을 뒤집어보기만 해도 되었을 것을. 우리는 마주보고 웃었다.

공이 집게손가락을 천천히 고리 안으로 넣었다.

지구 최후의 날

〈1999년 8월 18일, 공중전화〉

어렸을 때 노스트라다무스의 예언을 다룬 책 『지구 최후의 날』을 읽은 후 나는 오랫동안 1999년 8월 18일에 지구가 멸망하리라 믿었다. 나이가 들면서 에이 설마 하는 의혹도 점점 커졌지만 반의가 반신을 꺾을 수는 없었다. 그래서 나는 늘 그날이 오기를 두려워하면서 나도 모르게 그날을 기다렸다.

드디어 1999년 8월 18일. 그날은 수요일이었다. 아침에 눈을 떴는데 세상이 아직 멀쩡했다. 하는 수 없이 예정대로 아르바이트를 하러 종각역에 갔다. 두 시간 후 아르바이트가 끝났을 때도 세상은 여전히 건재했다. 신문 가판대를 지나치면서 보니 일간지들의 일 면에는 하나같이 전날 터키에서 일어난 지진 관련 기사가 큼지막하게 실려 있었다. 어디에도 지구 멸망에 대한 기사는 없었다. 예언이 빗나간 것일까, 혹은 저녁때쯤 이루어지려나, 반신과 반의 사이를 오락가락하며 나는 종로3가 쪽으로 걸었다. 그러다 탑골공원 앞에서 피켓을 들고 가두행진을 하는 사람들과 맞닥뜨렸다. 그들은 에바다 농아원의 재단 비리와 인권 유린 사태를 규탄하고 있었다. 그들에게 지지 서명을 하고 있으려니 문득 오늘 지구가 멸망할지도 모른다는 사실이 허무맹랑하게 느껴졌다. 종로5가 방향으로 계속 걸었다. 화훼 노점 앞에서 두 명의 중년 남자가 말다툼을 하고 있었다. 나는 좌판에 놓인 화분들을 구경했다. 그러자 상대에게 삿대질을 하며 자신이 올해 몇 살인 줄 아느냐고 고함을 치던 남자가 갑자기 내 쪽으로 고개를 돌리더니 전부 이천원이라고 말했다. 나는 얼떨결에 행운목 화분을 샀다. 그리고 레옹처럼 한 손으로 화분을 들고 걸었다. 동대문을 지나 신설동을 지나 결국 자취방이 있는 안암동에 이르렀다. 로손 편의점 앞에 내가 호출기의 음성메시지를 확인할 때마다 애용하던 공중전화가 있었다.

"오늘 지구가 멸망하는 줄 알았는데, 아직 안 하네요."

그 사람은 큰 소리로 웃었다. 그러고는 나이가 몇 살인데 여태 그런 걸 믿느냐, 게다가 그걸 믿는다면 어떻게 그리 태평할 수 있느냐, 하며 나를 나무랐다. 나는 그것이 내가 그에게 처음 건 전화라는 사실을 날카롭게 의식하고 있었지만 신기하게도 떨리지는 않았다. 그는 내가 오늘 하루 무엇을 했는지 듣고 싶어했다. 그리고 별로 우스울 것도 없는 이야기를 듣는 내내 웃었다. 나는 주화투입구에 동전을 더 넣었다. 두 번이나.

"너 전에 소설 쓰고 싶다 그랬지?"

"네? 아, 네."

"오늘 있었던 얘기를 소설로 한번 써봐."

"네?"

전화를 끊기 전에 그는 오늘 지구가 멸망하지 않을 것이라 했
다. 희한하게도 그가 그렇게 말하니까 정말 그럴 것 같다는 생각
이 들었다.

이 소설 「아직 일어나지 않은 일」은 그러니까 실제로 아무 일
도 일어나지 않았던 저 까마득한 1999년 8월 18일, 안암동 참살
이길 로손 편의점 앞 공중전화에서 처음으로 구상했던 것이다.

종말 연습

이소연

　'내일 지구가 멸망한다면 당신은 무엇을 하시겠습니까?' 우리는 왜 이렇게 자주, 그리고 골똘히 종말에 대해 상상하는 것일까? '시작'과 마찬가지로 '끝'은 일상 속에서 여러 가지 모습으로 변주된다. 그 가운데서도 불시에 달려드는 재난에 대한 상상은 유난히 우리의 마음을 잡아끌곤 한다. 기이하게, 집요하게…… 그래서일까. 모든 시대는 자신의 나쁜 운명에 대해 이야기하는 예언을 갖고 있게 마련이다. 시효가 지난 후에 실패한 책들 사이에 던져질지언정 이러한 예언은 폐기되는 법이 없다. 시간의 터울을 두고 톤과 반주를 바꿔 입는 히트곡처럼, 진부한 줄거리가 시대의 기호에 맞춰 조금씩 변형될 뿐이다. 그럼에도 불구하고 모든 종말에 대한 담론은 개별적인 의미를 갖는다. 왜일까? 그것은 아직 일어나지 않은 '내일'에 대한 상상이 우리가 견

더내는 '오늘'을 거울처럼 비추는 역할을 하고 있기 때문이다.

미처 식상해할 겨를도 없이, 새로운 파국의 서사가 우리에게 도착했다. 김미월의 소설이 그려내는 지구 멸망의 풍경은……물론 암담하다. 그런데 한편으로는 머리를 갸웃하게 만든다. 무슨 이런 '절망'이 있을까. 김미월의 소설이 던지는 의문은 그대로 우리가 견디고 있는 시대에 대한 의아함으로 연결된다. 대체 어떻게 돼먹은 세상일까. 그리고 내일이면 모든 것이 끝장난다고 하는데도 난데없이 자신의 가방에서 나온 복숭아 통조림을 따 먹겠다고 돌아다니는 주인공은 어디가 아픈 것일까. 왜 이렇게 우리는 '병신'들인 것일까.

어쩌면 우주에서 날아오는 소행성보다 더 두려운 것은 체념에 빠진 인간들이 저지를지 모르는 광기, 약탈, 폭동 등의 파행일 것이다. 무법상태에서 드러나는 인간의 추악한 본성들은 대중서사에서 즐겨 다루는 소재이기도 하다. 한편 최후의 빛을 등지고 의연히 극기의 시간을 보내는 철학자의 모습을 떠올린다면 이는 순전히 한 철학자의 경구 덕분이리라.(그의 '사과나무'는 얼마나 오랫동안 우리의 두려움을 봉합해왔던가!) 모두에게 저마다 상기하는 종말은 매우 상징적인 의미를 갖는다. 이만큼 정곡을 찌르는 통찰과 반성은 쉽게 만날 수 있는 것이 아니다. 그런데 김미월의 소설 속 풍경은 어쩐지 당황스럽기만 하다. 사람들은 뜻하지 않은 종말의 예고로 인해 혼란스러워하지만 그렇다고 해서 이제까지 계속되던 일상의 관성이 쉽게 깨어져나갈 것처럼 보이지도 않는다. 경악할 만한 폭동이나, 비장한 좌절의 징후조차 뚜렷하게 전경화되지 않는다. '나'의 주변에 있는 사람들은 대부분 이제까지 하던 대로 택배를 배달하고 정상적으로 버스를 운행하며 밭에 나가 고추를 수확하고 정해진 시간에 악기를 연주하는 일을 반복한다. "심지어 평화로워 보이기까지" 할 정도로 일상은 꾸역꾸역 흘러간다. 그리고 이러한 모습을 목격할 때마다 화자는 "오늘 같은 날에도"란 탄식을 되풀이한다. 대체 '오늘 같은 날'에 어울릴 법한 행동이 무엇이란 말일까? 무언가 그럴듯한 종말의 풍경을 기대했던 걸까. 그도, 그리고 독자도.

화자는 종말을 목전에 둔 세계의 풍경을 다음과 같이 묘사한다. "언뜻 보면 여느 주말 아침과 별다를 것 없는 풍경이었다. 하지만 나는 감지할 수 있었다. 거기에 뭔가가 빠져 있다는 것을. 굳이 적당한 단어를 찾는다면 생기라고 부를 수도 있을. 그것이 오늘 아침의 거리에는 없었다." 평소와 별다를 것 없는 외양에 생기만 고스란히 빠져나간 모습, 진짜 종말은 '아직 일어나지 않'았건만 이미 죽은 거나 다름없는 '삶-죽음(living-dead)'의 상태. 이것이 그가 종말 전날 아침 목도한 세계의 풍경이리라. 사람들은 소식의 진위를 알기 위해 포털사이트에 접속해서 검색에 열중하고 스마트폰을 열어 지인들에게 문자메시지를 보낸다. 평소와 달리 유난히 눈에 띄는 풍경이 있다면 본능에 따라 움직이는 동물들처럼 피붙이와 연인 들의 곁으로 주인들을 실어가기 위해 꿈들꿈틀 이농하는 자동차의 긴 열뿐. 사람들은 자신의 생을 만들어왔던 패턴들('습관'이라고 불러도 좋을 것이다)을 세상 마지막 날까지 놓지 못하는 것일까.

소설의 첫 장면으로 다시 돌아가보자. 습작생의 작품이었다면, 지독한 클리셰라고 지적받았을지도 모르는 첫 문장("꿈이었을 거야. 잠에서 깨자마자 생각했다. 정말 이상한 꿈이었어.") 덕분에 우리는 마지막 장면까지 두고두고 석연치 않은 낌새를 떨쳐내지 못한다. 혹시 지구 종말이라는 일생일대의 사건 역시 화자가 새벽에 꾼 이상한 꿈의 한 자락이 아닐까? 소설이란 것도 상상력의 힘을 빌려 지어낸 꿈의 한 종류라는 사실을 상기해보면, 이런 생각도 뜬금없이 지어낸 의심이라고만 할 수는 없을 것이다. 숱한 종말의 서사를 읽은 후에, 김미월의 소설에 머물러 잠시 그 세계의 풍경에 마음을 주는 독자가 있다면, 이들 역시 비슷한 악몽을 꾸어본 적이 있었는지도 모른다. 어쩌면 '그냥 세상이 다 같이 확 망해버렸으면 좋겠다'라는 탄식에 시름을 실어보낸 경험도 있을 것이다. 그들에겐 현실에서 '실현'된 세상의 종말이 비명을 지를 정도로 기막힌 '사건'이라기보다 그저 뜬금없이 찾아온, 멍하니 있다가 왈칵 덮쳐온 '사고'에 가깝지 않을까?

이 소설 속에는 '이야기 속 이야기'라고 여길 만한 작은 에피소드가 하나 들어 있다. 바로 화자가 대학 신입생 시절 글쓰기 수업 시간에 써낸 과제 속의 이야기가 그것이다. 학생들은 이 소설의 테마와 마찬가지로 "내일 지구가 멸망한다면 무엇을 할 것인지"에 관한 주제로 글을 써야 한다. 화자가 쓴 이야기 속의 주인공은 짝사랑하는 남자에게 고백하러 가기 위해 버스를 타려 한다. 정상적으로 운행하는 단 한 대의 버스를 타기 위해 모여든 사람들은 이야기 배틀을 펼친다. 그리고 주인공은 자신의 절박한 사랑의 사연을 사람들에게 들려준다. 소설 속에 자세히 나와 있지는 않지만 그 이야기는 또다른 이야기 속 이야기 형식을 취하고 있을 것임이 분명하다. 굳이 따지고 보면 이 짧은 대목은 세 겹의 이야기가 둘러싸고 있다고 할 수 있다. 그리고 '지금' 우리가 읽고 있는 것은 가장 바깥쪽에 있는 이야기, 작가 김미월이 쓴 단편소설이다. 이야기의 표면으로 갈수록 열정의 농도는 점점 옅어지고 사건과 사건을 얽어매는 인과관계의 짜임새도 점차 헐거워진다. 종말 하루 전날을 가정하고 펼친 '사고실험'에서 작가는 우리의 실제 삶에 가장 가깝게 놓여 있는 현실이 얼마나 맥빠진 것인지 폭로하려 하는 것 같다.

소설이 한 편의 꿈이라면 김미월의 단편소설은 '내일이 없는' 세대의 종말을 그린 악몽이라고 할 수 있을 것이다. 통조림에 든 달콤한 과육 한 점만큼의 욕망을 품고 거리를 헤매는 인물들의 모습은 거세당한 청춘들을 위한 가슴 아픈 풍자가 아니고 무엇이겠는가. 어쩌면 우리는 일상이 되어버린 절망을 통해서 종말은 '아직' 일어나지 않았으면서도 동시에 '이미' 우리 안에 와 있었노라고 쓰디쓰게 인정해야만 할 것 같다. 마지막 장면에서 화자는 짝사랑하던 남자인 '공'과 다시 만나게 된다. 이제까지 무덤덤하던 주인공이 통조림을 뒤집어 찾아낸 원터치 고리를 보고 "입을 딱 벌"리고 놀라면서 '공'과 함께 웃음을 터뜨리는 장면은 비극적인 종말의 서사와 언밸런스하게 겹쳐진다.

하나의 이야기가 끝날 때처럼, 세계도 그렇게 무심하게 '종말'을 맞이하게 된다면 얼마나 좋을까? 서사의 끝이든, 생(生)의 끝이든, 우리는 모두 한 세계의 종말을 맞이하는 방식을 '연습' 하고 있는지도 모른다. 난데없이 도심의 대형 전광판에서 마지막 연설을 하다 말고 "국민 여러분, 정말 죄송합니다"라고 눈물을 찍어대는 위정자의 불길한 이미지가 출몰하는 이 세계의 종말은 희망을 빼앗긴 신자유주의 세대의 절망적인 '오늘'을 설명하기 위해 마련된 투박한 무대처럼 보인다. 병든 시대가 맞닥뜨리는 종말은 아무리 연습이래도 거칠고 초라해 보일 지경이다. 기승전결로 자연스럽게 이어져야 할 이야기의 관절은 툭 꺾인 채 맥락도 당위도 없이 실종되고 만다. 한때 종결(end)과 맞물려 있는 개념으로 여겨졌던 목적(telos)의 서사를 비웃기라도 하듯.

어쩌면 우리의 삶도 층층이 쌓인 이야기와 같을 것이다. 우리는 여러 겹의 질곡을 헤쳐나오면서 죽음에 맞먹는 절망을 여러 번 겪기도 한다. 우리는 그동안 김미월의 소설을 통해 성장과 입사의 문턱에서 좌절한 세대의 상처 입은 삶을 들여다보곤 했었다. 희망이나 열정 같은 단어는 잊어버린 지 오래인 이들에게 이 세상이 얼마나 팍팍한 곳인지도 대략 알고 있다. 어쩌면 이들이 '종말'이란 사건 앞에서 무덤덤하게 반응하는 이유는 그 파국을 '내일 없음'의 상태로 매일매일 경험하고 있기 때문일지도 모른다. 애인도 없고, 든든한 배경도 없이, 나이 먹어가는 백수⋯⋯ 대학 동기 모임에 나가도 아직 취업을 못 했다는 사실 때문에 또 한번 죽고 돌아올 수밖에 없는 젊은이들에게 새삼 '좌절'을 가르쳐줄 사건이 있기나 할까? 그것이 설사 세상의 종말이라 할지라도 말이다. 작가가 이 소설을 통해서, 그리고 파국이라는 결정적인 사건을 스크린 삼아 투사하는 영상은 어쩌면 불확실한 미래의 비극이 아니라 소극(笑劇)처럼 무심하게 지나쳐버리는 '오늘'의 비참, 바로 그것이다. 미래가 없는 이들에게는 무엇이 남는가. 의미로 채워야 할 시간의 간격을 빼앗긴 사람들을 위한 이야기는 어디 있는가? 아픈 사람들의 병든 종말이 우리를 마주보며 웃게 한다. 달고 쓴 표정으로.

이소연
연세대 영문과와 동대학원 졸업. 서강대 국문과 박사과정 수료.
2009년 『현대문학』에 평론이 당선되어 등단.

황정은

上行

· · ·

황정은

1976년생. 2005년 경향신문 신춘문예에 단편소설 「마더」가 당선되어 등단. 소설집 『일곱시 삼십이분 코끼리열차』『파씨의 입문』『아무도 아닌』, 장편소설 『百의 그림자』『야만적인 앨리스씨』『계속해보겠습니다』, 연작소설 『디디의 우산』이 있다. 한국일보문학상, 신동엽문학상, 이효석문학상, 대산문학상, 김유정문학상, 오늘의 젊은 예술가상, 만해문학상, 제3회 젊은작가상, 제5회 젊은작가상 대상을 수상했다.

上行

고추밭에 고추를 따러 가자고 해서 가겠다고 대답했다.

나는 오제에게 무엇을 준비해야 하느냐고 물었다. 오제는 고추를 담을 자루가 필요하겠지만 그건 자신이 준비하겠다고 대답했다. 몸만 와, 라는 대답을 듣고 나는 몸만 갔다. 쌀쌀한 가을 아침이었다.

어서 와라.

오제의 어머니가 담비 털이 달린 낡은 외투를 입고 차 옆에 서 있었다. 외투가 크고 몸이 작아 그냥 외투 한 벌이 서 있는 것처럼 보였다. 오제는 셋이서 고추를 따게 될 거라고 말했다. 나는 좋다고 대답했다. 빈 자루 세 개를 뒷좌석에 싣고 출발했다. 오제가 운전대를 잡았고 내가 조수석에 앉았고 오제의 어머니가 뒷좌석으로 들어갔다. 오제는 라디오를 틀어두었다. 나는 오제의 어머니가 먹으라며 건네준 토마토를 쥐고 있다가 조금씩 먹었다. 우리는 국도를 타고 남동 방향으로 빠르게 이동했다. 점심을 먹기 전엔 고추밭에 도착할 예정이었다. 오제의 어머니는 오랜만의 나들이에 들뜬 듯했다. 사는 게 무료해서 문화센터에서 민요를 배우기 시작했는데 함께 수업을 듣는 여자들 가운데 퍽이나 경우 없는 여자가 있다, 바나나를 사서 그 여자네 놀러갔더니 먹으라고 한 송이 꺾어주지도 않고 냉장고에 숨겨두더라, 얄미워서 바나나는 냉장고에 넣는 것이 아니라고 한마디했더니 어머 그렇지, 하며 선반에 올려두고 역시 한 송이 내놓지를 않더라, 밥 먹을 때가 되니 자기 먹던 김치 한 가지를 반찬이라고 내주는데 어머 정말로 다른 것 없이 먹다 남은 김치, 그것 한 가지를 내주더라, 야 배고프냐, 바나나도 있고 토마토도 있다, 바나나를 먹겠냐 토마토를 먹겠냐, 토마토를 더 먹어라, 토마토가 눈에도 좋고 이에도 좋다, 내가 이 나이에도 이렇게 주름 없는 얼굴인 것은 젊어서 과일 팔 때 토마토를 많이 먹었기 때문이다, 이런 이야기에서 저런 이야기로 건너뛰며 카랑카랑한 목소리로 조금도 쉬지 않고 말했다.

마지막으로 그녀를 만났을 때가 두 달 전이었는데 그 틈에 부쩍 마르셨다고 말을 건네자 오제 아버지 때문이라고 그녀는 불평했다. 오제의 아버지는 최근 폐암 진단을 받고 오른쪽 폐를 잘라내는 수술을 받았다. 아파트 경비원, 대형마트 잡역부 등으로 일하는 동안 개근하고 근면해서 다른 직원들에게 매사 모범을 보였던 그는 한쪽 폐를 잃은 뒤로 외출을 삼가고 침대에 누워 지내고 있었다. 재활 삼아 산책이라도 하면 좋을 텐데 어쩌면 그림처럼 앉아만 있다며 오제의 어머니는 불평했다. 밖에 나가지 않고 눈에 보이는 집안일에 시시콜콜 간섭을 다 하니 내가 아주 죽겠다, 생각하는 것만으로도 짜증이 난다는 듯 그녀는 한숨을 쉬었다. 오제는 뭐라고 말이 없는 채로 운전하고 있었다.

오제의 어머니는 외투를 말아서 베개 삼아 누웠다가 잠들었다. 나는 창을 열고 바싹 마른 토마토 꼭지를 바깥에 버렸다. 토마토 꼭지가 깃털처럼 기척도 없이 허공을 날아 뒤쪽으로 사라졌다. 터널을 몇 개 통과하는 동안 라디오에 잡음이 섞였다. 마침내 수신이 끊기자 오제는 라디오를 꺼버렸다. 맑고 쌀쌀해 고추를 따기에 좋은 날이었다. 국도를 벗어나 한적한 지방도로를 달렸다. 버려진 축사와 드문드문 선 배나무들 곁을 지나갔다. 산비탈 콩밭에서 서리를 맞은 콩들이 바싹 마르고 있었다.

콩 봐라.

어느 틈에 깼는지 오제의 어머니가 뒷좌석에서 말했다.

저 아까운 콩 봐라.

*

근처까지 가서 우리는 상당히 헤맸다.

어디쯤에서 두 개의 연못을 지나야 한다는데 그 연못들을 찾아내지 못했다. 이쪽인가보다, 저쪽인가보다, 뒷좌석에서 앞좌석 쪽으로 몸을 내밀고 길을 보던 오제의 어머니가 고추밭 주인에게 전화를 걸었다. 통화에 익숙하지 않은 오제의 어머니와 운전중인 오제를 대신해서 내가 전화기를 넘겨받았다. 누구라고 인사할 짬도 없이, 너 오른쪽으로 지금 연못이 보이냐, 라고 묻는 아주머니의 목소리가 들려왔다.

연못은 안 보여요.

연못이 있다.

연못이 있어야 한다는 안내만 듣고 있다가 아마도 그녀가 말하는 연못인 듯한 두 개의 저수지를 지나며 가는 길이 분명해졌다. 우리는 전화를 끊고 방향을 잡아 달렸다. 분홍색 사과를 단 사과나무들이 평지와 비탈에서 햇빛을 받고 있었다. 우리 새 고모 목소리 걸걸하지, 오제의 어머니가 말했다.

여장부야, 여장부.

고추밭 주인은 고추 말고도 호박과 콩과 배추를 키우고 있다. 그녀가 관리하는 밭이 천 평이다. 그녀는 지금 노모와 단둘이 살고 있는데 밭이며 집은 사실 그녀의 남동생 것이었다. 수줍은 성격 탓에 사람들과의 관계에 애를 먹던 그는 도시에 처자를 두고 이 시골로 내려와서 어머니랑 누이랑 밭을 갈며 살았다. 그가 겨울에 죽었다. 이제 밭과 집은 그의 아내와 다 큰 아이들의 몫이 되었고 그 식구들이 그 집을 팔겠다고 내놓은 상황이었다. 간단하게 말할 수는 없는 사정으로 하여간 상황이 흉하게 되었다. 쫓겨나는 셈이니까, 오제의 어머니에게 이런 이야기를 소곤소곤 듣는 동안 목적한 마을에 당도했다. 좁지만 깨끗하게 정비된 도로를 따라 도시의 철물점과는 다른 물건을 주렁주렁 내건 철물

점이 있었고 양곡장이 있었고 보건소와 우체국과 면사무소가 나지막하고 아담하게 이어졌다. 고추밭 주인이 자전거를 타고 그 길 끝으로 마중 나왔다. 밭에서 오는 길인 듯 흙 묻은 바지 차림에 장화를 신고 있었다. 등이 넓고 키가 크고 예상보다도 젊어 보이는 아주머니였다. 오제의 어머니가 그녀를 먼저 발견하고 창을 열었다.

고모, 새 고모.

우리는 그녀의 자전거를 따라 그녀의 집으로 갔다. 대문과 담이 없는 단층 주택이었고 넓은 마당이 딸려 있었다. 아무 데나 좋을 곳에 세워두라는 말을 듣고 오제는 담 없는 마당으로 차를 몰고 들어갔다. 개집에 묶인 개 두 마리가 짖었다. 오제의 어머니가 개집 쪽으로 다가가 개들을 유심히 들여다보았다. 두 마리 가운데 털이 더 노랗고 주둥이가 뭉툭한 개를 가리키며 그녀가 말했다.

애가 우리 집에 있던 멍멍이가 낳은 새끼 아니에요?

알아보겠나.

어머.

애도 이름이 멍멍이다. 멍멍이 새끼, 멍멍이.

멍멍아.

멍멍아, 그만 짖어라.

세상에, 닮은 거 봐라.

닮았나.

우리 멍멍이는 죽었어요.

그랬다며.

두 부인이 개를 물끄러미 보고 있는 동안 오제와 나는 차 뒤편으로 돌아가서 마당에 섰다. 장미가 몇 그루 자라고 있었고 햇빛에 노랗게 타들어갔지만 잔디가 자란 흔적도 있었다. 그늘진 창고 벽엔 잘 마른 시래기가 다발로 걸려 있었고 벗겨진 자국 없이 벽 칠도 깨끗했다. 어느 구석이든 어느 것이든 가지런하게 정돈되어 있었다. 사는 사람이 부지런히 관리하고 있는 집이었다. 오제는 주머니에서 납작한 술병을 꺼내 한 모금 마셨다. 나는 집이 좋아 보인다고 말했다.

어머님이 새 고모라고 부르시더라.

어.

오제와는 관계가 어떻게 되느냐고 묻자 오제는 직접 불러본 적이 별로 없어 촌수를 잘 모르겠다며 이런 이야기를 들려주었다. 전쟁중에 오제의 어머니가 고모 내외를 따라서 남하했다. 남쪽에 당도한 뒤 그 고모가 죽고 고모부가 새로 처를 들였다. 얼마 되지 않아 그 고모부도 지병으로 죽었다. 홀로 남은 새 부인은 처가로 돌아가 의탁했다. 그 사람이 지금 오제의 어머니 곁에서 개를 들여다보고 있는 아주머니다. 오제는 커다란 덩치로 웅크리고 앉아서 나뭇가지로 바닥에 관계를 그려 보였다. 동그라미 옆에 동그라미 옆에 동그라미 옆에 동그라미를 그리고, 기울어진 막대 같은 것을 동그라미들 틈에 그려넣었다.

한마디로 멀다는 얘기냐고 묻자 한마디로, 그렇지, 라며 오제는 고개를 끄덕였다.

다리가 저려서 일어났다가 조그만 노부인을 보았다. 차 트렁크 너머에서 오제가 바닥에 그린 그림을 골똘히 들여다보고 있었다. 백발을 소년처럼 짧게 잘랐고 커다란 안경을 썼고 솜을 넣고 누빈 조끼와 바지를 말쑥하게 입고 있었다. 오제가 벌떡 일어서며 술병을 허리 뒤쪽으로 숨겼다.

들어와.

깜짝 놀랄 만큼 또렷한 목소리로 그녀가 말했다.

밥 먹어.

밥 있어.

*

모녀는 우리를 기다리는 동안 벌써 밥을 먹었다면서 손님들 몫의 음식만 내왔다. 아홉 사람 정도는 여유롭게 앉을 수 있을 것 같은 커다란 식탁에 음식을 두고 먹었다. 콩장에 불고기에 북어조림에 차갑게 식힌 콩나물국에 밥이었다. 흰콩이 섞인 밥이었고 밥맛이 좋았는데 밥보다도 콩 맛이 좋았다. 콩을 젓가락으로 집고 이건 무슨 콩이냐고 묻자 우리 집 담에 붙어 자라는 울타리콩이라고 아주머니가 말했다. 이 계절이 될 때까지 자라는 대로 내버려두고 비바람에 말렸다가 밥 지을 때 한줌 넣어 먹는 귀한 콩이라는 것이었다. 이런 이야기가 오가는 동안 조그만 노부인은 내가 앉은 의자의 등받이를 만지작거리며 내 뒤에 서서 숨을 쉬었다. 그녀가 코로 내쉬는 숨 때문에 내 왼쪽 정수리 부근이 아까부터 동그랗게 간지러웠다. 식사를 마친 뒤엔 차를 한 잔씩 받았다. 주전자에 말린 감잎을 넣고 끓인 찻물이 고소하고 달았다. 나는 찻잔 뚜껑을 손에 쥐고 손가락을 덥혔다. 거실 공기가 싸늘해서 손가락과 발가락이 식었다. 진달래와 산나리를 심어둔 항아리들 외에는 물건도 별로 없이 널찍하게 트인 거실이었다. 커다란 창으로 그 집에 딸린 배추밭과 콩밭이 내다보였다.

오는 길에 보니 배추 썩히는 밭이 많더라고 오제의 어머니가 말했다.

배춧값이 너무 싸다고 아주머니가 대답했다.

우리도 우리 먹을 것만 뽑고 다 내버려뒀어.

아까워라.

배추랑 콩이랑 사람 사서 수확하는데 값이 그래서 올해는 어려워.

배추 좀 가져갈까요?

가져가. 감도 따고 은행도 줍고 고추도 따고, 다 가져가. 여긴 딸 사람도 없다.

서울에서는 배춧값이 비싸서 사질 못해요.

요즘 금값도 높다며.

아유 우리야 금하고 인연 있나요.

금값이 오르면 전쟁 난다.

그래요?

옛날부터 그랬어.

오제와 나는 개를 보러 마당으로 나갔다가 개집 옆으로 난 계단을 발견하고 옥상으로 올라갔다. 잘 닦인 장항아리가 몇 개 놓여 있었다. 날씨가 맑아 먼 산꼭대기가 선명했다. 배추밭과 콩밭과 그 밭 너머로 이어진 무슨 무슨 밭들을 바라보다가 옥상 가장자리에 얹힌 깨끗한 기왓장 위에서 거미를 발견했다. 몹시 통통하고 아랫배와 다리가 빨갰다. 거미를 별로 본 적이 없었지만 이런 거미는 특별히 더 본 적이 없었다. 봐라 굉장한 거미다, 라고 말하고 오제를 보니 오제는 먼 산을 바라보고 있었다.

오제의 어머니가 외투를 입은 채로 옥상으로 올라왔다.

좋구나, 여기 오니 가을이다.

그녀는 옥상 가장자리를 따라 걸으며 사방을 천천히 둘러본 뒤 집 뒤쪽으로 펼쳐진 밭을 가리키며 저기까지가 우리 새 고모 거다, 라고 말했다. 네에, 하고 나는 대답했으나 저기까지라면 어디까지인가, 라고 생각하며 그녀가 가리켜 보인 들판 쪽을 애매하게 바라보고 있었다.

천 평이야.

이 정도면 천 평이 되나요?

여기 말고도 고추밭, 그리고 다른 밭이 하나 더 있고, 이 집까지 합쳐서 천 평이다. 전부 해서 일억육천만원에 내놨다더라.

싼 건가요?

싼 거지. 너 도시에서 그 돈을 가지고 이런 집을 사겠냐, 이런 땅을 사겠나.

그러네요, 싸네요.

싸도 너무 싼 거지.

싸지, 오제가 문득 말했다.

그만한 돈이 있는 사람한테는 싸겠지, 그 돈 없는 나 같은 놈에게는 싼 게 아니야.

계단 아래쪽에서 멍멍이가 소리를 냈다. 짖는 것은 아니었고 툴툴거리는 소리에 가까웠는데 옥상에 오른 낯선 사람들을 제대로 지켜보지 못해 애가 타는 모양이었다. 오제는 더는 말이 없었다. 오제의 어머니도 말없이 천 평 밭을 바라보았다. 그녀가 외투주머니에 손을 넣은 채로 계단을 내려간 뒤 나는 오제를 향해 무슨 일이 있느냐고 물었다. 오제는 가타부타 말은 않고 손바닥으로 얼굴을 비비고 있었다.

*

고추밭으로 떠나기 전에 옷을 갈아입었다. 나는 오제의 어머니가 내 몫으로 챙겨 온 낡은 청바지를 입었다. 본 것이 있어서 양말 안으로 바짓단을 구겨넣고 밭에 갈 준비가 다 되었다고 생각했다. 그런 차림으로 운동화를 신고 마당에 서 있자니 노부인이 현관에서 마당을 내려다보며 나를 향해 뭐라고 말했다. 화가 나셨나, 라는 생각이 들 정도로 똑바로 노려보며 같은 말을 반복해서 말하고 있었다. 두꺼운 안경알을 통해 여러 겹으로 둥글둥글 왜곡된 눈을 들여다보며 무슨 말인지를 헤아려보려고 노력한 끝에 복장이 충분하지 않다는 지적임을 알았다. 따갑다는 것이었다.

그렇게 입으면 가시가 들어간다.

가시?

하여간 바짓단은 양말 밖으로 빼야 하고 그 위에 장화를 신으라는 것이었다. 노부인이 신발장을 뒤져 내어준 고무장화를 신고 시키는 대로 셔츠도 한 겹 더 입고 보니 몸이 묘했다. 오제도 오제의 어머니도 어느 틈엔가 비슷한 복장에 장화를 갖춰 신고 마당에 나와 있었다. 오제의 어머니는 밀짚모자까지 준비해서 머리에 쓰고 있었다. 나는 그녀가 내미는 장갑을 받아 주머니에 넣었다.

고추밭까지는 차를 타고 이동했다. 보통은 아주머니가 자전거로 오간다던 그 길은 예상했던 것보다 길고 멀었다. 차로 이동해도 십 분쯤 걸리는 거리였다. 반듯하고 좁은 농로를 따라 차를 몰아가는 길에 햇볕에 잘 마른 시골집들을 보았다. 동네가 아주 조용하다고 말하자 아주머니는 여태 그랬지만 최근엔 여름이 되면 도시에서 피서객들이 몰려온다고 말했다. 걔네들이 와서 돈 좀 쓰고 가겠네요, 라고 말하자 걔네들이 와서, 쓰레기를 버리고 간다, 라고 아주머니는 무뚝뚝하게 말했다.

고추밭은 완만한 비탈이었다. 뒤쪽으로는 나지막하게 솟은 산이었고 앞으로는 추수를 앞둔 농지가 노랗게 펼쳐져 있었다. 유럽식으로 울타리를 두른 전원주택 앞에 차를 세워두고 자루를 챙겨서 고추밭으로 올라갔다. 밭, 이라는 말을 듣고 별다른 맥락도 없이 만만한 규모일 거라고 생각했는데 그렇지 않았다. 오후 내내 작업을 해도 절반이나 딸 수 있을까, 싶을 정도로 넓었다.

아주머니가 고추 따는 요령을 알려주었다. 고추를 잡지 말고 꼭지를 잡아라, 라고 진지하게 일러주는 말을 듣고 비실비실 터지려는 웃음을 참고 있다가 야, 잘 보라며 등짝을 얻어맞았다. 고추가 멀쩡하지 않으니 잘 보고 자루에 넣어야 한다는 것이었다.

봐라, 하며 뒤집어 보이는 고추에 검은 구멍이 뚫려 있었다. 이것도, 이것도, 하며 뒤집어 보이는 고추마다 갈색이나 회색 얼룩이 번져 있었다. 앞쪽은 멀쩡해 보였는데 그렇게 일그러진 뒤쪽을 보니 섬뜩했다. 왜 이렇게 되었느냐고 묻자 병든 것이라고 아주머니는 말했다. 고추가 너무 촘촘하게 자랐다. 본래는 고추 묘목을 심고 솎아줘야 하는데 일손이 달려 그것을 못 하고 있다가 병이 번졌다는 것이었다. 과연 고추 농사에 관해 잘 모르는 내가 봐도 고추 덤불은 이랑마다 우북했다.

먹어도 되나요?

멀쩡한 것은 먹어도 된다.

아주머니는 깨를 턴다며 언덕을 넘어가고 오제와 오제의 어머니와 내가 고추밭에 남아 고추를 따기 시작했다. 손을 넣기가 어려울 정도로 빽빽하게 자란 줄기를 뒤집어가며 멀쩡하게 파란 것만 자루에 넣는 틈틈이 빨간 것은 따로 모아두었다. 자꾸자꾸 자루를 채우는 재미가 있었다. 따는 요령이 붙은 뒤로는 몰입해서 이랑을 오가며 고추를 땄다. 정신없이 따다가 허리를 펴면 오제가 고추 덤불을 향해 등을 구부리고 있거나 비탈에 선 나무를 바라보며 서 있는 모습이 보였다.

많이 땄냐.

오제의 어머니가 내 자루를 들여다보며 말했다. 그녀가 하나, 오제가 하나, 내가 하나, 허리 높이로 올라오는 자루를 각자 한 개씩 채우고, 공동으로 한 개를 더 채우고 나니 해가 저물 무렵이었다. 오제와 나는 고추 따는 데도 질려서 감을 따보기로 했다. 고추밭 뒤로 나지막하게 올라온 산으로 이동했다. 본래도 언덕이나 다름없이 완만한 산이었던 것을 밭으로 사용하느라고 자락을 깎아내고 다듬어서 정수리만 남은 산이었다.

오제가 주의깊게 바닥을 살피고 돌아다니더니 끝부분이 Y자로 갈라진 대나무 장대를 주워 왔다. 누군가 쓰고 버린 듯했다. 나는 산 정상에서 흘러내린 빗물 덕에 만들어진 가파른 도랑 양쪽으로 두 발을 벌리고 섰다. 물살에 휩쓸렸다가 도랑에 박혀버린 돌들 위로 검고 파랗게 젖은 이끼가 돋았고 그 위로 작년 재작년 올해의 갈잎이 쌓여 있었다. 잘못 디뎌 미끄러지면 썩은 돌 모서리에 얼굴을 뭉갤지도 몰랐다. 조심하라고 오제가 거듭 당부하는 말에 알았어, 라고 대꾸하며 장대를 치켜들었다. 갈라진 틈에 감꼭지를 끼우고 비틀면 감이 똑, 떨어진다는데 잘 되지 않았다. 장대를 내리고 발을 옮겨 디뎠다. 장대는 버려진 이유가 있었다. Y자로 갈라진 끝부분에서 한쪽 팔이 부러져 꼭지를 제대로 잡지 못했다. 장대를 버리고 부근에 흩어진 나뭇가지를 골라 쥐고 감을 향해 뻗어보았으나 길이가 모자라거나 너무 넘쳐

무거웠다.

조심해.

긴 것을 휘청휘청 휘두르다가 오제가 적당한 나뭇가지를 찾아온 뒤로는 알맞게 감을 따기 시작했다. 장대 탓인지 솜씨 탓인지 가지에서 떨어진 감은 장대 끝에 좀처럼 걸리지 않고 곧바로 바닥으로 낙하해서 터져버렸다. 멀쩡하게 떨어지더라도 비탈을 타고 아래쪽으로 데굴데굴 굴렀다. 재미있다고 나는 열심히 감을 따고 오제가 비탈을 오르내리며 감을 모았다. 감으로 자루를 반쯤 채운 뒤로는 은행을 줍기 시작했다. 벌써 전에 바닥으로 떨어진 은행 알은 낙엽에 묻혀 푹신하게 썩어 있었다. 오제의 어머니가 조언하는 대로 장갑을 낀 손으로 노랗게 물크러진 껍질을 한 번씩 문댄 뒤 열매는 봉지에 담았다. 즙이 묻은 손으로 바닥을 훑다보니 도깨비바늘이 장갑에 새까맣게 달라붙었다. 노부인이 걱정하던 가시란 이 가시를 말하는 듯했다.

좀 앉자, 오제가 가시 돋은 장갑을 벗으며 말했다.

은행이나 밤 가시 위로 앉지 않도록 바닥을 살피고 경사면에 자리를 잡고 앉았다. 추수 직전의 논이 펼쳐져 있었다. 그 너머로는 차도 별로 오가지 않는 신작로였고 해는 저물기 시작해서 전봇대며 산이며 나무 그림자들이 조금씩 길어지고 있었다. 오제와 나란히 앉아서 논을 바라보며 감을 나눠 먹었다. 감은 차고 달았으나 좀 아렸다. 옛날 옛적의 할머니 저고리 맛이 난다고 말하자 그건 무슨 맛이냐며 오제가 어리둥절한 얼굴로 나를 보았다. 오제의 어머니는 이만하면 됐다, 하면서도 고추밭 이랑을 오가며 자루를 채우고 있었다. 밤나무, 은행나무, 감나무, 소나무, 다종하게 번진 나뭇가지 어딘가에서 끼득끼득 새가 울었다. 저편 어딘가에서 아주머니가 깨를 터는 소리가 들려왔다.

*

이상한 기억이 있다며 오제는 이런 이야기를 들려주었다.

어릴 때였는데 말이야.

내가 해 지기 직전까지 놀다가 집으로 돌아갔거든. 문이 잠겨 있더라. 나는 열쇠를 가지고 있지 않았어. 손발도 더럽고 배도 고프고 날도 추워서 빨리 안으로 들어가고 싶은데 열쇠가 없는 거야. 야 그럴 땐 정말 죽겠지 않겠냐. 이 문만 통과하면 내 것이 다 있는데, 내가 아는 것들, 따뜻하고 거칠거칠하거나 부드럽거나 각이 지거나 닳은 것들, 내 머리 냄새가 밴 베개 같은 것들이 전부 있는데, 엄지보다도 짧은 열쇠 하나가 없어서 안으로 들어가지 못하는 상황이란 말이야. 아홉 살 때쯤이었을 거다. 야 너는 그 무렵에 네가 뭘 보았고 뭘 생각했는지 기억하고 있나? 나는 잊어버렸어. 거의 잊어먹었어. 하지만 이날 그 순간에 관한 기억은 생생해서, 색도 냄새도 기온도 생생해서 오히려 정말 있었던 일인가, 의심하게 되는 거야. 들어봐라, 나는 열쇠를 기다리며 창 앞에 서 있었거든. 유리창이었고 안쪽엔 커튼이 걸려 있었다. 파란색이었어. 그게 늘어지고 주름져 있던 방식, 유리를 통해 그게 어떻게 보였는지, 그런 게 너무 선명하게 기억나는 거야.

나는 그 커튼에 가려진 것들이 무엇인지 그것들이 어디에 놓여 있는지 그 자리에서 모조리 그려낼 수도 있었어. 해는 지고 있었고 날은 더욱 추웠고 나는 태연한 척했지만 실은 안으로 들어가지 못해 안달하고 있었어. 그때 말이지, 그때, 시계가 울었다. 집 안에서 말이야, 울리기 시작했던 거야. 정수리에 누름 버튼이 솟아 있는 커다란 사발시계였는데 그건 언제나 창문 앞에, 텔레비전 위에 놓여 있었다. 그게 울리기 시작했던 거다. 나는 놀랐다. 손쓸 수 없는 상태로 바깥에서 들으니 그건 정말로 크고, 따갑고, 숨 가쁘고, 무척, 찔러대는 듯한 소리였다. 빨리 그걸 끄지 않으면 큰일이 벌어질 듯했고, 빨리, 빨리 끄지 않으면 윗집에서 누군가 내다볼 듯했고, 동네 사람들이 몰려와서 욕을 해대며 내가 사는 집에 돌덩이 같은 것을 던질 듯했고, 빨리, 그 사람들이 내 부모에게 방을 비워달라고 말할 것 같았어. 하여간 소리가 대단해서, 저렇게 크게 울다가 건전지가 닳으면 죽어버릴 거라고 생각했는데 그건 언제까지나 울고 있었다. 빨리, 빨리, 빨리, 하면서, 방법도 없는데 나는 땀을 흘리며 벽을 바라보고 있었어. 벽 너머에 그 시계가 있었다. 나는 그게 생물인 것처럼, 야비하고 잔인하게 나를 놀려대는 생물인 것처럼 증오하면서 벽을 향해 서 있었거든. 삼십 분 정도를 그러고 있다가, 어쩌면 뭐 더 짧거나 긴 시간이었는지도 몰라. 그냥 팔을 뻗었다. 뭐가 어떻게 된다는 생각도 없이 무작정 뻗고 계속 뻗어서, 벽에 팔을 넣고 벽 너머를 더듬어서 시계를 찾아낸 거다.

*

벽에 구멍을 뚫은 것이냐고 묻자 오제는 벽에 구멍을 뚫은 것은 아니라며 고개를 저었다. 그저 버튼을 눌러서 시계를 꺼버린 다음, 팔을 빼낸 것뿐이라는 것이었다.

그러자 조용하더라. 시계는 잠잠해졌고 벽은 어디까지나 멀쩡했다. 나중에 집으로 들어간 뒤에 곧장 시계를 확인해보았는데 그건 창가에 놓여 있었고 틀림없이 버튼이 눌려 있었거든. 내가 그걸 눌렀다고 말해도 부모님은 무슨 말인지 알아듣지 못하는 것 같더라. 거짓말이라고 하더라. 나더러 꿈을 꾸었다고 말하더라. 공상이 지나쳐서 일어날 수 없는 일을 일어났다고 믿게 된 거라고 하더라. 하지만 나는 도저히 그렇게 생각할 수 없었다. 왜냐하면, 선명하거든. 지금도 이렇게 말이지.

너무 선명하거든, 하며 오제는 멍한 얼굴로 앞을 보았다.

나 소피본다.

오제의 어머니가 고추 덤불 속에서 외쳤다.

비행기 한 대가 저물 무렵의 대기를 굵게 긋고 지나갔다. 오제와 나는 새를 보고 있었다. 비둘기를 닮았는데 도시에서 보던 비둘기와는 다르게 색이 부드럽고 몸집은 조금 더 커 보이는 새들이 농수로 부근에 떼로 내려앉았다가 나뭇가지로 돌아가길 반복하고 있었다. 나는 오제에게 요즘 어려운 일이 있느냐고 물었다.

어려운 일?

이렇게 반문한 뒤 오제는 은행 즙이 묻은 손 대신 팔뚝으로 얼굴을 문댔다.

특별하게 어려운 일이랄 게 뭐 있냐, 사는 게 다 그렇다.

아까는 왜 그랬냐.

아까?

옥상에서 말이다, 엄마가 속상했겠더라.

그랬냐, 라면서 오제는 다시 얼굴을 비볐다.

속상한 건 나도 마찬가지지. 엄마가 자꾸 속 모르는 소리를 하니까. 나 말이다, 실은 여기 내려온 목적이 있었거든.

목적?

시골에서 살면 좀 나을까 싶어서 알아보러 내려온 거거든. 나, 도시에서 사는 건 이제 싫다. 육 개월 단위로 계약서 써가며 일해봤냐. 사람을 말린다. 옴짝달싹 못하겠어. 마땅하지 않은 일이 생겨도 직장에서 한마디할 수 있기를 하나. 눈치만 보게 되고 보람도 없다. 계약서 갱신할 날이 다가오면 가슴만 이렇게 뛴다. 다 때려치우고 이런 곳에서 한적하게 살아볼까 싶었는데 만만치 않네. 시골에서도 뭐가 있어야 산다잖냐. 내가 참, 뭐가 없는 놈이구나, 이런 생각만 들고, 괜히 왔다.

오제의 어머니가 작업복 바지를 끌어올리며 고추 덤불 틈에서 일어섰다.

오제와 나는 고추밭 주인이 깨를 담은 자루를 메고 고추밭 가장자리로 들어서는 모습을 지켜보았다. 오제가 먼저 일어났고 나도 일어나서 엉덩이를 털고 고추밭으로 내려갔다. 그새 오제의 어머니 혼자서 반 자루를 더 채워, 고추를 담은 자루가 도합

다섯이었다. 은근하게 무거운 자루들을 차로 나른 뒤 양회로 반듯하게 길을 낸 수로에 고인 물로 손을 씻었다. 누군가 은행을 헹군 듯 차고 맑은 물속에 물컹물컹하게 찢어진 노란 껍질들이 잠겨 있었다.

*

고추 자루와 은행과 감을 싣고 노부인이 기다리고 있을 집으로 돌아가는 길이었다. 무엇보다도 깨냄새로 차 속 공기가 매웠다. 고추밭 주인은 깨를 털려고 그 비탈에 준비를 해둔 것이 수주 전이었는데 오늘에서야 말끔하게 털었다며 속이 시원한 듯 말했다. 돌아가는 길에 공장에도 들러보자고 그녀는 말했다.

무슨 공장이요?

내 동생 공장.

죽은 사람의 공장이 근처에 있다는 것이었다.

거기 옆이 밭인데, 호박이 많아.

고추밭에서 공장까지 다시 십 분을 차로 이동했다. 쇄석이 깔린 평지에 차를 세우고 콩밭 사이로 난 좁은 길을 따라 걸어갔다. 그 길로는 오가는 사람이 별로 없는 듯 바닥에 가느다란 풀이 잔뜩 자라 있었다. 여긴 멀어서 잘 와보지도 못한다고 고추밭 주인이 말했다. 바닥을 주의깊게 살피며 걷다가 거의 말라가는 덩굴을 뒤져 불쑥불쑥 호박을 따서 내게도 하나, 오제에게도 하나, 오제의 어머니에게도 하나씩 건네주었다. 토끼장 앞을 지난 곳에 가건물이 있었다. 태평오곡공장이라고 적힌 알루미늄 간판이 새것인 듯 외벽에 박힌 건물이었다. 고추밭 주인이 자물쇠를 따고 안을 열어 보였다. 깨끗한 공장이었다. 천장이 높았고 곳곳에 마련된 선반 위로 오곡을 포장할 박스와 자루 들이 새것인 채로 단정하게 쌓여 있었다. 포장도 뜯지 않은 기계들 틈에서 톱밥과 종이와 묵은 곡물 냄새가 났다. 다 새거야, 라고 고추밭 주인은 말했다.

우리 남동생이 이거 준비하다가 죽었다.

그랬어요?

다 만들어놓고 갑자기 죽었어.

아까워라.

버리지도 못하고, 내가 이렇게 쌓아뒀다.

아까워서 어떻게 돌아가셨을꼬, 이 많은 걸 두고.

오제의 어머니가 감탄하며 공장을 둘러보는 동안 오제는 쪼그리고 앉아서 기계박스에 적힌 문구를 유심히 들여다보고 있었다. 나는 하릴없이 오제 곁에 서 있다가 공장 바깥으로 나와 토끼장 앞을 어슬렁거렸다. 녹슨 토끼장에 토끼 다섯 마리가 남아 있었다. 누군가 들러 먹이를 주고 간 듯 신선한 배추 잎과 무청이 창살에 끼워져 있었다. 토끼들은 배추 잎을 씹으며 나를 노려보았다. 배설물로 노랗게 착색된 발로 바닥 창살을 딛느라고 발가락들이 벌어져 있었다. 평평한 바닥 같은 건 평생 디뎌보지 못한 발이었다. 벌써 서너 번은 찢어진 듯 발가락 사이가 붉게 물들어 있었다. 나는 토끼장을 등지고 공장을 향해 섰다. 이 모든 것들의 주인이었던 남자가 문득 궁금했다. 병들어 썩을 정도로 많은 열매를 두고 죽은 수줍은 남자, 그의 누이가 묵직한 자루를 끌고 공장 바깥으로 나왔다. 그녀는 한 차례 더 공장 안으로 들어갔다가 이전 자루와 별로 다를 것 없어 보이는 자루를 하나 더 끌고 나왔다. 오제의 어머니가 따라나와서 자루 속을 들여다보았다. 나는 얼른 다가가서 자루들을 차로 날랐다. 등에 얹힌 촉감이 딱딱하고 울퉁불퉁했다. 뭔가 큰 덩어리들이었다. 고구마와 호박이 담겼다고 고추밭 주인은 말했다. 근처 밭에서 작업했는데 둘 곳이 없어 여기 모아뒀다는 것이었다. 이것도 가져가, 라고 그녀는 말했다. 이걸 전부 어떻게 가져가느냐고 오제의 어머니가 사양하자 그녀는 가져가, 라고 말했다.

다 가져가. 여긴 먹을 사람도 없다.

*

해 질 무렵에 고추밭 주인의 마당으로 돌아갔다.

노부인이 김을 구워두고 기다리고 있었다. 오후와 다름없는 장소에서 밥을 먹을 예정이었다. 고추밭 주인은 자기 어머니를 할머니, 라고 부르며 상을 차렸다. 이건 할머니 밥, 이건 내 밥, 이건 자기 밥, 이건 니들 밥, 하며 건네주는 밥공기를 받아서 기름을 반질반질하게 바른 김으로 밥을 싸서 먹었다. 노부인은 자기 밥은 내버려두고 의자들 뒤로 돌아다니며 접시의 사정을 살폈다. 콩장이 떨어지면 콩장을 채우고 두부부침이 떨어지면 두 부부침을 채우고 나물이 떨어지면 나물을 보충하고 김이 떨어지면 그 자리에서 김을 잘라 접시에 얹었다. 탁자 구석에 놓인 바구니엔 할머니의 간식이라는 사탕과 캐러멜이 수북하게 담겨 있었고 그 주변으로 액자와 꽃바구니가 놓여 있었다. 할머니, 생신을 축하합니다, 오제의 어머니가 액자에 적힌 문구를 읽었다. 할머니, 선물 받으셨네, 라고 그녀가 말하자 고추밭 주인은 아니 그건 내 거라며 자신이 받은 선물이라고 대답했다.

거실 창이 새까맸다.

콩밭과 배추밭을 향한 창엔 불빛 한 점 떠 있지 않았다. 그저 막막하게 닫혀 있을 뿐이었다. 거대한 무언가가 말할 수 없도록 검은 눈을 유리창에 찰싹 붙이고 안을 들여다보고 있는 듯했다. 무게로도 밀도로도 도시의 밤과는 다르게 닥쳐온 밤 속에서 개들이 짖었다. 신통한 개들이라고 고추밭 주인이 말했다. 불행한 소식이 들려오기 전에 반드시 운다는 것이었다. 동생이 죽을 때도 개들이 울었다고 그녀는 말했다. 그녀의 수줍은 동생은 한겨울에 갑자기 쓰러져서 일주일을 의식이 불명한 상태로 입원해 있었는데 그가 죽은 날, 새벽부터 두 마리가 허공을 향해 길게 울었다는 것이었다. 추운 게 싫었나보죠, 오제가 퉁명스럽게 말했고 오제의 어머니와 고추밭 주인은 그 말을 못 들은 척했다. 노부인이 김을 사각사각 잘라서 접시에 올렸다.

집이 팔리면 어떡해요.

오제의 어머니가 물었다.

할머니하고 공장에서 살지.

고추밭 주인이 말했다.

오면서 공장 봤잖아. 할머니하고 둘이서 살 거다.

추워서 어떻게 살아요.

난로 때고, 어떻게든 산다. 거기가 생각보다 따뜻하거든. 그보다 집이 안 팔려.

그래요?

사려는 사람이 없다. 이 집 내놓은 게 일 년 전인데 보러도 안 와.

그렇게 사람이 없나.

살 사람이 있나. 일억육천이면 도시에서 집 사려는 사람들한텐 거저라도, 여기엔 그만한 돈 가진 사람이 없다.

이 집 팔아서 뭘 한대요.

오제의 어머니가 물었다.

글쎄 뭘 한다나 사업을 한다나.

아주머니가 말했다.

지랄하고.

노부인이 말했다.

늦게 팔려라.

오제의 어머니가 말했다.

늦게 팔려라.

노부인이 말했다.

*

더 늦기 전에 출발하기로 하고 마당으로 나섰다. 고추밭 주인이 전구를 켜서 마당을 밝혔다. 고추며 감이며 고구마며 호박이며 그 많은 자루를 싣고 보니 차가 눈에 띄게 가라앉았다. 타이어 아래쪽이 빵빵하게 눌려서 못이라도 박히는 날엔 속절없이 터질 것 같았다. 누군가 내 팔뚝을 톡, 톡, 두드렸다. 노부인이 내 얼굴을 바짝 들여다보고 말했다.

자고 가.

밥 줄게.

누군가 도와줬으면 해서 둘러보았지만 오제도 오제의 어머니도 짐을 확인하느라고 바빴다. 뭐라 대답해야 할지 몰라 서 있다가 다음에 와서 자고 갈게요, 라고 말했다. 몇 겹으로 왜곡된 안경 속에서 노부인의 눈이 슬프게 일그러졌다.

다음에 오냐.

네.

정말로 오냐.

네.

나 죽기 전에 정말로 올 테냐.

……

오긴 뭘 오냐 니가, 라고 토라진 듯 중얼거리는 할머니 앞에서, 안 하느니만 못한 말이자 약속도 아닌 약속을 해버린 나는 얼굴을 붉혔다. 오제의 어머니가 자동차 뒷좌석에서 머리를 내밀더니 할머니, 우리 이제 간다고 말했다.

고추밭 주인은 마지막으로 헛간 벽에 널어 말리고 있던 시래기를 한 두름 따서 가져왔다. 아무에게나 나누어주는 것이 아니라며 한사코 거절하려는 오제 어머니의 무릎에 시래기 두름을 던진 뒤 차 문을 닫고 뒤로 물러났다. 돌을 튀기며 마당을 빠져나가는 동안 나는 내 무릎을 바라보았다. 얼마쯤 멀어진 뒤에야 사이드미러를 통해 보니 아흔 살 노부인이 조그맣게 마당에 서서 이쪽을 보고 있었다.

*

돌아가는 길은 그다지 막히지 않았다.

앞서가는 차도 드문 캄캄한 고속도로에서 상향등을 켜거나 하며 달렸다.

오제는 자꾸 제한속도를 넘겼다. 좀 줄여라, 라고 말하면 줄였다가도 멍하게 시속 백이십 킬로미터를 넘기고 백삼십 킬로미터를 넘겼다. 오제의 어머니는 진작에 잠들어서 자루에 기댄 채 코를 골고 있었다. 자루들의 무게로 납작하게 가라앉은 채로 달렸다. 차 속이 적막했다. 오제는 라디오를 틀어두고 뉴스를 들었다. 모레쯤엔 이른 한파가 밀어닥칠 것이다. 도로 교통상황은 순조로웠다. 부동산 거래는 줄었고 경기는 여태도 침체중이었다.

오제는 정책자들을 비난했다. 이 나라 경제는 어디까지나 부동산 거래가 활발해야 사는데 정책을 잘못 써서 부동산 경기가 침체, 결국은 전반적 경기도 침체, 라는 것이었다. 우리 회사에도 아파트값 떨어져서 죽상인 사람이 많다, 라고 오제는 말했다.

해가 갈수록 아파트도 낡을 테니까 값이 떨어지는 게 당연하지 않으냐고 내가 묻자 너는 참 경제관념이라는 게 없다, 라고 오제는 정색을 했다.

별세계에서 왔냐, 어떻게 그런 걸 모르냐. 헌 아파트가 비싼 이유를 내가 말해줄까. 봐라, 옛날에 지어진 아파트들은 상권 개발의 여지가 있기 때문에 기대치가 있다, 알겠냐, 값이 오를 수밖에 없는 거다. 요즘 지어지는 주상복합 형태의 비싼 아파트들을 봐라. 개네들은 세월이 흐를수록 값이 떨어지게 되어 있다. 이미 상권이 포화상태로 개발되었거든. 더는 개발될 여지가 없거든.

그게 경제다, 라고 오제는 힘주어 말하고 있었다.

그러냐고 대꾸하고 더는 말하지 않았다. 커브를 도는 참이었다. 뒷좌석과 트렁크에 빈틈없이 실린 자루들의 무게 때문에 차가 한 방향으로 크게 기울었다. 내 왼쪽 어깨와 오제의 오른쪽 어깨가 닿았다. 오제는 문득 또렷했던 모습에서 피로한 모습으로 돌아가 운전대를 잡고 있었다. 목적지에 가까워질수록 차들이 불어나 속도가 줄었다. 라디오 디제이가 월식 소식을 전하고 있었다. 칠십 년 만의 완전한 월식이 내일밤에 있을 예정이라며 자정 넘어 꼭 하늘을 보라고 그는 말했다. 나는 잠자코 조수석에 앉은 채로 월식을 생각했다. 한 번도 그걸 본 적이 없었다. 보자고 굳게 마음을 먹어도 언제나 잊었다. 이번에야말로, 라고 나는

다짐했으나 막상 그 시간이 되면 내가 어디서 무엇을 하고 있을
지는 아무도 몰랐다.
　피곤한데 이상하게 잠이 오지 않아 눈을 부릅뜨고 있었다.

*

　톨게이트의 불빛이 보일 때쯤이었다.
　오늘밤에 월식이 있을 예정이라고 오제가 쉰 목소리로 말했다.

무제

이 단편엔 어머니와 딸이지만 이미 할머니인 두 사람이 등장
한다.

문경에 그녀들의 모티프인 그녀들의 집이 있다.

나로선 뜻밖이었던 젊은작가상 연락을 받고 이틀 뒤

둘 중에 보다 나이든 할머니의 부고를 전해들었다.

이제 그 집엔 개 두 마리와 할머니의 딸인 할머니가 남았다는
소식이었다.

집은 아직 팔리지 않아서 내가 보고 온 그대로 마당도

집도 밭도 그녀가 관리를 하고 있다고 한다.

단편 「上行」은

모녀가 그 집 마당에 나란히 서서 배웅하던 모습에서 시작되
었다.

상행 이후로도 그 광경을 이따금 생각했다.

누군가 그 광경으로 무엇을 말하고 싶었냐고 묻는다면

모르겠다고 답하겠다.

다만

무척 어두운 밤이었는데

나를 비롯해 거기까지 동행한 사람들도 거기 머물러야 하는
사람들도

당장 다음이 어떻게 될지 알 수 없는 상황이라는 점을 생각했

던 것 같다고

덧붙이겠다.

한줌의 불이 꺼지면 훅 하고 어둠으로

이 원고의 제목은 上行이지만 前夜이거나 夜行이라도 상관없
다.

최근 몇 년 동안 내가 작업한 원고의 제목은

실은 대부분 그것이라고 해도 무방하다고 생각한다.

거의 매번 그렇게 생각하며 작업했다.

볼 눈, 들을 귀, 말할 입

정실비

당신은 지금 '나'와 함께 내려가고 있다. 당신의 눈에 들어오는 것은 버려진 축사와 버려진 콩들이다. "콩 봐라" "저 아까운 콩 봐라" 오제 어머니의 목소리가 들린다. 같은 말을 리듬 있게 반복하는 그 목소리가 당신과 '나'로 하여금 버려진 것들에게로 눈을 향하게 한다. 목적지에 도착하니 쫓겨날 운명에 처한 사람들이 있다. 죽은 남동생의 집에서 살고 있는 여자와 그 여자의 어머니. 언뜻 이곳은 버려지고 남겨진 것들로 가득한 것 같다.

그러나 얼마 지나지 않아 '나'의 눈에는 보인다. 당신의 눈에도 보이는가. 이 마을에는 "철물점이 있었고 양곡장이 있었고 보건소와 우체국과 면사무소가 나지막하고 아담하게" 이어져 있다. 집은 "어느 구석이든 어느 것이든 가지런하게 정돈되어" 있고 식탁에는 "콩장에 불고기에 북어조림에 차갑게 식힌 콩나물국에 밥”이 손님들을 위해 준비되어 있다. “배추밭과 콩밭과 그 밭 너머로 이어진 무슨 무슨 밭들”이 있고 “밤나무, 은행나무, 감나무, 소나무, 다종하게” 번져 있다. 작가는 단어와 단어 사이를 대등하게 연결하여 사물들이 위계 없이 차별 없이 다정하게 어울려 있는 세계로서 이 시골을 보게 한다. 작가가 다듬어놓은 정갈한 문장들을 따라가다보면, 당신은 이곳에서 ‘나’와 함께 그동안 보지 못했던 것들을 보게 될 것이며 보아왔던 것들을 더욱 잘 보게 될 것이다.

또한 당신은 듣게 될 것이다. 노부인은 ‘나’에게 “깜짝 놀랄 만큼 또렷한 목소리로” 말한다.

밥 먹어.
밥 있어.(141쪽)

내용만으로는 지극히 평범한 말이다. 그러나 명사 ‘밥’이 반복되고 종결어미 ‘어’가 뒤따라 반복되고 행갈이까지 이루어지면서 평범한 말이 평범하지 않게 들린다. 일상적인 말을 특별하게 들리게 하는 작가의 재주가 그저 기교의 차원에 머무는 것은 아니다. 가령 다음과 같은 구절은 ‘무엇을 말할 것인가’와 ‘어떻게 말할 것인가’가 솜씨 좋게 결합된 사례다.

이 집 팔아서 뭘 한대요.
오제의 어머니가 물었다.

글쎄 뭘 한다나 사업을 한다나.

아주머니가 말했다.

지랄하고.

노부인이 말했다.

늦게 팔려라.

오제의 어머니가 말했다.

늦게 팔려라.

노부인이 말했다.(157쪽)

　작가의 손에 의해 대화가 재배치되자, 평범한 대화가 노래처럼 들리고 힘없는 사람들의 목소리가 힘있게 울려퍼진다. 덕분에 당신과 '나'는 자본주의 메커니즘에서 도태된 사람들의 목소리를 또렷이 듣게 된다. 그 목소리는 "봐라"라고 명(命)하여 얼핏 멀쩡해 보이는 고추의 검은 구멍이나 회색 얼룩을 보도록 만든다. 그리하여 당신과 '나'는 시골의 다면적인 현실과 마주하게 된다.

　그러나 모두가 이 풍경을 볼 수 있고 이 소리를 들을 수 있는 것은 아니다. 피로한 안색의 오제를 보라. "몸만 와, 라는 대답을 듣고" 몸만 갔던 '나'와 달리 오제에게는 "내려온 목적"이 있었다. 시골에서 살면 좀더 나을까 싶어서 내려온 오제에게 집과 밭은 경제적 가치로 환산될 뿐이다. 그래서 '나'가 "봐라, 굉장한 거미다"라고 말할 때 오제는 먼 산을 바라보고, '나'가 감을 먹으며 옛날 옛적의 할머니 저고리 맛을 느낄 때 오제는 어리둥절해한다. 오제는 자신의 고민에만 몰두한 채 듣지도 보지도 못한다. 듣지도 보지도 못하기에 주변인들의 대화에도 참여하지 못한다. 두 마리 개가 남동생의 죽음을 예고했다는 고추밭 주인의 말에 오제는 "추운 게 싫었나보죠"라고 퉁명스럽게 대꾸하여 대화의 맥을 끊고, 밭의 시세에 대해 대화를 나누다가도 "돈 없는 나 같은 놈에게는 싼 게 아니야"라고 대꾸하여 어머니의 기분을 상하게 한다. 마지막까지도 오제는 대화다운 대화를 하지 못한다. 그는 '나'에게 자신의 경제론을 장황하게 펼친 뒤 "그게 경제다"라고 단언할 뿐이다.

그런데 이 모든 것이 오제의 탓일까. 당신도 알고 있지 않은가. "육 개월 단위로 계약서 써가며" 미래도 발전도 생각하지 못하게 만드는 사회의 구조 속에 오제가, 그리고 우리가 놓여 있다. 시골의 모녀를 집 밖으로 내모는 보이지 않는 손은 오제를 내모는 손과 다르지 않다. '나'와 당신이 도착한 이곳은 '시골=풍요롭고 선한 공간 : 도시=황폐하고 악한 공간'이라는 진부한 이분법에 기초하여 만들어진 장소가 아니다. 오히려 우리는 이곳에 와서 깨닫게 된다. 자본의 무정한 힘이 도처에 뻗쳐 있다! 세대와 장소를 막론하고 뻗쳐 있다! 그러나, 그러니 어찌할 도리가 없다고 체념해버리는 순간, 인간은 경제적 동물로 전락해버리고 말 것이다.

그래서 '나'는 이 마을에서 다르게 살아가는 사람들을 만났다. 살아가는 데에는 바나나를 선물 받고도 먹다 남은 김치를 내놓는 "퍽이나 경우 없는 여자"의 방법만 있는 것이 아니라, 정성껏 말린 시래기를 선뜻 내어주는 방법도 있다. 또한 '나'는 이 마을에서 잠시 다르게 살았다. 일손이 없어서 수확하지 못했던 고추를 수확했고, 죽은 사람의 공장에 남겨진 호박과 고구마를 고추밭 주인으로부터 받았다. 이는 돈이 되지 못해 버려질 운명에 처했던 생명들을 소생시키는 행위이기에, 단순한 '얻음'이 아니라 귀중한 '살림'이다.

어느덧 날이 저물었다. 이제 당신은 '나'와 함께 마당으로 나선다. '나'에게 노부인이 묻는다.

다음에 오냐.
네.
정말로 오냐.
네.
나 죽기 전에 정말로 올 테냐.
……(158쪽)

'나'는 진심을 추궁하는 노부인의 말에 끝내 입을 다물고 만다. '나'는 이 마을에서 보고 듣고 느꼈으나 그 삶을 지속할 의지도 반복할 시간도 없기에 무어라 말할 수가 없다. '나'에게는 도시에서의 삶이 있고 그 삶을 지속하고 반복하기 위해서는 상행해야 한다.

이쯤에서 당신은 '상행'이라는 말을 곱씹어보아도 좋다. 아무래도 이 소설에서 '상행'이라는 단어는 단순히 '지방에서 서울로 올라감'만을 의미하는 것 같지 않다. 작가의 사전에서 '상행'은 남겨두어서는 안 될 무언가를 남겨둔 채 그저 앞으로만, 위로만, 향해 가(야만 하)는 일을 의미하는 것이 아닐까. 소설이 끝나갈 때쯤이면 '상행(上行)'이라는 건조한 한자어는 쓸쓸한 울림소리를 동반한 채 공허하게 울려퍼진다. 그 울림이 끝나지 않도록 작가는 오제와 '나'를 쉽사리 목적지에 도착하게 만들지 않고 계속 상행중인 상태에 놓아두었다.

'나'와 함께 집을 나선 당신의 등뒤가 석연치 않다면 당신 역시 상행중이기 때문이리라. 우리는 이렇게 줄곧 올라가다가 "어디든 닿기 전에 결국 희미해질지도 모를 일이다. 공허한 마찰을 거듭하다가 나달나달해져 이윽고 사라져버리는 순간이 올지도 모르겠다. 그렇게 생각하면 두렵다. 외롭고 두렵다".[1] 그런데도 오제는 "자꾸 제한속도를 넘"기며 빠르게 올라간다. '나'는 "더는 말하지 않"은 채 올라간다. 당신은 어디에 있는가. 어디로 갈 것인가.

---

1) 황정은, 「낙하하다」, 『파씨의 입문』, 창비, 2012, 65쪽.

정실비
서울대 국문과 박사과정 수료.
계간 『문학동네』 2012년 여름호에 평론을 발표하며 등단.

손보미

과학자의 사랑

.
.
.

작가노트 「과학자의 사랑」의 탄생
해설 이학영_로맨틱 유니버스

손보미

1980년생. 2009년 『21세기문학』 신인상 수상, 2011년 동아일보 신춘문예에 단편소설 「담요」가 당선되어 등단. 소설집 『그들에게 린디합을』 『우아한 밤과 고양이들』, 장편소설 『디어 랄프 로렌』, 중편소설 『우연의 신』, 짧은소설 『맨해튼의 반딧불이』가 있다. 한국일보문학상, 김준성문학상, 대산문학상, 제3회 젊은작가상 대상, 제5회, 제6회 젊은작가상을 수상했다.

과학자의 사랑

  ＊이 글은 브라이언 그린 박사가『포퓰러 사이언스』2012년 1월호에 기고한「고든 굴드―과학자의 사랑」을 번역·정리한 것이다. 브라이언 그린 박사는 2011년 10월, 캔자스에 있는 굴드 트라이앵글 박물관에서 같은 제목의 강연을 한 바 있다. 번역과 정리는 설치미술가이자 린디합퍼인 손보미씨가 수고해주셨다.

1

  고든 굴드 박사가 차에 치인 것은 "고든 굴드의 필라델피아 시절"이었던 1948년 9월의 일이다. 그는 우체국에 들러 편지 두 통을 보낸 후, 시내에서 아내인 비비안 굴드와 함께 점심을 먹을 계획이었다. 비비안 굴드는 약속시간이 지나도 고든 굴드가 나타나지 않자 그의 연구실로 전화를 걸었는데, 그날따라 연구실은 텅 비어 있어서 그녀는 아무하고도 통화할 수가 없었다. 공교롭게도, 그때 굴드 박사가 교통사고를 당해 병원에 있다는 사실을 알았던 단 한 명의 사람은 굴드 부부 집의 "가정부"였다. 이탈리아 출신의 이 마음 약한 여성은 병원에서 걸려온 전화를 받고 약간 겁에 질린 상태였다. 집으로 돌아온 비비안은 훌쩍거리는 가정부로부터 남편의 소식을 전해들었지만 전혀 당황해하거나 허둥대지 않았다. 오히려 그녀는 침착하게 병원에 전화를 건 후, 그때까지도 울고 있는 가정부를 향해 "울지 말아요. 박사님은 아무 문제없어요"라며 그녀를 달래기까지 했다. 나중에 비비안은 자신의 회고록, 『위로와 정복』에 이렇게 썼다. "고디(역주 : 고든 굴드의 애칭)는 항상 가정부에게 둘러싸인 삶을 살았다. 그의 인생이 실패했다면 바로 이런 이유 때문일 것이다(역주 : 굴드 박사가 죽은 후 그녀는 두번째 문장을 삭제했다)."

병원에 도착한 비비안이 고든 굴드의 수술이 끝나기를 기다리고 있을 때, 한 젊은 간호사가 쭈뼛거리며 그녀에게 다가왔다. 그 젊은 간호사는 "부인, 박사님은 무사하실 거예요"라고 말하며 고든 굴드의 소지품을 건넸다. 그녀는 그 위로가 진심이라고 느꼈기 때문에 하마터면 눈물이 날 뻔했다. 그래서 고개를 푹 숙이고 간호사가 사라질 때까지 고든 굴드의 소지품들을 뒤적거리기만 했다. 두 통의 편지가 그녀의 눈에 들어온 것은 순전히 그런 연유에서였다. 편지의 수신인은 던컨 듀렉과 "에밀리 로즈"

었다. 편지봉투에서 이 이름을 보았을 때, 그녀는 어떤 생각을 했을까? 그것을 상상하는 것은 그리 어렵지 않다. 굴드 박사의 수술이 성공리에 끝나고 일주일쯤 지났을 때, 비비안은 굴드 박사의 비서를 통해 병상에 누워 있는 그에게 이혼 서류를 전달했다. 그리고 곧바로 캘리포니아로 돌아가버렸다. 굴드 박사는 그후로, 죽을 때까지, 비비안의 얼굴을 다시는 볼 수 없었다. "최고의 파트너"로 일컬어지던 고든 굴드 박사와 비비안 굴드—비비안 스턴우드—의 결혼 시절은 십구 년 만에 그렇게 종지부를 찍었다.

2

　고든 굴드는 1926년에 비비안 스턴우드를 처음 보았다. 당시, 칼텍 신입생이었던 그는 자신이 세상 이치에 아주 능통하다고 생각하는 "햇병아리"였는데, 어떤 의미에서 그의 그런 태도는 평생 동안 유지된 셈이다. 그는 매우 우수한 학생이었지만 "지나치게" 잘생긴 외모와 "지나치게" 자신만만한 태도로 과학자보다는 영화배우에 걸맞다는 인상을 주었다. 비비안 스턴우드는 손꼽히는 캘리포니아 부호의 딸이었다. 고든 굴드보다 아홉 살 연상이었으며 이혼 경력도 있었다. 그녀는 래드클리프 대학에 재학중일 때 영화 제작자인 폴 듀렉과 결혼했다가 스물일곱 살이 되던 해에 헤어졌다. 얄궂게도, 이혼 당시 그녀는 임신중이었다.

하지만 임신이 둘 사이에 어떤 영향을 끼친 것은 아니었다. 그녀
는 던컨—그녀의 아들—이 생후 이십팔 개월이 되었을 때, 애
아빠에게 보냈고 자신은 새크라멘토의 아파트에서 혼자 생활했
다. 그리고 격주 주말마다 던컨을 자신의 아파트로 데려와 함께
지냈다.

비비안은 레이먼드 챈들러의 탐정소설에 나오는 부유한 집안
의 이혼한 딸들이 자주 그러는 것처럼(역주 : 레이먼드 챈들러의
『빅 슬립』의 여주인공의 이름도 비비안 스턴우드이다. 챈들러는 그
녀와의 연관성에 대해 강력하게 부인한 바 있다) 술독에 빠지지도
않았고 남자관계가 복잡하지도 않았으며 까닭 없는 동정심이나
연민에 찬 여성도 아니었다. 비비안 스턴우드는 개인 재봉사가
있었고, 브레게의 손목시계를 착용하고, 삼 캐럿짜리 다이아몬
드 목걸이를 하긴 했지만, 그것은 어릴 적부터 몸에 밴 생활습관
일 뿐이었고, 그 외에 특별히 자신을 위해 돈을 쓰는 데는 없었
다. 그녀는 "간호와 과학이야말로 세상을 이끌 주요 분야"라고
생각했기 때문에 자신의 신탁계좌 일부를 헐어 '종군 간호사 협
회'를 만들어 활발하게 활동하는 한편, 당시 칼텍으로 적을 옮긴
로버트 밀리컨에게 일종의 기부 모임인 '칼텍 후원회'를 만들 것
을 제안했다. 그녀는 이 후원회 모금활동에 대단히 적극적으로
참여했고 일 년 만에 후원회가 목표액을 다 채우는 데에 혁혁한
공을 세우기도 했다. 그녀가 "칼텍의 대모"로 불렸다는 이야기
는 결코 과장이 아니다. 프리츠 츠비키 같은 과학자는 그녀가 칼
텍을 방문할 때마다 "둥근 잡종의 총집합"이라며 대놓고 비아냥

거리기도 했지만, 칼텍의 연구자들 상당수는 소탈하면서 품위 있고 검소하면서도 우아한 그녀에게 애정을 가지고 있었다.

당시 스무 살이었던 고든은 비비안이 주최하는 리셉션에서 그녀를 처음 보자마자 사랑에 빠져버렸다. 고든은 "고든 굴드의 캔자스 시절"에도 그 순간을 자주 회상했다. "차분하지만 똑 부러지는 말투로 연설을 했어. 볼이 통통해서 어찌 보면 귀여운 소녀 같았는데 눈빛은 아주 냉소적이어서 나이를 숨길 수 없었단다." 비비안은 회고록에 이렇게 썼다. "나에게 그런 식으로 애정을 표현한 젊은이(역주 : 실제로 그녀는 'young man'이라는 표현을 사용했다)는 없었다. 비유적으로 설명하자면, 다른 젊은이들이 나의 손등에 키스할 때 그는 나의 입술에 키스하는 식이었다." 어떤 사람들은 고든의 그러한 애정을 불경하다고 느꼈다. 또다른 사람들은 고든이 비비안에게 의도적으로 접근한 것이라며 비난하기도 했다. 하지만 고든은 아랑곳하지 않았다. 그리고 1929년 결국 그들은 결혼에 골인했다. 그렇게 칼텍의 대모와 촉망받는 젊은 과학도의 결혼이 이루어진 것이다. 비록 십구 년 후 그들의 결혼생활은 한순간에 끝장이 났지만, 비비안은 훗날 고든 굴드와의 결혼생활이 인생에서 가장 소중한 시간 중 하나였음을 인정했다.

결혼 직후에, 고든은 뜻밖의 선택을 한다. 돈이 필요하지도 않았고 비비안이 강력하게 반대했음에도 불구하고 패서디나 국방연구소에 취직한 것이다. 하지만 그는 프랜시스 크릭이 패서디나에서 그랬던 것처럼 군사기술에 뛰어난 업적을 남기지도 못했고, 마이클 패서웨이처럼 경력에 도움이 될 만한 인맥을 만들지도 못했다. 고든은 고작 일 년 후 학교로 돌아오게 된다. 비비안은 이렇게 썼다. "아주 좋은 모양새를 띠고 학교로 돌아온 것이 아니었지만 고디는 괜찮아 보였다." 비비안에 따르면 고든 굴드는 그녀에게 이렇게 말하기도 했다. "앞으로 칼텍에서 내가 하는 모든 연구는 당신만을 위한 거예요. 당신을 깜짝 놀라게 할 만한 걸 보여줄 거예요. 그럼 당신은 나를 더 사랑하게 되겠죠."

고든 굴드는 전자스펙트럼 연구가 한창 이루어지고 있던 로버트 밀리컨의 연구팀에 들어갔다. 그 당시, 칼 아이링이나 아이라 바원 등이 있었던 로버트 밀리컨의 팀은 이미 그쪽 분야에서 많은 성과를 낸 이후였고, 고든이 그 팀에 참여한 것은 누가 보더라도 좀 생뚱맞은 면이 있었다. 칼 아이링은 고든이 잘생긴 얼굴을 무기로 삼아 비비안을 조종한다고, 그래서 그가 특혜를 받았다고 공공연하게 비난했다. 그 시기에 많은 과학자들은 여전히 "비비안 스턴우드"를 지지하고, 그녀에게 존경심을 가지고 있었지만 "굴드 부부"에 대해서는 그렇지 않았던 것이 사실이다. 고든의 태도도 이런 분위기에 한몫했다. 그는 칼텍에 돌아간 지 이 년도 채 지나지 않아, 학교측에 개인 연구실을 요청하기까지 했다. 당연히 그 요청은 받아들여지지 않았는데, 고든은 아무런 거리낌도 없이 이 사실을 비비안 굴드에게 이야기했고 비비안은 심사숙고 끝에 고든을 위해 "손을 썼다". 그 결과 고든 굴드는 그나마 친밀함을 유지하던 동료들마저 잃었다. 물론 고든은 별로 신경쓰지 않았지만 말이다.

고든과 계속적으로 친밀함을 유지했던 동료도 있긴 하다. 바로 아이라 바윈이다. 아이라 바윈은 1938년 가을 비행기 사고로 죽을 때까지, 고든 굴드에 대한 지지를 멈추지 않았다. 특히 그는 굴드 부부가 집으로 초대한 단 한 명의 과학자이기도 했다. 굴드 부부의 집에서 저녁을 먹은 후—메뉴는 늘 후라이드 치킨이었지만—바윈은 가끔 비비안과 춤을 췄다. 굴드 부부는 그 당시 방 두 개에 거실과 부엌이 딸린 좁은 아파트에서 살았기 때문에, 쌓아놓은 책이 무너지거나 탁자에 부딪치는 위험을 감수해야 했지만, "춤판 벌이는 것"을 포기하지는 않았다. 고든은 한 번도 직접 그 춤판에 끼어든 적이 없다. 그는 그저 만면에 미소를 띤 채, 그들이 춤추는 것을 "지켜보기"만 했다.

물론 "지켜보는 것"을 고든만 한 것은 아니다. 비비안도 1933년 부터는 "칼텍의 대모" 노릇을 그만두었다. 그 대신 그녀는 종군 간호사 협회 일에 열중했다. 이차대전중이라는 시대적 배경 탓도 있었겠지만, 아마도 남편의 직장에서 "나선다"는 인상을 주고 싶지 않았던 것이리라. 물론 그녀는 여전히 많은 돈을 칼텍에 기부했고, 가끔은 남편을 따라 공식석상에 나타나기도 했다. 그녀는 항상 고든의 옆에서 미소를 띠고, 고개를 끄덕거리고, 자신의 미남 남편을 향해 아낌없이 박수를 보냈다. 때로는 손으로 키스를 날려보내기도 했다. 다른 사람들은 비록 그녀가 "나서는 것"을 그만두었지만, 미소 띤 얼굴로 단 한 사람을 끊임없이 "지켜보며", 고개를 끄덕이고, 지지하는 뜻을 나타냄으로써, 다른 식으로 칼텍에 엄청난 영향력을 끼치려 한다는 인상을 받았다.

3

　비비안은 자신의 회고록에 이렇게 썼다. "1933년은 나와 고든 이 굴드 부부로서 균형을 맞춰가는 시기였다." 그해 가을, 던컨이 굴드 부부의 집으로 왔다. 제작을 맡았던 영화의 흥행 참패로 재정상황이 어려워진 폴 듀렉이 여덟 살이었던 던컨을 제 엄마에게 맡기기로 한 것이다. 비비안은 당시 "굴드 부부"의 생활에 상당히 만족해하고 있었기 때문에 아들과 함께 산다는 것에 대한 확신이 별로 없었다. 던컨과 함께 산다는 사실을 매우 고무적으로 받아들이고 잔뜩 기대에 부푼 사람은 고든 굴드 쪽이었다. 나중에 비비안은 이렇게 썼다. "하지만 그는 아버지가 될 준비가 되어 있지 않았다." 실제로 그들이 함께 살았던 십구 년 동안 비비안은 고든을 사랑스런 남편으로 대했을지언정 믿음직한 가장으로는 대우해주지 않았다. 고든이 아버지로서 적합하지 않다는 비비안의 믿음은 그녀가 죽을 때까지 지속되었다.

　던컨과 함께 사는 일은 굴드 부부의 삶을 전반적으로 다시 조직하는 계기가 되었다. 그들은 새크라멘토의 좁은 아파트를 떠나서 방 일곱 개와 화장실이 세 개, 그리고 거대한 부엌이 있는 산호세의 저택으로 이사를 했고, 지난 이 년간 폴 듀렉의 집에서 던컨을 돌봐왔던 유모 겸 가정부도 데리고 왔다. 바로 이 가정부가 당시 스무 살이던, 캔자스 출신의 에밀리 로즈였다. 고든은 처음에 에밀리 로즈를 고용하는 것을 반대했다. 폴 듀렉의 충고 때문이었다. 폴 듀렉은 에밀리가 자신이 고용했던 가정부 중 가장 뛰어나고 성실한 것은 사실이지만 아이가 한 가정부에게 너무 익숙해지는 건 바람직하지 않다고 말했다. 자신은 이제껏 한 가정부를 이 년 이상 고용한 적이 없었다고도 덧붙였다. "내 말 안 들으면 나중에 후회하게 될 거야." 비비안은 멍청한 소리라고 일축했다. "도대체 그게 무슨 말도 안 되는 소리예요? 그애가 좋아하는 걸 우리가 왜 뺏어야 하죠?"(역주:물론 아주 나중에도 비비안은, 폴 듀렉의 우려가 "결과적으로" 들어맞았다는 것을 결코 인정하지 않았다) 하지만 고든에게는 폴 듀렉의 주장에 반대하는 것이 그리 단순한 문제가 아니었다. 아무리 고든이 폴 듀렉의 거의 모든 성과들을 무시해왔다고 해도, 그가 던컨의 아버지라는 사실까지 무시할 수는 없었다. 그리고 바로 그 사실―고든이 던컨 듀렉의 아버지가 아니라는 그 사실 때문에 고든은 가정부를 고용하는 문제에 전혀 영향력을 끼치지 못했다.

에밀리 로즈는 명쾌하고 단순한 면이 돋보이는 여성이었다. 그러한 그녀의 성격이 선천적인 것인지, 아니면 오랫동안 가정부라는 직종에 있었기 때문에 후천적으로 형성된 것인지는 잘 모르겠다. 굳드 부부가 처음 에밀리를 만났을 때, 그들은 그녀가 수줍음을 많이 타는 전형적인 시골 처녀 같으면서 다른 한편으로는 나이에 걸맞지 않는 완고함도 지니고 있다는 것을 알아차렸다. 그녀는 교회에 나가야 하는 주일을 제외하고 매일 아침 여섯시 반이면 굴드 부부의 집으로 왔다. 그녀는 폴 듀렉에 대해서 "다른 세상에 사는 사람"이라고 느꼈는데, 그건 고든이나 비비안에 대해서도 마찬가지였다. 그녀는 고든이나 비비안이 "수고했어요"라는 말만 해도, 부끄러워서 어쩔 줄 몰랐다. 그녀는 유전학에 대한 지식이 전혀 없었지만, 어렴풋하게 던컨이 폴 듀렉에 버금가는 "영화 제작자 선생님"이나, 비비안 같은 "사회운동가―물론 에밀리는 이 말의 의미를 잘 몰랐으리라―선생님", 또 심지어는―유전적으로 아무런 상관도 없지만―고든처럼 "과학자 선생님"이 될 거라고, 그래서 곧 자신과는 또다른 세계로 가버릴 것이라고 생각했다. 그 사실 때문에 때때로 그녀는 한없이 허무함을 느꼈지만, 그녀에게는 폴 듀렉 이전의 다른 "선생님"의 자식을 이미 훌륭하게 키워냈다는 자부심이 있었다. 양육에 관한 자신만의 원칙도 있었다. 이를테면 에밀리는 고든이 일어나서 출근할 준비를 하는 동안 아침식사를 차렸고, 고든이 출근할 때가 되면 던컨을 깨워서 배웅하도록 했다. 던컨은 일어날 때마다 짜증을 부렸고, 굴드 부부는 아이가 원하는 시간까지 푹 자도록 내버려두라고 말했지만, 에밀리는 그런 부분에 대해서 전혀 양보가 없었다. 언젠가 비비안이 아이를 "자유롭게" 두라고 했을 때, 에밀리는 양 볼이 빨개졌을지언정 자부심을 가지고 대답했다. "부인, 저는 열다섯 살 때부터 캘리포니아에서 이 일을 해왔어요. 그 아이들은 벌써 부인이나 굴드 선생님만큼이나 훌륭한 사람이 될 가능성을 보이고 있고요." 에밀리 로즈는 비비안이 오전에 외출을 하고 나면 던컨을 학교에 데려다주고 집으로 돌아와 저택 구석구석을 돌아다니며 청소를 했다. 오후에 에밀리는 던컨을 데리고 집으로 왔고, 던컨이 바이올린이나 유화 등의 개인 교습을 받는 동안 근사한 저녁식사를 차렸다. 굴드 부부와 던컨은 이 생활에 빠르게 적응해갔고, 그리고 아주 만족해했다.

이 생활에 익숙해진 후 고든은 집으로 돌아오면 곧바로 부엌으로 걸어가는 습관이 생겼다. 거기에는 따뜻한 음식을 마주하고 앉아서 자신을 기다리고 있는 던컨과 비비안이 있었다. 고든에게 이 시간은 다른 어떤 것보다 중요했다. 고든 굴드는 매일 저녁 부엌에서 감동했고, 그 식탁에 자신과 비비안 굴드, 그리고 던컨 듀렉 이외에 다른 누군가가 앉는 것을 "절대로" 원하지 않았다. 그렇게 그들 "가족"은 칠 년을 산호세 저택에서 보냈다. 물론, 굴드 가족의 생활이 이런 일정한 단계에 도달할 수 있도록 결정적인 도움을 준 사람이 바로 에밀리 로즈였다는 사실은 부인할 수 없을 것이다.

산호세로 이사한 후, 굴드 부부는 바원을 만날 때마다 레스토랑을 이용했다. 비비안은 모든 것이 깔끔하게 정리되어 있어서 아무것도 흐트러뜨리지 않을 수 있고, 또 설사 흐트러뜨리더라도 깔끔하게 치워줄 가정부가 있는데도 불구하고 바원과 춤판을 벌일 수 없다는 사실이 못마땅하기 했지만, 남편의 뜻을 잠자코 따랐다. 가끔 바원이 고든에게 언제 새로운 집에 초대해줄 거냐고 물을 때마다 고든은 "다음에"라고 대답했다. 바원은 이렇게 되물었다. "다음이 도대체 언제인가? 우리가 언제쯤 다시 춤판을 벌일 수 있겠나? 내가 죽은 이후인가?" 물론 농담이었고, 그들은 함께 웃었다.

4

　당시 많은 이들은 고든 굴드의 연구가 "쓸데없이 죽치고 앉아 있는" 것이라고 생각했고, 특히 칼 아이링은 자주 굴드 박사가 "개인" 연구실에서 하루종일 귀나 파고 있는 것이 아니냐고 비아냥거리곤 했다. 실제로 고든은 칼텍에 있었을 당시 어떠한 공식적인 연구 실적도 내지 못했다. 그럼에도 불구하고 칼텍 측에서 고든 굴드를 가만히 두었던 것은 그를 믿어서가 아니라, 전적으로 그가 비비안 스턴우드의 남편이었기 때문일 것이다. 물론 우리는 고든 굴드가 연구실에서 "하루종일 귀만 판 것"이 아니라는 사실을 잘 알고 있지만 말이다.

　고든 굴드 본인도 잘 몰랐지만, 그의 '굴드 트라이앵글' 이론은 이 시기, 바로 그의 "산호세 시절"에 이미 거의 다 완성되어 있었다. 그 당시 고든은 중력이 전자기력이라는 것을 알고 있었고, 지구에 존재하는 모든 종류의 힘을 중력으로 변환할 수 있다는 믿음도 있었다. 더 나아가서 고든은 중력장의 성격을 밝히는 것이 우주의 비밀을 푸는 "열쇠"라고 확신했다. 물론 그는 아인슈타인보다도 훨씬 더 먼저 블랙홀이 실제로 존재한다고 믿었던 과학자이기도 하다. 이러한 고든의 이론은 산호세 시절, 프랭클린 연구소의 니콜라 테슬라나 프린스턴 고등연구소의 알버트 아인슈타인에게 보낸 서신에 잘 나타나 있다. 그 일부분만 읽어본다면 다음과 같다. "강력과 약력, 전기력은 중력의 다른 이름에 지나지 않습니다. (……) 중력장의 구조를 알게 되는 것은 우주의 구조를 알게 되는 것과 마찬가지의 일입니다." 반응은 제각각이었다. 아인슈타인은 그 편지를 무시했다(역주 : 나중에 고든 굴드가 죽은 후 아인슈타인은 공식석상에서 고든 굴드의 그 편지가 자신에게 큰 영향을 끼쳤음을 고백했다). 니콜라 테슬라의 반응은―원래 그가 감정적인 사람이라는 점을 감안하더라도―폭발적이었다. 고든 굴드의 연구를 적극 지지한 니콜라 테슬라는 굴드에게 자신이 있는 필라델피아의 프랭클린 연구소로 와서 일을 해보면 어떻겠냐고 제안했고, 굴드는 그것을 받아들였다.

사실, 고든을 끊임없이 괴롭혔던 것은 그가 자신의 모든 연구 내용을 하나의 완벽한 방정식으로 만드는 데 늘 실패한다는 점이었다. 그에게는 항상―그가 죽을 때까지, 혹은 죽은 이후에도―"우아한 수식"을 방해하는 "백억분의 일"이라는 오차가 있었다. 그가 니콜라 테슬라의 제안을 받아들여 프랭클린 연구소로 옮긴 것도 이 오차 때문이었다. 그는 프랭클린 연구소의 자유로운 분위기가 자신의 연구에 어떤 식으로든 활로를 만들어줄 거라고 믿었다. 고든 굴드는 프랭클린 연구소에서 보낸 약 십여 년 동안 이 "백억분의 일"의 오차를 해결하는 데 매달렸지만, 그것은 결국 "이루어지지 않았다".

산호세 시절, 그는 종종 저녁식사 도중에 비비안과 던컨에게 연구 이야기를 꺼내곤 했다. 비비안은 머리가 좋은 여성이긴 했지만, 그녀에게―우리 모두가 그렇듯이―"중력"이란 아이작 뉴턴의 사과를 떨어지게 하는 힘 그 이상도, 그 이하도 아니었다. 던컨은 제 친아버지를 닮아 사업가적 수완이 뛰어났지만,―역시, 우리 대부분이 그렇듯이―죽을 때까지 "중력"에 대해서 진지하게 생각해본 적이 없었다. 그리고 이렇게 된 데는 물론 고든의 잘못도 있었다. 그는 일반 사람들에게 과학에 대해 설명하는 것에 익숙하지 못했고, 그것을 "좀더 쉬운 용어"로 설명해야 한다는 사실을 전혀 고려하지 못했다.

결국 고든은 자신의 이야기를 들을 만한 새로운 상대를 찾아야만 했는데, 그건 물론 바윈이었다. 바윈이 죽기 바로 전날까지, 칼텍의 많은 과학자들은 점심시간마다 학교 근처 카페테리아에서 무언가를 열심히 설명하고 있는 고든과 그것을 들으면서 천천히 고개를 끄덕이며 시저 샐러드를 입안에 넣고 신중하게 씹어 넘기는 아이라 바윈을 볼 수 있었다. 1938년, 바윈이 죽은 후 고든을 가장 슬픔에 잠기게 한 시간은 아마도, 점심시간이었으리라. 그때마다 그는 함께 점심을 먹고 이야기를 나눌 친구도 한 명 없다는 사실을 새삼 알아차렸고, 그와 더불어 자신의 "위대한" 중력 이야기를 들어줄 사람이 한 명도 없다는 사실도 깨닫곤 했다. 결국 견디지 못한 고든은 점심시간에는 그냥 산호세 저택으로 돌아와버렸다. 그리고 그 시간에 집에 있는 사람은 그에게 점심을 차려줄 가정부, 에밀리 로즈뿐이었다.

얼마 지나지 않아 에밀리는 매일 점심때마다 고든의 이야기를 들어주는 역할을 하게 되었다. 물론 에밀리는 그가 무슨 이야기를 하는지 거의 이해하지 못했거니와 가끔 알아들을 수 있는 이야기에 대해서는, 그 자리에서 반박하지는 못했지만 불경하다고 생각했다. 누가 뭐래도 에밀리는 이 세상이 신의 섭리에 의해 움직인다고 굳게 믿고 있었던 것이다. 하지만 에밀리는 그가 이야기를 하는 동안 딴청을 부린 적이 없었다. 거기에는 두 가지 이유가 있을 텐데, 한 가지는 그녀가 "굴드 선생님"을 매우 존경했다는 것이고 다른 한 가지는 그녀가 무척 숙달된 가정부라는 점이었다. 그녀는 그가 이야기를 하는 내내 진지하게 고개를 끄덕이고 "아" 혹은 "정말요?"라고 대꾸했다. 만약 에밀리가 "선생님의 생각은 무척 훌륭한 것 같아요"라고 말했다면 고든은 그녀가 자신의 이야기를 거의 알아듣지도 못하고, 알아들을 생각도 별로 없고, 게다가 어느 정도는 비판적인 입장을 취했다는 사실을 알아차리게 되었으리라. 하지만 에밀리는 고든이 음식의 마지막 한 조각을 입으로 가져갈 때마다 "선생님의 말씀을 다 알아들을 수는 없지만, 무척 훌륭하신 생각인 것 같아요"라고 말했고, 이 말은 묘하게 고든을 흡족하게 했다. 덕분에 고든 굴드는 저녁시간에 비비안과 던컨을 상대로 "지루한" 이야기를 늘어놓지 않아도 되었다.

　에밀리는 매일 밤마다 이렇게 기도했다. "하나님, 제가 존경하는 굴드 선생님이 더이상 사탄의 유혹에 빠지지 않도록 도와주세요. 아멘." 하지만, 에밀리의 이런 기도도 1940년 봄에는 결국 일단락을 맺었다. 1940년 4월의 어느 날 에밀리는 이렇게 비비안에게 말했다. "저는 고향으로 돌아가야 해요. 아마 결혼을 하게 될 거 같아요." 당시 열다섯 살이었던 던컨은 의젓하게 에밀리의 결혼을 축하했다. 비비안은 다이아몬드가 박힌 코르사주를 선물로 주었다. 그 집에서 이 사실을 받아들이지 못한 사람은 고든뿐이었다. 그는 그날 밤 비비안에게 이렇게 말했다. "로즈 양은 거짓말을 하는 거야. 그저 이 집을 떠날 핑계를 대는 것뿐이라고요." 그리고 이렇게 덧붙였다. "비비안, 그녀가 없으면 우리 생활은 어떻게 되겠어요?" 당시 굴드 부부는 산호세를 떠나 프랭클린 연구소가 있는 필라델피아로 거처를 옮길 예정이었다. 물론 비비안에게 캘리포니아를 떠난다는 것은 쉬운 결정이 아니었지만 그녀는 순전히 고든을 위해 그렇게 했다. 하지만 그녀는 고든의 "다른 계획"—던컨과 에밀리를 모두 필라델피아로 데리고 간다는—에는 분명히 반대했다. 필라델피아로 떠나는 것은 굴드 부부뿐이었다. 마흔세 살의 여자인 비비안은 서른네 살의 남자인 고든 굴드의 어깨를 부드럽게 껴안고 속삭였다. "고디, 앞으로 모든 게 다 좋아질 거야. 이제 우리 둘만의 시간을 늘 가질 수 있어." 그녀는 『위로와 정복』에 이렇게 썼다. "그는 언제나 고집불통이었고, 징징거리기 대마왕이었다." 하지만 분명하게 하고 싶은 것은 그날 밤 고든이 그렇게 말한 것이 단순히 징징거리기 대마왕으로서의 "억지 부리기"가 아니었다는 사실이다. 고든 굴드는 에밀리 로즈가 자신을 좋아하기 때문에 떠난다고 생각했고, 결혼한다는 말은 순전히 거짓말이라고 굳게 믿고 있었던 것이다.

1940년 3월 18일, 언제나 그랬던 것처럼 산호세 저택으로 점심식사를 하러 왔을 때, 고든은 에밀리가 옷이 흐트러진 채로 소파에 누워 있는 모습을 보았다. 에밀리 로즈의 머리카락은 젖어 있었고, 스커트는 허벅지까지 말려올라가 있었으며, 블라우스의 단추도 가슴께까지 풀려 있었다. 고든은 놀랐고, "무언가에 이끌리듯이" 그녀에게로 다가갔다. 그는 그녀의 빨갛게 달아오른 두 볼과 뜨거운 숨결을 느꼈다. 자신이 어떤 식으로 행동해야 할지 판단을 내릴 수 없었다. 그때 에밀리가 실눈을 떴고, 두 팔을 벌려 그를 안으려고 했다. 고든은 곧장 밖으로 뛰어나왔고 연구실로 갔다. 그는 흥분과 두려움 때문에 가슴이 두근거렸다. 그는 그날 아주 늦은 시간까지 연구실에 머물다가 집으로 돌아왔다. 에밀리는 그 다음날부터 일주일 정도 일하러 나오지 않았다. 비비안은 그녀가 아프다고 했지만, 물론 고든은 그 말을 전혀 믿지 않았다.

고든의 이러한 생각은 에밀리에게 보낸 첫번째 편지에 잘 나타나 있다. 그가 에밀리에게 편지를 보낸 가장 큰 이유는 필라델피아로 와서 자신들의 가정부로 계속 있어달라는 요청을 하기 위해서였다. 이 편지의 마지막 문장은 이렇다. "당신이 나를 유혹하려고 했던 일은 다 잊을 셈입니다. 그 일 때문에 나를 다시 만나는 걸 껄끄러워한다는 걸 알아요. 하지만 그건 실수에 불과합니다. 우리 부부(역주: 고든은 이 편지에서 유독 '우리 부부'라는 단어를 많이 사용하고 있다)에게는 당신 같은 유능한 가정부가 절실하게 필요합니다." 에밀리 로즈는 이 편지를 어떻게 받아들였을까? 그녀는 이렇게 답장을 보냈다. "선생님, 저는 선생님이 무슨 말씀을 하시는지 정말 **모르겠습니다**(강조는 역자). 그렇지만 저는 선생님 부부 덕분에 캔자스에서 아주 행복한 생활을 하고 있습니다. 선생님 부부의 은혜를 죽을 때까지 잊지 않겠습니다."

그날, 그러니까 1940년 3월 18일에 에밀리는 바이러스성 뇌수막염에 걸려 있었다. 물론 그 당시에는 아무도—에밀리 본인도—몰랐지만 말이다. 그녀는 생전 그렇게 아팠던 적이 없었다. 그녀는 던컨을 겨우 학교에 보낸 후, 비비안에게 고든의 점심만 만들고 집으로 돌아가겠다고 말했다. 점심 무렵 에밀리는 고든이 먹을 간단한 샌드위치를 만들었는데, 그러고 나자, 그러니까 자신이 해야 할 일을 다 끝냈다는 생각을 하자, 갑자기 몸 상태가 더 나빠진 것 같았다. 그녀는 수건을 적셔서 자신의 얼굴과 목에 댔고, 아예 소파에 드러누웠다. 조금만 몸이 괜찮아지면 집으로 돌아갈 생각이었다. 집. 그러자 에밀리는 갑자기 캔자스의 자기 집이 몹시 그리워졌다. 거기에 있는 가족들, 특히 아버지가 그리웠다. 어릴 적 그녀가 몹시 아플 때면 그녀의 아버지는 그녀의 얼굴에 물수건을 올려주고 잠들 때까지 그녀를 꼭 안아주었던 것이다. 에밀리는 갑자기 울음을 터뜨렸다. 아무래도 캔자스로 돌아가야 할까보다, 그녀는 견딜 수 없는 통증과 두려움 속에서 그렇게 생각했다. 그리고 눈을 떴을 때, 주위는 어둠에 휩싸여 있었고, 자신은 산호세의 저택에 홀로 남겨져 있었다.

고든 굴드는 일생 동안, 캔자스에 살고 있는 에밀리 로즈에게 총 스물여섯 통의 편지를 보냈다. 앞에서 언급했지만, 첫번째 편지의 내용은 필라델피아로 오라는 것이었고(역주 : 고든 굴드는 당시 제 아버지인 폴 듀렉과 함께 살고 있던 던컨에게도 필라델피아로 와서 함께 살자는 내용의 편지를 보내곤 했다. 던컨에게 보낸 편지는 그가 교통사고를 당하기 직전에 쓴 것이 마지막이다), 이러한 내용은 처음 이 년에 걸쳐 보낸 여섯번째까지도 동일하게 나타난다. 하지만 일곱번째 편지부터 열네번째 편지까지는 그 내용이 다르다. 그 여덟 통의 편지는 중력장 연구에 대한 언급이 주를 이룬다. 그는 자신의 연구를 들어줄 상대가 여전히 필요했던 것이다. 이 편지들의 내용은 때때로 아주 길어져서 지금으로 따지면 원고지 백 매짜리 분량이 되기도 했다. 물론 이미 다 알다시피 그 편지들은 지금 여러분이 곧 방문할 "굴드 트라이앵글"을 설명하는 중요한 이론적 근거 중 일부이다. 에밀리 로즈가 답장을 해준 것은 단 두 번뿐이었지만—그리고 그 두 통의 내용은 거의 같았지만—그렇다고 그녀가 고든 굴드의 편지를 버린 것은 아니다. 오히려 그녀는 이 여덟 통의 편지들을 잘 보관해두었다. 자신의 아들이 "굴드 선생님"만큼 똑똑한 사람이 되기 위해서 그 편지가 필요할 날이 올 거라고 생각했기 때문이었다. 물론 그런 날은 오지 않았다. 비비안이 읽은 문제의 편지는 열네번째 것이었다(역주 : 이 문제의 편지는 영원히 분실되었다. 이 편지에 실린 내용들이 밝혀지지 않았기 때문에 훗날 과학자들은 굴드 트라이앵글의 수식을 계산하는 데 꽤나 고생해야만 했다).

이혼을 당했을 때, 고든을 가장 견딜 수 없게 만들었던 것은, 비비안이 자신을 떠난 이유를 도무지 이해할 수 없었다는 점이다. 물론 굴드는 자신이 에밀리에게 보낸 편지가 비비안을 화나게 했다는 사실을 알고 있었다. 하지만 고든이 생각하기에 그 편지에는 아무런 의미도 없었다. 게다가 자신은 "젊은" 가정부의 유혹을 이겨낸 훌륭한 남자가 아니었던가? 그가 사랑하는 여자는 비비안 스턴우드뿐이었고, 어떤 의미에서 그가 했던 모든 일은, 더 심하게 말해서 스무 살 이후 그의 삶 전체가 그녀를 위한 것이었다. 고든은 나중에 이렇게 말했다. "하늘이 무너지는 것 같더구나." 그는 퇴원하자마자 모든 연구를 중단하고 캘리포니아로 돌아가서 비비안을 찾아다녔다. 그러면서도 한편으로 자신의 근황을 알리는 전보를 정기적으로 프랭클린 연구소로 보냈는데, 아마도 그에게는 금방이라도 비비안을 되찾고 다시 필라델피아로 돌아가 자신의 "훌륭한" 연구를 지속할 수 있다는 믿음이 있었던 것 같다.

비비안을 찾아다닌 지 육 개월 정도가 지난 1949년 여름에 그는 돌연 필라델피아로 돌아온다. 물론 혼자서. 그가 갑자기 돌아온 이유에 대해서 많은 추측들이 있는데 그중 가장 굴욕적인 것은 그가 일종의 협박을 받았다는 소문이다. 캘리포니아에서 고든이 마약을 했다느니, 폭력 문제에 연루되었다느니 하는 이야기들도 있었지만, 모두 사실이 아닌 것으로 밝혀졌다. 살아생전 고든은 이때 있었던 일에 대해 이야기하는 것을 끔찍하게 싫어했다고 한다. 그러므로 우리 역시 이 시기에 대해 궁금해하지 않는 게, 우리 모두에게 경이로운 "선물"을 남겨준 고든 굴드에 대한 예의이리라. 어쨌든, 그는 프랭클린 연구소로 돌아왔다. 모두들 그가 중력장 연구를 그만둘 거라고 생각했고, 그건 타당성이 있는 추측이었다. 그는 이미 마흔세 살이었고, 필라델피아로 옮겨온 이후로 팔 년 동안 중력장 연구는 ― 당연한 결과지만 ― 진전이 전혀 없었다. 수식에는 여전히 "백억분의 일"이라는 오차가 있었다. 게다가 고든은 "필라델피아 시절", 「맹인을 위한 푸리에 변환 활용」이니, 「무선전력전송의 활용과 한계」 같은 훌륭한 논문을 발표했기 때문에 사람들은 그가 중력장 연구 같은 "쓸데없는" 연구에 정력을 낭비하지 않고 다른 연구 방향을 찾는 것이 "이득"이라고 생각했다. 하지만 그 이후 고든은 오히려 중력장 연구에 더 심하게 매달렸다. 마치 "미친 사람"처럼 말이다. 비록 그는 필라델피아에 혼자 돌아오긴 했지만, 그래도 자신의 중력장 연구가 완성된다면, 그래서 자신의 "오차 없고 완벽하며 우아하기 그지없는 방정식"을 비비안이 보게 되기만 한다면 그 모든 상황이 호전될 것이라는 희망을 버리지 않고 있었던 것이다.

그렇게 중력장 연구에만 전념한 지 이 년 정도가 지난 1951년 6월의 어느 날, 밤늦게 집으로 돌아온 고든은 어둡고 좁은 거실을 지나가다가 그만 아무렇게나 쌓아놓은 책과 찻잔, 음식 접시에 발이 걸렸다. 그건 정말 이상한 일이었다. 왜냐하면 그는 지난 이 년 동안 어둠 속에서 아무런 어려움도 느끼지 않고 매일같이 그곳을 지나다녔기 때문이었다. 그는 앞으로 콰당 넘어졌고, 동시에 요란한 소리를 내며 책과 그릇 들이 바닥으로 떨어졌다. 몸을 일으켜세운 그는 어둠 속에서 벽을 더듬으며 전등 스위치를 찾으려고 애썼다. 그러다 문득, 그는 아주 이상하고도 격렬한 감정에 휘말렸다. 나중에 고든은 이렇게 말했다. "내 마음속에 엄청나게 커다란, 내 몸보다 훨씬 더 커다란 구멍이 생긴 것 같았단다. 비유적인 표현이 아니야. 모든 것을 빨아들이는, 저항할 수 없는 강력한 힘이 나에게 다가왔지. 마치, 마치 블랙홀처럼 말이야." 그날 밤, 고든 굴드는 스탠드 불빛 아래에서 에밀리 로즈에게 보내는 열다섯번째 편지를 쓰기 시작했다. 열네번째 편지를 보낸 이후 약 삼 년 만의 일이었다. 문장은 아주 논리 정연하고, 내용이야 어쨌건, 매우 정중한 어투를 구사하고 있다. 거기에는 주로 이러한 내용들이 쓰여 있다. "왜 나를 유혹했던 겁니까?", 혹은 "나는 그 모든 것을 잊어버릴 준비가 되어 있었습니다.", 혹은 "나를 좋아했던 것을 왜 인정하지 않습니까?" 등등. 그는 이런 내용이 담긴 편지를 팔 개월 동안 열한 통—보내지 않은 편지는 훨씬 더 많다—보냈다. 물론 비비안은 자신의 회고록에 이렇게 썼다. "그 모든 불행의 근원은 당연히 고디 자기 자신이다. 이건 마치 소포클레스의 비극만큼이나 명백하다 (역주 : 이것이 비비안 스턴우드가 『위로와 정복』에서 고든 굴드에 대해 언급한 마지막 단락의 첫 문장이다)."

에밀리 로즈는 이 열한 통의 편지를 어떻게 받아들였을까? 불행인지 다행인지 이 당시 에밀리에게는 이 편지를 제대로 읽을 여유도, 그 내용에 대해 생각할 여유도 전혀 없었다. 1951년은 에밀리에게도 몹시 힘든 해였던 것이다. 그해에 에밀리는 십 년 동안 그토록 원했던 둘째아들을 무사히 출산했지만, 그런 기쁨을 느낄 새도 없이 두 달 후에, 그녀의 남편과 첫째아들을 "애빌린 삼각 지대(역주 : 최초로 발견된 '굴드 트라이앵글'로 현재 캔자스 굴드 트라이앵글 박물관이 그 근처에 있다)"에서 잃었다. 물론 이런 사실을 몰랐던 고든은 에밀리에게 "왜 나를 좋아했다고 솔직하게 밝히지 않는 거요?"라는 내용을 골자로 한 편지를 주야장천 보냈던 것이다. 고든 굴드는 1952년 1월에 에밀리 로즈에게 보내는 스물다섯번째 편지를 썼다.

그가 에밀리 로즈에게 보내는 마지막 편지, 그러니까 스물여섯번째 편지를 쓴 것은, 여러분도 알다시피 아주 오랜 후의 일이다.

고든이 편지쓰기를 중단한 것은 당시 미국 전역에서 뇌엽절제술이라는 치료로 이름을 날리고 있던 월터 프리먼 박사(역주 : 언젠가 기회가 된다면 랄프 토렌도어의 글 「뇌 무법자 — 월터 프리먼」을 번역하고 싶다)를 만난 직후였다. 고든 굴드는 자신이 비비안을 되찾기 위해 캘리포니아에 머물렀던 시기에 대해 이야기하는 것을 몹시 싫어했던 것처럼, 이때에 대해서도 마찬가지 태도를 취했다. 물론 이해는 된다. 아마 그럴 수만 있다면 영원히 어둠 저편으로 던져버리고 싶은 과거의 일부이리라. 그러나 고든이 캘리포니아에서 지냈던 육 개월에 대해서 일언반구도 하지 않는 것에 비하면, 그래도 이 시기에 대해서는 이야기를 좀 하는 편이다. 애초에 그가 프리먼 박사를 찾아갔던 것은 자신이 "뇌엽절제술"을 받기 위해서였다. 지금이야 뇌엽절제술이 인간의 정신 전체를 망가뜨리는, 엄청나게 허무맹랑한 시술이라는 게 상식이 되었지만 그 당시만 해도 뇌엽절제술은 사람들에게 만병통치약처럼 받아들여졌다. 자살충동에 시달리는 중증 우울증 환자나, 폭력적인 정신분열증 환자, 심지어는 과대망상증 환자도 이 시술 하나면 손쉽게 "고칠 수" 있다고 믿었다. 프리먼 박사는 자신의 시술이 망가진 인간을 불행의 늪에서 건져올려준다고 굳게 믿고 있었다. 실제로 고든 굴드가 프리먼 박사를 찾아가게 된 것도 프리먼 박사의 광고 문구―"이십오 분 만에 여러분은 새로운 인생을 살 수 있게 됩니다" 때문이었다. 하지만 여러분도 알다시피 고든은 그 시술을 받지 않았다. 대신 그는 프리먼 박사와 함께 이 시술의 전도사가 되었다. 그는 아마도, 프리먼 박사의 "치료"에서 단 한 치의 오차도 없는 세계를 보았던 것이리라. 어쩌면 고든 굴드는 거기에서 자신이 "제어"할 수 있는, 완벽한 세상을 보았던 것인지도 모른다. 실제로, 나중에 고든 굴드는 이렇게 말하기도 했다. "프리먼 박사의 치료에는 아무런 의혹이 없었지. 거기엔 블랙홀이 없었던 거야." 고든 굴드는 제임스 와츠라는 가명을 썼다. 낮에는 프리먼 박사의 어시스턴트로 일했고, 밤에는 생리학과 의학에 관련된 책을 탐욕스럽게 읽어댔다. 그는 그렇게 다른 방식으로 "재탄생"했다.

수년 동안, 프리먼 박사와 고든은 미국 전역을 돌아다니며 "뇌가 고장난 사람"들의 전두엽을 긁어냈다. 고든은 프리먼 박사에게 이런 식으로 광고 문구를 바꿀 것을 건의했다. "당신은 이십오 분 만에 새로운 인생을 선물 받을 것입니다." 실제로 이 당시의 고든은 자신들이 마치 산타클로스와도 같은 존재라고 여겼다. 물론 그들은 많은 돈을 벌었지만 고든에게 중요했던 것은 돈이 아니라, "선물을 주는" 행위 그 자체였다. 그래서 뇌엽절제술의 끔찍한 후유증이 드러나고 결국 1956년—너무나 당연하게도—이 시술이 미국 전역에서 금지되었을 때에도, 고든은 이것이 다른 의학자나 생리학자 들의 로비에 의한 것이라고 믿었다. 프리먼 박사와 고든은—이것은 여전히 이 시술을 원하는 이들이 있었다는 의미이기도 한데—삼 년이나 이 시술을 암암리에 계속했다.

이 시술을 먼저 포기한 사람은 프리먼 박사였다. 고든은 화가 나서 프리먼 박사에게 욕을 퍼부었고 그날 밤 짐을 싸서 필라델피아를 영영 떠나버렸다. 1959년 여름의 일이다. 그후로 그는 일 년 동안 미국 전역에 퍼져 있는 자신의 환자를 찾아다녔다. 자신의 "선물"을 받고 행복한 삶을 살게 된 사람들을 만나보고 싶었던 것이다. 당연하게도 고든은 그런 사람을 단 한 명도 만나지 못했다. 하지만 그는 멈추지 않았다. 그리고, 그것은 그에게 꼭 필요한 행위였으리라. 고든 굴드는 몬타나와 와이오밍을 거쳐 콜로라도로 갔다. 뉴멕시코와 아이다호, 유타와 애리조나에도 들렀다. 네바다, 워싱턴, 오리건,—캘리포니아는 건너뛰고—알래스카를 거쳐 콜로라도로, 그리고 위스콘신에서 네브래스카로……

마지막으로 그가 다다른 곳은 캔자스였다.

그가 캔자스에 다다랐을 때, 자신이 이곳에서 마지막 인생을 "선물" 받게 될 것이라고는 꿈에도 생각하지 못했음은 물론이다.

6

고든 굴드는 죽기 몇 년 전에 이런 질문을 받은 적이 있다. "만약 과거로 돌아간다면 다른 선택을 할 거예요?" 그는 이렇게 대답했다. "이미 일어난 일은 일어난 일이란다."

1960년의 어느 가을날, 에밀리 로즈는 그해 아홉 살이 된 둘째 아들—이자 유일한 아들—과 함께 시내에 있는 제화점에 들렀다가 "굴드 선생님"과 마주쳤다. 그때 고든 굴드는 쉰네 살이었고, 에밀리 로즈가 마지막으로 본 "굴드 선생님"은 서른네 살이었다. 게다가 그의 얼굴은 수염으로 지저분하게 뒤덮여 있었고, 비쩍 마른 탓에 생기라고는 찾아볼 수 없어서 제 나이보다 훨씬 더 들어 보였지만, 에밀리는 용케도 거기에서 서른넷 시절 "굴드 선생님"의 얼굴을 발견해냈다. 오히려 아이의 손을 꼭 잡고 있는 에밀리를 알아보지 못한 것은 고든 굴드 쪽이었다. 그는 자신의 기억 속에 지난 세월 동안 남아 있었던 에밀리는, 산호세 저택의 소파 위에서 블라우스 단추를 풀어헤친 채 누워 있던 관능적인 모습이었다는 사실을 깨달았다. 에밀리는 고든을 보자마자 그가 아주 어려운 시절을 보내고 있음을 직감했다. "왜냐하면 나도 그런 시절을 겪었으니까요. 아주 어려운 시절을 말이죠." 하지만 누구라도 그 당시 고든의 꼴을 봤더라면 그런 식으로 생각할 수밖에 없었을 것이다. 그 정도로 그의 몰골은 엉망진창이었던 것이다. 에밀리는 아들의 손을 꼭 잡은 채로, 고든에게 이렇게 말했다. "굴드 선생님, 저희 집에서 저녁식사나 하시겠어요?" 그렇게 고든 굴드의 마지막 시절, "캔자스 시절"이 시작되었다.

그녀는 창고를 뒤져서 자신의 남편이 생전에 입었던 파자마를 찾아 고든에게 건네주었고, 따뜻한 물로 몸을 씻으면 기분이 좋아질 거라고 말하며 욕실로 그를 밀어넣었다. 잠시 후 고든이 욕실에서 나와서 부엌으로 걸어갔을 때, 거기에는 싸구려 식탁이 있었고, 분주하게 식사 준비를 하는 에밀리가 있었으며, 옆에서 야무지게 제 엄마를 돕고 있는 그녀의 어린 아들이 있었다. 그는 잠시 거기에 서서 그것들을 바라보았다. 마침내 식사 준비가 끝나고, 그들 셋이 다 함께 따뜻한 음식이 있는 식탁 앞에 앉자, 에밀리가 기도를 시작했다. 그는 그전까지 한 번도 식탁 앞에서 기도를 한 적이 없었고, 그런 모습을 본 적도 없었다. 기도가 끝난 후 그들은 함께 식사를 했다.

고든 굴드와 에밀리 로즈와 그의 아들이 함께하는 저녁식사가 며칠 더 지속되었을 때, 에밀리의 아들이 더이상 참지 못하고 고든 굴드에게 물었다. "할아버지, 이름이 뭐예요?" 에밀리는 여전히 엄격한 "양육자"였다. 그녀가 아들에게 말했다. "어른에게는 먼저 네 소개를 한 후, 그렇게 여쭈어보는 거란다." 아이는 조금 망설이다가 말했다. "안녕하세요. 저는 스테판 슈워츠라고 해요. 우리 엄마 아들이고요. 아저씨는 누구세요? 왜 우리 아빠 옷을 입고 우리 집에 머물죠?” 그는 잠시 그 아이를 바라보았다. 뭐라고 말해야 할까? 그런 후 그는 에밀리 로즈를, 아니 슈워츠 부인을 바라보았다. 그녀는 산호세 시절, 중력 이야기를 들을 때와 같은 표정으로 그를 바라보고 있었다.

그는 포크를 내려놓고 냅킨으로 입술을 닦은 후, 숨을 한번 크게 들이쉬었다.

“내 이름은 고든 윌리엄 굴드란다. 나는 스무 살 때 엄청난 사랑에 빠졌단다……”

그렇게 그는 자신의 이야기를 시작했다. 처음에 그 이야기는 아무도—심지어 말하고 있는 자기 자신조차도—이해할 수 없을 정도로 순서도 엉망진창이었고, 사리에도 안 맞았으며, 때로는 아무런 인과관계도 없는, 마치 거대한 잡동사니 같았다. 하지만 스테판은 “굴드 할아버지”에게 아무런 질문을 하지 않았다. 그애는 그저 낯선 할아버지의 이야기를 계속 들었을 뿐이다. 에밀리 로즈는 그가 이야기를 하는 동안 설거지를 하고 식탁을 치웠다. 그는 비비안 스턴우드가 얼마나 아름다운 여인이었는지, 그리고 자신이 얼마나 그녀를 사랑했는지에 대해서 스테판에게 설명했다. 던컨이 얼마나 똑똑하고 예쁜 아이였는지에 대해서도 이야기했다. 단 한 명의 친구였던 아이라 바원의 죽음과 뇌엽절제술, 패서디나 국방 연구소에서의 근무에 대해서도 이야기했다. 비비안과의 이혼 이야기가 시작되었을 무렵 스테판은 꾸벅꾸벅 졸기 시작했고, 고든 굴드가 캘리포니아에 갔던 이야기를 시작했을 때에 스테판은 그만 졸음을 이기지 못하고 식탁 위로

엎어졌다. 나중에 스테판 슈워츠는 고든의 이 이야기를 열 번도 넘게 듣게 된다. 여하튼 고든의 이야기는 에밀리가 스테판을 침실로 보낸 이후에도 계속되었다. 이제 스테판의 자리에 에밀리가 앉았고, 그녀는 그가 이야기를 하는 도중 적절하게 "아" "그래요?" 등의 대꾸를 해주었다.

고든이 이야기를 다 끝냈을 때는 자정이 지난 후였다. 그때 에밀리가 거실에 있는 서랍장에서 고든의 편지—일곱번째부터 열네번째 편지—를 꺼내서 가져다주었다. "저는 이걸 항상 간직하고 있었어요. 선생님의 훌륭한 연구가 적힌 이 편지를 나중에 우리 아들이 자라면 보여줄 생각이랍니다." 에밀리 로즈는 그의 옆에 두 손을 가지런히 모으고 서 있었다. 그녀는 자신이 이 편지를 간직하고 있는 것에 대해 고든 굴드가 고마워하지 않을까, 하고 막연하게 생각했다. 그러나 고든이 그 편지들에서 다시 발견하게 된 것은 자신이 절대로 "고칠 수 없었던" "백억분의 일"의 오차였음은 두말할 필요도 없다. 잠시 후 고든 굴드는 천천히 고개를 들어 에밀리 로즈를 바라보며 이렇게 물었다.

"왜 당신은 나를 좋아한다고 솔직하게 한 번도 말해주지 않았던 거요?"

당연하게도 이 질문을 받은 에밀리는 당혹감을 느꼈다. 어쩌면 좀 불쾌했을지도 모른다. 하지만 그녀는 "굴드 선생님"이 이런 이야기를 하는 데는 그럴 만한 이유가 있을 거라고 생각을 고쳐먹고 되물었다.

"굴드 선생님, 그게 무슨 말씀이세요?"

하지만 고든은 한 치의 망설임도 없이 질문을 반복했을 뿐이다.

"당신은 나를 좋아한 적이 없소?"

이 순간, 에밀리 로즈는 어떤 생각을 했을까? 잠시 후 에밀리는 고든의 옆에 앉았고, 그의 손을 잡고 낮은 목소리로 대답했다.

"네, 선생님. 저는 선생님을 좋아했답니다. 알고 계신지 몰랐어요."

"정말이오? 그건 거짓말이 아니오?"

고든 굴드가 떨리는 목소리로 그녀에게 되물었고, 에밀리 로즈는 아까보다 더 작은 목소리로 말했다.

"선생님을 좋아했어요. 하지만 선생님이 유일하게 사랑하신 분은 굴드 부인이라는 것도 잘 알고 있어요."

고든은 그녀의 입에서 굴드 부인이라는 이름이 나오자, 고개를 푹 숙이고, 눈을 감았다. 그는 무슨 생각을 했을까? 모르겠다. 우리로서는 짐작도 할 수 없다. 하지만 확실한 것은 그때 그가 몹시 지쳐 있었다는 점이다. 나중에 고든 굴드는 이렇게 말했다. "그날 밤 네 엄마와 대화를 끝낸 후, 나는 엄청난 피로감에 사로잡혔단다. 내가 살아오면서 한 번도 느끼지 못한 피로함이었지." 이 자리에서 확실하게 이야기할 수 있는 것이 하나 더 있다. 고든 굴드는 몰랐지만, 그날 새벽 잠들기 직전 에밀리 로즈는 이렇게 기도했다는 점이다. "하나님, 굴드 선생님을 보살펴주세요."

고든 굴드는 캔자스에 정착해서 십일 년을 더 살았다. 그리고 1971년 3월에 에밀리 로즈와 스테판 슈워츠가 보는 앞에서 눈을 감았다.

　이 "캔자스 시절"에 대해서 이야기한다면 나는 다시, 지금껏 이야기한 것보다 더 긴 시간을 할애해야만 한다. 하지만 그것은 여러분이 들을 만한 이야기는 아닐 것이다. 그것은 아주 복잡한 수식을 포함한 어마어마하게 긴 학술 논문이 되어야만 한다. 그리고 고든 굴드의 사랑 이야기를 하는 데 있어서 중요한 것은 이 정도라고 생각한다.

　물론 결코 빼먹어선 안 되는 얘기는, 여러분이 다 알다시피 고든 굴드를 거의 평생 동안 괴롭혔던 백억분의 일 오차는 사실 "오차"가 아니었다는 것이리라. 고든 굴드는 죽을 때까지 몰랐지만, 그의 방정식은 그 오차를 다 포함한 것이었다. 이 지구에는 백억분의 일 오차—일명 '고든 굴드의 트라이앵글', 중력에 저항하는 지역이 실제로 존재한다. 지금 알려진 것은 다섯 군데 정도이다. 그 지역은 천분의 일 밀리미터에 불과한 크기이지만 문자 그대로 몸이 공중으로 떠오르는 말로 표현할 수 없는 행복한 경험을 가능하게 해주는 공간임과 동시에 발을 잘못 들여놓으면 죽음을 맞이할 수도 있는 위험한 공간이기도 하다.

　여러분이 이 지역—캔자스의 굴드 트라이앵글을 직접 방문하기 전에 마지막으로 한 가지 언급할 것이 있다. 그것은 고든 굴드가 마지막으로 에밀리 로즈에게 보낸 편지, 그러니까, 스물여섯번째 편지에 관한 것이다. 고든 굴드는 죽기 일 년 전에 에밀리 로즈에게 이 편지를 직접 건네준 것으로 알려져 있다. 이 편지에서 고든 굴드는 에밀리 로즈와 그의 아들인 스테판 슈워츠가 쉽게 알 수 있도록 중력을 평범한 언어로 설명하고 있다. 그리고 바로 그것이 우리가 학교에서 배운, 중력에 관한 가장 쉽고도 정확한 설명이다. 하지만 중력에 대한 내용을 제외한 이 편지의 다른 내용은 오랫동안 공개되지 않았다. 그런데, 얼마 전 스테판 슈워츠는 이 편지의 가장 마지막 문장을 공개했다. 고든 굴드는 그 편지의 마지막에 이렇게 썼다.

"당신은 언젠가 중력에 맞서서 날아오를 거요.
그리고 당신은 음탕한 여자가 아니오."

「과학자의 사랑」의 탄생

이 소설에 나오는 고든 굴드의 모델은 프랜시스 크릭이라는 영국 출신의 과학자이다. 내가 그의 이름을 알게 된 건 제임스 왓슨—이중나선을 발견해서 크릭과 공동으로 노벨생리의학상을 받은—의 『이중나선』 덕분이었다. 제임스 왓슨은 『이중나선』을 전적으로 자신의 입장에서 썼기 때문에 본인을 제외하면 거기에는 그다지 매력적인 인물이 나오지 않는다. 그럼에도 불구하고 크릭은 내 마음을 완전히 사로잡았다. 키가 크고, 패션잡지를 거실에 둘 줄 알고, 젠틀하며, 무척 수다스러워서 이야기하기를 좋아한 이 매력적인 과학자는 왓슨과 함께 진행하던 DNA 연구가 시원치 않을 때는 여러 가지 논문도 썼다. 그중 하나가 「조류 관찰자를 위한 푸리에 변환」이라는 논문이었다. 나는 '푸리에 변환'이 뭔지 모르고—지금도 잘 모르겠다—'조류 관찰자'

가 정확히 무엇을 뜻하는 건지도 몰랐지만, 그냥 이 논문 제목이 무척 재밌었고, 언젠가 이 논문과 관련해서 크릭에 대한 소설을 쓰겠다고 마음먹었다. 운이 좋았던 건지 2011년에 매트 리들리가 쓴 크릭의 평전, 『프랜시스 크릭』이 국내에 출판되었다. 평전으로 만나본 크릭은 내가 생각했던 것 딱 그만큼(만 혹은 이나) 재미있는 사람이었다. 하지만 내 기대와 달리 「조류 관찰자를 위한 푸리에 변환」에 대한 이야기는 한 줄도 없었고, 그렇게 나는 크릭을 잊어버렸다.

이런 이야기를 해도 좋을지 모르겠지만 「폭우」로 젊은작가상 대상을 받았다는 소식을 들은 후 나는 굉장한 스트레스를 받았다. 작년 2월 한 달 동안, 다시는 소설을 쓰지 못할 거 같다는 생각 때문에 무척 괴로웠다. 내게는 좋은 소설가라면 응당 가지고 있어야 할 중요한 주제의식 같은 것도, 무언가 특별히 하고 싶은 이야기도 없었다. 무엇보다 2011년에 「담요」로 등단하고 본격적으로 소설을 쓴 지 겨우 이 년차인 작가—나는 아직도 내 자신을 작가라고 칭하는 게 어색하다—가 이런 생각을 한다는 것 자체가 말이 안 된다고 느껴서 스트레스가 상당했다. 무척 힘들었다. 내가 무척 힘들거나 말거나 어쨌든 그해 4월에 원고 마감이 있었다. 무엇을 써야 할지 몰라서 한참 고민하다가 문득, 크릭이 떠올랐다. 『프랜시스 크릭』에서 읽은 아주 짧은 에피소드였는데 내 기억에 의하면 대충, 크릭이 가정부에게 샌드위치를 만들어 달라고 부탁했는데 가정부가 집 안에 있는 유리문을 보지 못해 거기에 부딪혀서 기절했고 그후로 그 가정부는 크릭의 집에서 일하는 걸 그만두었다는 내용이었다. 나는 거기서부터 시작했다. 그 가정부가 자신을 좋아해서 떠났다고 생각한다면 어떨까? 그 가정부에게 평생 동안 편지를 보내는 한 남자의 이야기를 써보면 어떨까? 일단 이야기는 떠올렸지만 그 당시 소설쓰기가 굉장히 힘들었기 때문에 나는 가장 자신 있는 형식으로 쓰기로 결정했다. 그건—이 소설을 읽은 사람들은 다 알겠지만—전기 형식이다. 나는 개인적으로 「그들에게 린디합을」이나 「과학자의 사랑」 같은 형식을 그리 좋아하지는 않는다. 나는 어떤 면에서 굉장히 보수적이어서 우리가 흔히 말하는 정통 기법의 소설이 가장 훌륭하다고, 혹은 진짜 훌륭한 작가는 어떤 특정한 형식이나 기교에 기대지 않는다고 믿는 편이다. 그저 뚝심을 가지고 정직하고 소박하게 쓰는 작품이 진짜 좋은 작품이라는 믿음이 있다. 그리고, 언젠가는 내게도 그런 작품을 쓸 수 있는 날이 왔으면 좋겠다고 생각한다.

「과학자의 사랑」이 형식에 빚을 지고 있다고 생각하긴 하지만 그래도, 혹은 그랬기 때문에 이 작품을 쓸 때는 꽤 여러 가지 시도를 해볼 수 있었다. 혼자서 이런저런 장난도 많이 쳐보았다(눈치챈 사람이 있을지 모르겠는데 이 소설에 나오는 에밀리 로즈의 아들 스테판 슈워츠는 실제 〈위키드〉—「폭우」에 나오는 〈defying gravity〉가 삽입된 그 뮤지컬—의 작곡자의 이름에서 따온 것이다). 마지막으로 덧붙이고 싶은 이야기가 있다. 이건 좀 웃긴 이야기다. 이 작가노트를 쓰면서 혹시나 하는 생각에 매트 리들리의 『프랜시스 크릭』을 다시 찾아보았다. 그런데 내 기억이 상당 부분 잘못되었다는 걸 알게 되었다. 크릭이 샌드위치를 만들어달라고 부탁한 사람은 가정부가 아닌, 크릭이 평생을 사랑했던 아내, 오딜이었다. 피를 쏟으며 쓰러졌던 여자는 가정부가 아니라 아내였던 것이다. 어째서 이런 기억의 오류가 있었던 걸까? 어쩌면 그 책의 어떤 특정한 내용들이 내 머릿속에서 뒤섞여 있었던 건지도 모른다. 아마도, 내가 그 책의 내용을 정확하게 기억하고 있었더라면 이 소설은 영원히 쓰이지 못했을 것이다.

로맨틱 유니버스

이학영

　손보미는 자신의 한 소설에 덧붙인 '작가의 말'에 진정한 관계
란 "우리가 서로를 완벽하게 이해할 수 없다는, 그 절망적인 사
실에서부터 생겨나는 것"[1]이라고 쓴 적이 있다. 지당한 말이다.
우리 사이에 심연이 없다면 관계도 없을 터이다. 그 심연 위에서
'관계'는 마치 마술처럼, 선물처럼, 기적처럼 점화되어 위태롭게
흔들리고 시시각각 명멸한다. 그 어떤 강력한 제도나 굳은 맹세
도 그 덧없는 '불꽃'을 보증할 수 없음은 물론이거니와 사랑이든
우정이든 타인에게 그러한 '관계'를 요구하거나 바랄 수도 없다.
저마다 고독한 개인인 우리는 그럼에도 불구하고, 아니 오히려

---

1) 손보미, 「피코트」, 김경나 외, 『2011 신춘문예 당선자 새소설』, 문학나무, 2011,
103쪽.

그렇기 때문에 더욱 '관계'에 집착한다. 손보미는 「육 인용 식탁」 「폭우」 「여자들의 세상」 등의 단편소설에서 진실을 알기 어려운 미스터리한 사건을 통해 부부관계의 근원적인 괴리를 덮고 있는 두터운 미망의 피륙이 부정(不貞)의 의혹으로 좀먹고 파탄되는 순간을 반복하여 보여준 바 있다. 그녀의 이러한 소설들은 우리의 나날의 안식이 '관계'에 대한 굳건한 믿음이나 망상에 크게 의존하고 있을지도 모른다는 사실을 일깨운다.

  이처럼 삶 전체가 그것을 중심으로 공전하게 만들 만큼 막강한 영향력을 지닌 '관계'와 그 '관계'를 형성하고 변화시키는 내밀한 힘에 대한 관심은 과학자인 고든 굴드의 사랑의 일대기를 그린 「과학자의 사랑」에서도 지속된다. 게다가 지금-여기가 아닌 그때-저기라는 '순전한' 가능세계를 무대화한 만큼 그러한 관심은 더욱 자유롭고 다채로운 방식으로 형상화되고 있다. 이 소설에서 고든 굴드가 과학자로서 평생 동안 주력한 중력장 연구의 결과는 기실 자기 자신이 몸소 살아온 '관계', 혹은 사랑의 역학에 대한 정확한 반영이었음이 밝혀진다. 중력과 사랑이라는 매우 이질적인 요소의 이같은 만남에 핍진성을 부여하기 위해 「과학자의 사랑」은 실제의 인명과 지명, 역사적 사실의 단편들을 촘촘히 엮는 방식으로 전기(biography)를 충실히 모방하는 담화전략을 구사한다. 그 결과 담화를 책임지는 두 명의 인물이 등장하는데, 그중 한 명은 총 여섯 개의 장으로 이루어진 액자 내 이야기의 원문인 「고든 굴드 — 과학자의 사랑」을 쓴 브라이언 그린 박사이고, 다른 한 명은 그것을 번역하고 정리한 '손보미'이다. 복수의 서술적 목소리가 중첩되는 담화상의 특징을 고려하면, 고든 굴드의 사랑은 스토리의 층위에서뿐만 아니라 서술자와 (내포)저자의 층위에서도 살펴보아야 그 의미의 전모가 충분히 드러나리라 기대해볼 수 있다.

먼저 고든 굴드는 어떠한 개성적인 삶의 방식을 보여주며, 그것은 그의 사랑과 관련하여 어떠한 의미를 지니는가? 그는 모든 면에 있어서 자신만만하고, 언제나 자기 확신에 차 있는 자기 과신형의 인물이라고 할 수 있다.[2] "그는 자신이 세상 이치에 아주 능통하다고 생각하는 "햇병아리""였다는 서술자의 직접적인 언급도 있지만, 여러 에피소드들을 통해서도 그가 일에 있어서나 사랑에 있어서나 주위의 반응에 아랑곳하지 않고 자신의 판단과 결정을 거침없이 밀어붙이는 과단성 있는 태도의 소유자임이 반복적으로 예시된다. 그는 자신이 세상의 이치를 확실히 알 수 있으며 그가 원하는 대로 자기 자신을 완벽하게 제어할 수 있는 주체라는 확신을 지니고 있다. 이러한 신념 속에서 그는 자연과 우주의 질서를 하나의 "우아하기 그지없는 방정식"으로 압축하고 환원할 수 있다고 기대하는 한편, 스무 살 이후, 아내인 비비안 굴드만을 위해 살

---

2) 고든 굴드(Gordon Gould)는 레이저의 발명가로 알려진 미국의 물리학자로서 이 소설의 주인공과 이름이 동일하지만 그 성격을 만드는 데 특별한 영향을 준 것 같지는 않다. 손보미는 제임스 왓슨과 함께 DNA의 이중나선 구조를 밝힌 것으로 유명한 프랜시스 크릭(Francis Crick)을 주인공의 모델로 삼았다고 말한 바 있다. 누구와든 연구와 관련한 문제를 이야기하기 좋아한 사교적인 성격과 자신만만한 태도 등은 크릭에게서도 발견할 수 있다. 제임스 왓슨, 최돈찬 옮김, 『이중나선』, 궁리, 2006, 25-30쪽 참조.

아왔다고 해도 좋을 만큼 완벽한 사랑을 지속해왔다고 자부한다.

그러나 현실에서 고든 굴드의 자기 확신에 찬 기대와 믿음은 제대로 이루어지지 않는다. 중력장의 구조를 나타내는 그의 방정식에는 항상 ""우아한 수식"을 방해하는 "백억분의 일"이라는 오차"가 존재했으며, 또한 아내와의 완벽한 사랑을 방해하는 에밀리 로즈와의 관계가 존재했기 때문이다. 아마도 유모이자 가정부인 에밀리 로즈가 그의 중력 이야기를 들어주는 유일한 상대가 되었을 때부터 그의 마음에는 파문이 일었을 테고, 아파서 잠든 그녀의 몸짓을 그가 유혹의 행위로 받아들였을 때, 거기에는 그러한 마음의 투사가 작용하고 있었을 것이다. 하지만 완벽한 연인으로서의 자기 확신이 너무나 강한 나머지 그러한 투사를 의식하지 못하고 스스로를 "가정부의 유혹을 이겨낸 훌륭한 남자"로 믿어버린다. 이러한 자기 과신, 혹은 자기기만은 일종의 비극적 결함(tragic flaw)으로 작용한다. 그는 고향으로 돌아간 에밀리 로즈에게 여러 통의 편지를 보내 다시 돌아오라고 말하기도 하고, 자신의 중력장 연구에 대한 설명을 길게 늘어놓기도 한다. 그는 자신의 '진짜' 사랑에 무지한 채로 연서(戀書) 아닌 연서를 줄기차게 띄웠던 것이다. 그의 아내만이 유일하게 그것이 연서임을 알아보고, 그에게 이혼을 통고한다.

이 맹점 위에 놓인 사랑은 시간이 지남에 따라 사그라지지 않고 무한히 응축하여 마치 '블랙홀'과 같은 모습으로 그에게 되돌아온다. 그 검은 구멍과 대면한 순간에 대해 그는 이렇게 술회한다. "모든 것을 빨아들이는, 저항할 수 없는 강력한 힘이 나에게

다가왔지. 마치, 마치 블랙홀처럼 말이야." 그렇지만 그는 이번에도 에밀리 로즈를 향한 사랑을 인정하는 대신에 그녀에게 자신을 좋아했다고 밝히라고 요구하는 편지를 보내는 식으로 자신의 욕망을 투사함으로써, 또 "뇌엽절제술"이라는 사이비 과학이 제공한 완벽한 자기 제어의 환상에 광적으로 집착함으로써 제어 불능의 상태를 부인하고자 안간힘을 다한다. 그는 스스로 자신의 삶이 비비안과의 사랑을 완성하기 위한 과정이라고 믿었지만, 사실 그것은 에밀리 로즈에 대한 사랑을 부인하기 위한 노력, 그러니까 '블랙홀'에서 벗어나기 위한 기나긴 여정이었던 셈이다. 그가 만년에 에밀리 로즈와 재회하여 자신의 일생을 회고한 후에 사로잡혔던 "엄청난 피로감"은 바로 이러한 사실의 자각에서 온 것이리라. 그가 에밀리 로즈에게 남긴 마지막 문장, 즉 "당신은 언젠가 중력에 맞서서 날아오를 거요. 그리고 당신은 음탕한 여자가 아니오"라는 문장은 비로소 그가 자신의 사랑을 정직하게 응시하게 되었음을 우리에게 암시해준다. 요컨대 고든 굴드의 사랑 이야기는 자신의 맹점을 넘어, 자기기만을 극복함으로써 되찾은 사랑에 관한 이야기이다.

　작중 화자인 브라이언 그린 박사[3]는 고든 굴드가 죽을 때까지

---

3) 브라이언 그린(Brian Greene)은 미국의 물리학자로서 『엘러건트 유니버스』 『우주의 구조』 등의 저서를 통해 자연계에 존재하는 모든 힘(강력, 약력, 전자기력, 중력)과 물질 들을 하나의 원리로 통합하려는 '끈이론'을 대중들에게 알기 쉽게 설명해준 것으로 유명하다. 구체적인 내용은 다르지만 모든 힘을 하나로 변환할 수 있다는 고든 굴드의 아이디어는 통일장 이론과 유사하다.

몰랐던 사실 한 가지를 이야기해주는데, "일명 '고든 굴드의 트라이앵글', 중력에 저항하는 지역이 실제로 존재한다"는 것이다. 이 서술자의 층위에서 보면 고든 굴드가 평생 해결하지 못했던 백억분의 일의 오차는 중력 방정식에서 고쳐야 할 오류가 아니라 실제 사실의 정확한 반영이다. 서술자의 권위에 의해서 사실로 확립된 우주, 즉 '고든 굴드의 트라이앵글'이 포함된 우주는 참으로 낭만적인 우주이다. 우리가 흔히 낭만적인 사랑에서 기대하는 모든 극적인 경험, 즉 "몸이 공중으로 떠오르는 말로 표현할 수 없는 행복감"이나 "죽음"을 선사하는 물리적인 공간이 있다니 말이다. 서술자의 이러한 낭만적인 우주론은 고든 굴드의 사랑을 하나의 물리적인 사건처럼 바라보게 한다. 그러니까 마치 질량의 분포에 따라 시공간의 형태가 이리저리 휘어진 아인슈타인의 우주공간에서 물체는 그 휘어진 곡면을 따라 이동해나가는 것처럼, 고든 굴드의 이러저러한 삶의 이력은 에밀리 로즈라는 존재에 의해 '로맨틱 유니버스'에 만들어진 특이한 곡면을 따라 이동해간 운명적인 경로였을 것이다.

이 '로맨틱 유니버스'와 그 물리학을 설계한 것은 물론 (내포) 저자이다. 이 소설은 특이하게도 작가를 번역자로 설정하고 그(녀)가 "설치미술가이자 린디합퍼"라고 소개하고 있다. 번역자로서의 '손보미'는 서술자의 층위에 존재하는 인물이지만 '설치미술가'와 '린디합퍼'는 내포저자의 정체성을 드러내준다. 그(녀)는 자기 자신으로부터 도약하는 사랑의 '춤'을 보여주기 위해서 우주를 다시 설계한 '설치미술가'이다. 그(녀)는 전기, 교

양과학서, 영화, 드라마, TV 프로그램, 뮤지컬, 심지어 자신이
쓴 다른 소설 등 실로 다양한 매체에서 재료를 가져와 새로운 인
공의 우주를 만들어냈다. 다양하고 이질적인 재료들을 모아 조
금씩 다듬고 정교하게 교직하여 만든 이 조형물에서 우리는 과
일과 야채, 꽃 등을 이용해 사람의 얼굴을 표현한 아킴볼도의 이
중영상에서와 유사한 어떤 즐거움, 어떤 유머를 느낄 수 있다.
거기에는 상상력의 유희를 통해 자기 자신의 '중력'으로부터 벗
어나보는 도약의 즐거움이 있다. '린디합퍼'는 지금 우리 사이를
흐르고 있는 심연에서 가능한 '관계'를 상상해보는 도약을 함께
하자고 손을 내밀고 있다.

이학영
서울대 국문과 박사과정 수료.
2008년 중앙신인문학상에 평론이 당선되어 등단.

정용준

당신의 피

·
·
·

정용준

1981년생. 2009년 『현대문학』 신인상에 단편소설 「굿바이, 오블로」가 당선되어 등단. 소설집 『가나』 『우리는 혈육이 아니냐』, 장편소설 『바벨』 『프롬 토니오』, 중편소설 『유령』 『세계의 호수』가 있다. 황순원문학상, 문지문학상, 한무숙문학상, 제2회, 제7회 젊은작가상을 수상했다.

당신의 피

그가 전화를 걸어왔을 때 나는 그가 누구인지 몰랐다. 모르는 번호였고 처음 듣는 목소리였다. 그는 내 이름을 알고 있었고 그 이름이 내가 맞는지 묻고 있었다. 음성은 작고 탁했고 말끝은 흐렸다. 나는 그 이름이 내가 맞다고 대답한 뒤에 그런데 누구시죠, 라고 물었다. 그는 아무 말도 하지 않았다. 다시 한번 누구시죠, 라고 물어보니 그는 더듬거리며 그러니까, 그러니까, 라고만 했다. 수상하고 이상했으나 끊지 않고 정적을 유지했다. 잠시 뒤 그는 작게 헛기침을 하고 낯선 여자의 이름을 말했다. 조금 긴 정적이 흘렀다. 회전하는 나무팽이처럼 어떤 기억이 같은 자리를 돌며 조금씩 깊어졌다. 여자의 이름이 기억났고 통화하고 있는 남자가 누구인지도 알게 됐다. 욕조에 담긴 물이 바닥의 구멍으로 빠져나가 안이 텅 비는 것처럼 머릿속이 그러했다. 핸드폰을 쥐고 있는 손에서 땀이 났고 귀가 뜨거워졌다.

　집 근처 초등학교에서 그를 만났다. 나는 그와 스탠드에 나란히 앉아 텅 빈 운동장을 바라봤다. 나른한 풍경이었다. 아이 셋이 공을 차고 있었고 만삭의 임신부가 느리게 운동장을 돌고 있었다. 철봉이나 구름사다리 축구 골대 같은 것들이 바람을 맞으며 하릴없이 서 있었고 망가진 종이상자와 검은 비닐봉지가 바람에 날려 공중에서 뱅글뱅글 돌고 있었다. 태극기가 펄럭였고 깃봉이 흔들리며 윙윙, 소리를 내며 진동하고 있었다. 우린 일 미터 정도의 간격을 두고 앉았다. 그는 초조한 표정으로 말을 고르며 망설였고 나는 침묵했다.

　생각보다 덤덤했다. 그를 만나면 어떤 식으로든지 격한 감정이 생길 거라고 생각했다. 분노, 환멸, 슬픔, 증오, 이런 공격적인 열기들이 내부를 휘저을 것이라고 예상했다. 그러면 나는 어떻게 해야 할까, 전화를 끊고 내내 그 생각만 했다. 그런데 막상 그와 대면하니 아무렇지 않았다. 오히려 그것이 놀라웠다. 그는 나와 비슷하게 생기지도 않았고 악인처럼 보이지도 않았다. 나를 어려워하며 쩔쩔매는 모습에 그저 좀 불쌍한 느낌을 받았을 뿐이다. 그는 무슨 말을 끝내기도 전에 말끝을 뭉개며 사그라지는 목소리로 미안하다고 했다. 나는 별다른 대꾸를 하지 않고 계속 운동장만 응시했다. 그는 내 성장과정을 물었다. 나는 별일 없이 잘 자랐다는 형식적인 대답을 했다. 그는 다행이구나, 라고 말하고 갑자기 울었다. 처음엔 손바닥으로 두 눈을 가리고 조용히 흐느끼더니 나중엔 입을 벌리고 소리를 내면서 아이처럼 엉엉 울었다. 그의 낡은 구두 위로 침이 뚝뚝 떨어졌다. 그는 움켜쥔 주먹으로 관자놀이를 누르며 괴로워했다. 물끄러미 그의 옆모습을 쳐다봤다. 형편없이 말랐고 나이보다 늙어 보였다. 흰색과 검은색이 뒤섞여 있는 머리는 손질되지 않아 지저분했고 벗겨진 이마와 뺨에는 검버섯이 피어 있었다. 피부는 건조하고 푸석푸석했고 크고 작은 흉터가 많았다. 눈동자는 흐릿했고 눈자위는 황달에 걸린 것처럼 노랬다. 깊게 패인 네 개의 눈주름 밑으로 좁쌀만한 물사마귀가 셀 수 없이 많았다. 목이 늘어진 밤색 티셔츠 왼쪽 어깨 부분에 오래된 치약이 말라붙어 있었고 곳곳에 오물이 묻어 있는 면바지 밑단은 해지고 뜯겨 있었다. 나는 눈을 가늘게 뜨고 미간을 좁혔다. 그는 울다가 웃기를 반복하며 모노드라마 배우처럼 끊임없이 중얼거렸다. 말을 끊지 않고 계속하려는 노력에서 필사적인 느낌마저 들었다. 하지만 내가 좋아했던 과자와 자주 갔다던 동물원, 마당의 느티나무 같은 것들은 하나도 기억나지 않았다. 나는 그의 말을 귓등으로 흘려들으면서 한 계단 밑에 줄지어 이동하는 개미 무리를 쳐다봤다. 개미들은 말벌을 옮기고 있었다. 신경이 살아 있는 통통한 배가 한 번씩 꿈틀거렸고 가늘고 긴 다리가 규칙적으로 접혔다 펴졌다를 반복했다. 머리는 보이지 않았다. 바람을 훅— 불자 대열이 흐트러졌다. 개미들이 주위를 경계하며 분주하게 움직였지만 먹이를 포기하지는 않았다. 나는 그 위로 침을 뱉고 싶은 충동을 느끼며 이 순간이 빨리 지나가길 기다렸다. 그가 왼쪽 소매를 걷었다.

앙상하게 마른 팔뚝이 드러났다. 그가 처음으로 내 눈을 정면으로 마주하며 말했다.

사실 내가 많이 아프다네. 그것 때문에 환자가석방으로 나왔어.

나는 그의 눈을 피하며 그의 외형을 하나씩 눈여겨봤다. 죽은 나무처럼 앙상한 몸피와 어두운 낯빛, 불룩한 아랫배와 기형적으로 돌출된 팔뚝의 혈관. 나는 그가 무슨 병을 앓고 있는지 대번에 알 수 있었다.

이게 다 내 업이지. 벌받은 거야.

그는 쓸쓸하게 웃으며 걷었던 소매를 다시 내렸다. 우리는 한참을 더 앉아 있다 일어섰다. 그는 미안하다와 고맙다를 섞어 횡설수설 인사를 했고 머뭇거리며 악수를 하려고 했다. 나는 그의 손을 잡지 않고 고개를 숙이며 잘 지내세요, 라고 말한 뒤 돌아섰다. 한 번도 돌아보지 않았고 마음도 이상해지지 않았다. 다만 한 가지가 궁금했다. 그가 왜 나를 찾아왔을까.

이십사 년 전 남편이 아내를 살해한 사건이 있었다. 이 일은 엽기적인 살해방식 탓에 당시 언론에서 제법 큰 사건으로 화제가 됐다. 아내는 왼쪽 관자놀이에 칼날이 박혀 사망했다. 법원은 그에게 종신형을 선고했다. 범행에 사용한 도구가 칼이라는 점과 살해방식으로 미루어볼 때 우발적인 살인이 아니라는 판단이었다. 무엇보다 남자에게는 폭력과 관련된 몇 개의 전과가 있었다. 살해현장에서 다섯 살 아이가 발견됐다. 부부의 아들이었다.

이 아이는 발견 당시 작은방에 잠들어 있었다. 부모를 잃고 고아가 된 아이는 누군가에 의해 곧바로 입양됐다.

언론에서 공개된 공식적인 정보는 이 정도다. 하지만 나는 이 사건과 관련된 몇 가지 것들을 더 알고 있다. 잘못된 정보도 있고 누락된 것도 있다. 사건 당시 아이는 잠들어 있지 않았다. 작은방 문턱을 밟고 서서 과정을 모두 지켜봤다. 부부는 몸싸움을 하고 있었다. 여자는 남자의 머리카락을 움켜쥐었고 남자는 여자의 팔목을 잡고 있었다. 시끄러운 언성이 오갔고 물건이 부서졌다. 싱크대에 등을 기대고 있던 남자가 뭔가로 여자의 머리를 내리쳤다. 여자는 비명을 지르며 바닥에 쓰러졌다. 여자의 머리에는 칼이 박혀 있었다. 남자는 바닥에 쓰러져 피를 흘리고 있는 여자를 흔들며 소리쳤지만 여자는 더이상 움직이지 않았다. 남자는 자신을 바라보고 있는 아이를 발견했다. 남자는 무릎을 꿇고 앉아 한참 동안 아이를 바라봤다. 상황인지능력이 부족했던 아이는 울지 않았고 크게 놀라지도 않았다. 남자는 아이를 안고 작은방으로 들어가 침대에 눕혔다. 이불을 덮어줬고 한동안 손바닥으로 아이의 가슴을 도닥였다. 아이는 곧 눈을 감았다. 얼마 지나지 않아 작은방 문이 다시 열렸다. 남자가 아닌 두 명의 경찰이었다. 이 아이는 여자의 언니에게 입양됐다.

아이는 이모를 엄마라고, 이모부를 아빠라고 부르며 자랐다. 그들은 살가운 부모는 아니었지만 좋은 부모였다. 항상 아이를 위해 애썼고 노력했다. 아이를 혼내지 않았고 함부로 대하거나 자존감을 상하게 하는 일도 없었다. 말을 하진 않았지만 부모도 아이도 서로가 실제로 어떤 관계인지 알고 있었기 때문에 어쩔 수 없는 한계나 넘을 수 없는 벽 같은 것들은 인정하며 살았다. 가족관계는 뜨겁지도 차갑지도 않은 적절한 온도를 유지했고 안전하고 단단하게 결속되어 있었다.

　침대에 누워 천장을 바라보며 어머니를 생각했다. 어머니로부터 전화가 왔다. 최근에 어머니가 전화를 자주 걸어온다. 별일 없지? 라고 묻고 별일 없다고 대답하면 그래 별일이 없어야지, 라고 말하고 끊는 시시한 전화지만 나는 알고 있다. 어머니가 그의 출소를 알고 있는 것이다. 다정하게 통화를 하며 안부를 묻는다거나 이런저런 일상에 대해 말하는 일은 우리 가족에게는 없는 정서다. 집에서 독립한 이래로 더욱 그렇다. 언제부터인지 딱히 짚어낼 순 없지만 부모님과 대화를 나눈다는 것이 어색하고 어려운 순간이 있었다. 부모님도 나도 공통감각으로 느끼고 있는 문제였지만 그것에 대해 터놓고 말할 기회가 없었고 누구도 그 순간을 이겨내기 위해 특별히 애쓰지 않았다. 아니, 어쩔 수 없는 일이라고 앞당겨 결론을 내렸을 수도 있다. 나는 그것이 자연스럽고 편했다. 부모님도 그랬을 거라고 생각한다. 내색하지 않고 무심한 목소리로 안부를 묻고 있지만 어머니가 불안해한다는 것을 느낄 수 있었다. 나는 어머니에게 괜한 근심과 걱정을 안겨주고 싶지 않았다. 그를 만난 것은 내게 아무 문제도 아니지만 어머니는 오해할 수도 있을 것 같아 사실대로 말하지 않았다.
　오랫동안 그에 대해 생각했다. 거듭된 생각 끝에 마침내 확신했다. 그는 내게 아무것도 아니다. 다섯 살이었다. 너무 어릴 때의 일이다. 몇몇 장면이 트라우마로 남긴 했지만 그때의 기억은 지금의 내게 무의미하다. 오 년 동안 가족을 이루고 살았을 시절은 더이상 나와 상관없는 일이고 존재하지 않는 기억들이다. 좋은 기억도 특별한 기억도 없다. 당연히 추억이라고 할 만한 것들도 없다. 나를 낳아준 진짜 어머니의 얼굴도 기억나지 않는다. 생각나는 것은 까만 뒤통수가 전부다. 얼굴도 모르는 사람을 그리워할 순 없는 일이다. 아무리 대단한 일이라도 남들의 사건이 내게 무심하고 평범하게 감각되는 것처럼 그때의 일도 단순한 하나의 사건일 뿐이다. 나는 그에게 그 어떤 사적인 감정이 없다. 하지만 그와 나는 입장이 다를 것이다. 이해한다. 그는 내게 죄책감을 갖고 있을 것이고 어떻게 성장했을지 보고 싶었을 것이다. 때문에 그가 나를 만나고 싶어하는 것은 어찌 보면 당연하다. 하지만 내 경우는 다르다. 그는 법적으로도 사적으로도 내 아버지가 아니다. 그를 만나고 난 뒤 입장이 더욱 확실해졌다. 앞으로 그를 만날 일은 없을 것이다. 그에게는 내가 자신의 유일한 혈육일지 몰라도 그는 내게 완전한 타인이다.

개인병원 신장투석실에서 간호조무사로 일하고 있다. 새벽 네시부터 오후 한시까지 환자들을 대한다. 주된 업무는 인공신장역할을 하는 필터와 투석기를 관리하는 일이다. 환자들의 혈압을 재고 투석하는 동안 환자의 상태와 활동을 돕기도 하며 위급시에는 간단한 혈관수술을 보조한다. 이곳을 찾는 사람들은 신장이 망가진 자들이다. 신체의 필터 기능을 담당하고 있는 신장에 이상이 생기면 피 속에 함유된 유독 물질이나 노폐물 들이 여과되지 않는다. 오염된 피는 혈관을 타고 돌며 생체기능을 무너뜨리고 생명을 위협한다. 때문에 그들은 투석기의 도움을 받아야 한다. 기계를 이용해 인공적으로 혈액을 투석하지 않으면 살 수 없다. 혈액을 투석하는 과정은 외관상 성분헌혈과 비슷하다. 동맥에서 뽑은 오염된 피를 인공신장에 통과시킨 뒤 정맥을 통해 정화된 피를 다시 몸속으로 집어넣는 방식이다. 그러나 이삼 일이 지나면 피는 다시 독으로 변한다. 그들은 다시 투석기 곁에 누워야 한다. 오래전부터 이 생활을 반복하고 있는 만성 환자들도 있고 일이 년 사이에 갑자기 나빠진 급성 환자들도 있지만 신장이 망가진 이상 그들의 운명은 같다.

나 역시 투석기를 중심으로 반복적인 삶을 산다. 초저녁에 잠들어 새벽에 일어나 몽롱한 정신으로 병원으로 출근한다. 열여섯 개의 병상에 누워 있는 우울한 표정의 환자들에게 가볍게 인사를 하고 투석기를 만진다. 튜브를 교체하고 환자의 상태에 맞게 수치를 조절한다. 환자들의 혈압을 재고 수치를 기록한다. 의사는 친절하게 미소지으며 환자들의 부푼 혈관 속으로 망설임 없이 굵은 바늘을 집어넣는다. 간호사들은 쾌활한 모습으로 환자들을 대한다. 김간은 안녕하세요, 인사하고 박간은 잘 지내셨어요, 안부를 묻는다. 말없이 고개를 끄덕이는 환자도 있고 잔뜩 인상을 구기며 힘든 몸 상태에 대해 푸념을 늘어놓는 환자도 있다. 간호사들은 네, 네, 대답하며 반창고를 뜯어 피부에 붙이고 흐르는 피를 알코올솜으로 닦아낸다. 적당히 무관심하고 다정한 기계적인 과정들과 지지부진하게 이어지는 끝없는 반복의 연속이다.

삼 년 넘게 이 일을 해왔다. 하지만 환자들을 보면 여전히 기운이 빠진다. 검고 푸석한 얼굴들이 흰색 페인트가 칠해진 단조로운 병실에 나란히 누워 튜브 속을 빠르게 오가는 자신의 붉은 피를 무심히 응시한다. 응달에 박혀 있는 축축한 돌멩이처럼 그들의 몸은 차갑고 어둡다. 투석기는 환자들의 몸속의 노폐물과 독소만 여과하는 것이 아니다. 피 속에 녹아 있는 유머와 즐거움, 욕망과 에너지까지 모두 제거한다. 투석하는 동안 환자들의 표정은 오래된 마네킹처럼 딱딱하게 굳어 있다. 그 적막하고 무력한 기운이 싫다. 나는 병실에 들어설 때마다 습관적으로 발소리를 크게 하고 가볍게 박수를 치며 짐짓 명랑하게 인사한다. 활기차게 병실을 돌며 굿모닝. 오늘은 어때요, 라고 크게 물어놓고 아무 대꾸를 하지 않아도 좋습니다, 라고 말한다. 오늘도 그렇게 시작했다. 굿모닝. 오늘은 어때요. 평소처럼 크게 인사했다. 그런데 그다음 말은 잇지 못하고 우뚝 멈춰 서고 말았다.

그가, 다시는 볼 일이 없을 거라고 생각했던 그가, 병상에 누워 나를 바라보고 있었다. 몸을 반쯤 일으키고 어정쩡하게 누워 나를 향해 살짝 고개를 숙였고 눈을 동그랗게 뜬 뒤 묘한 표정을 지었다. 반가움과 쑥스러움이 반씩 섞여 있으면서도 걱정하지 말라는 듯 은밀하게 고개를 끄덕이고 있었다. 이미 의사와 면담도 끝난 상태였고 오늘부터 투석을 시작할 거라고 했다. 그의 혈관확장수술이 바로 진행됐다. 만성 환자라면 필히 해야 하는 시술이다. 팔뚝의 혈관이 대부분 막혀 있는 탓에 어깨의 정맥을 사용하기로 했다. 투석기를 장기간 사용할 환자들이 받는 시술이다. 그 말은 그가 이곳 투석실을 최소한 삼사 개월은 이용하겠다는 뜻이기도 했다. 그때 다른 환자의 투석기에서 경보음이 울렸다. 투석기의 압력이 일정하지 않거나 환자의 혈압에 이상이 생겼을 때 울리는 경보다. 의사는 시술을 멈추고 그의 혈관을 고정해놓고 잠시 다른 환자를 보러 갔다. 그 순간 그의 혈관이 터졌다. 수술중에는 종종 있는 일이었지만 피가 밖으로 터져나온다는 것은 환자 입장에서는 언제나 무섭고 당혹스러운 일이었다. 그는 어깨에서 솟는 피가 자신의 상의를 적시는 모습과 내 눈을 번갈아 쳐다보며 겁먹은 얼굴을 하고 있었다. 나는 아무 조치도 취하지 않고 멍하게 서 있기만 했다. 뭐 하는 거야, 김간이 내 어깨를 밀치며 급하게 달려와 거즈로 그의 어깨를 눌렀다. 나는 당황했다. 혈관이 터져서가 아니라 그를 어떻게 대해야 할지 몰랐기 때문이었다. 의사는 금방 돌아와 수술을 마무리지었다. 시술한 어깨의 혈관은 한 달 뒤부터 사용할 수 있기 때문에 임시로 목 근처에 도관을 삽입했다. 그는 힘없이 눈을 감고 입술을 다물었다. 고통스럽고 절망스러운 표정을 적나라하게 드러내며 마치 치명상을 입고 쭉 뻗어버린 짐승처럼 떨었다. 나는 무표정한 얼굴로 병상 곁에 서서 혼란스러운 마음으로 그를 내려봤다. 그가 소매를 걷으며 자신이 아프다고 했던 날이 떠올랐다. 나는 깨달

있다. 그가 나를 왜 찾아왔는지. 그가 왜 내가 근무하고 있는 이 병원에서 투석을 받고 있는지. 분명한 것은 그가 이곳에 누워 있는 것은 결코 우연이 아니라는 것이다. 의도를 정확하게 알 수는 없지만 그는 일부러 나를 찾아왔고 마음먹고 이 병원을 선택했다. 마음이 서늘해졌고 정체를 알 수 없는 아주 이상한 기분이 들었다. 좋든 싫든 나는 앞으로 일주일에 세 번씩 다섯 시간 동안 그를 만나야 한다.

염치없는 일이라는 것을 알지만 아는 병원도 없고, 그런데 계속 치료는 받아야 하는데 소개해줄 사람도 없고 그렇다고 마땅히 아는 사람도 없고…… 그는 손가락으로 튀어나온 자신의 혈관을 꾹꾹 누르며 더듬더듬 말했고 마치 자신의 손에 말하듯 아래만 바라봤다. 그는 교도소에서 신부전증을 앓았다고 했다. 신부전증은 투석기가 없으면 치료가 불가능할 뿐만 아니라 지속적이고 반복적인 시술이 필요한 만큼 교도소 내에서 그를 효과적으로 치료하는 데 어려움이 있었다. 그는 투석기가 구비되어 있는 교도소로 이송됐지만 체계적이고 효과적인 치료를 하는 데 물리적인 한계가 있었다. 병은 더 악화됐고 부작용으로 인해 합병증까지 생겼다. 결국 수형자의 치료권이 보장되지 않는다는 이유로 교정본부에서 형집행정지를 내렸고 그는 환자가석방으로 출소됐다. 인도적인 차원에서 수형자에게 형의 집행을 계속하는 것이 가혹하다는 것이 명분이었지만 사실상 그는 교도소에서 수용이 불가능한 종류의 환자였던 것이다. 사람을 죽여 종신형을 선고받은 죄수에게 이런 방식의 석방이 가능하다는 것이 놀라웠지만 형편없이 마르고 의기소침한 그의 모습을 보니 그가 아내를 단칼에 죽였던 살인자라는 사실이 거짓처럼 느껴졌다. 나는 그의 말에 그 어떤 대꾸도 하지 않고 등을 돌렸다. 절대로 알은체 안 할게, 그가 작은 목소리로 말했다. 나는 잠시 걸음을 멈췄다가 뒤도 안 돌아보고 자리를 떠났다. 한참 뒤 그는 다급하고 커다란 목소리로 약속할게, 라고 소리쳤다.

그는 적극적이고 활달한 성격이었다. 간호사들보다 일찍 나왔고 들어오는 환자들 한 명 한 명에게 일일이 큰 소리로 인사했다. 힘없이 걸어 자신의 침대에 조용히 눕는 다른 환자들과 대비되는 모습이었다. 환자들은 공통적으로 만성적인 무력증에 빠져 있다. 그들은 의술이 자기를 구원할 수 없다는 사실을 안다. 신장이식이라는 방법이 있기는 하지만 대기자들도 너무 많고 자신의 몸에 맞는 신장을 찾는 것도 힘들다. 어렵게 이식에 성공했다 해도 부작용으로 다시 투석기에 의지해야 하는 경우가 다반사다. 그들은 세월을 통해 자연스럽게 포기를 배웠다. 의사와 간호사 들이 자신들을 위해서 뭔가를 열심히 하지만 치료가 아닌 간단한 서비스에 불과하다는 것을 알고 있었으며 때문에 이곳의 모든 것들이 무능하다고 느꼈고 모든 자극에 무감하게 반응했다. 지속적인 통증과 지루함을 견디며 만들어진 눈썹 사이의 단단한 주름과 굳게 다문 입술, 이따금 분출되는 분노와 히스테리는 환자들이 공통적으로 나누어 갖는 인격과도 같았다. 가령 십 년 된 김씨는 사람들의 인사를 절대로 받지 않는다. 간호사가 혈관을 만지거나 의사가 주삿바늘을 집어넣을 때마다 인상을 구기며 비아냥거린다. 그보다 오래된 십이 년 된 서씨는 투석실에 들어와 나갈 때까지 오직 눈만 깜박이다 돌아간다. 바늘이 피부를 뚫고 들어갈 때조차 눈썹 하나 까딱하지 않는다. 멍하게 천장을 바라보는 그의 얼굴처럼 우울한 풍경을 나는 아직까지 그 어디에서도 보지 못했다. 투석을 시작한 지 일 년밖에 안 된 급성 환자 정씨는 간호사들과 의사에게는 그러지 않으면서 유독 나한테만 시비를 걸었다. 기회만 생기면 기다렸다는 듯 폭발하듯 분노하거나 서비스가 안 좋다, 불친절하다, 불평을 늘어놓고 병원을 옮긴다고 시도 때도 없이 협박을 했다. 내가 직급이 낮은 간호조무사고 남자라서 만만하게 느껴져 그런 것 같지만 때로는 죽상을 쓰고 찡그리고 있는 그 얼굴을 주먹으로 내려치고 싶다는 충동을 힘겹게 이겨내야 할 때가 많다. 무엇보다 힘든 환자는 오 년 된 최씨다. 튜브에서 돌고 있는 피를 물끄러미 보다가 돌연 자기 자신을 '차라리 빨리 죽는 게 나은 병신'이라고 비하하며 소리쳐서 애써 만들어놓은 화기애애한 분위기를 일순간 박살내는 못된 심보를 갖고 있었다.

하지만 그는 달랐다. 처음 며칠간은 눈치를 살피고 낯을 가리더니 일주일이 지나자 본색을 드러냈다. 그는 투석하는 동안 한잠도 안 잤다. 오랫동안 고정되어 있던 채널을 마음에 드는 프로그램이 나올 때까지 돌렸고 꼼꼼하게 신문을 읽었으며 옆 사람이 대꾸를 하든 말든 상관하지 않고 계속 말을 걸었다. 어느 날

부턴가 분리수거함에 모아놓은 이면지를 집어오더니 뒷면에 한 자를 적으며 공부를 하기 시작했다. 자신의 앞을 지나가는 간호사들과 의사에게 무조건 말을 걸었고 다른 환자들과 눈만 마주쳐도 눈을 동그랗게 뜨고 대화를 시도했다. 이른 새벽, 환자나 의사나 간호사나 모두 잠이 덜 깨고 육체적으로도 정신적으로도 힘든 시간이었다. 짜증이 나고 기분이 처지는 것은 어쩔 수 없는 일이었다. 처음에는 별 이상한 사람이 다 들어왔다며 환자들은 그를 무시하거나 싫은 내색을 보였다. 하지만 시간이 갈수록 그가 내뿜는 에너지는 투석실 분위기 전체를 바꾸기 시작했다. 우선 간호사들이 그를 좋아했다. 그가 던지는 농담이나 하나 마나 한 이야기에도 웃거나 재미있어했다. 간호사들의 표정이 전과는 다르게 밝아졌고 생기가 돌았다. 환자들도 변했다. 말을 하기 시작했다. 그가 자꾸 말을 걸었기 때문이었지만 한마디 한마디 주고받다보니 제법 친한 사람들처럼 자연스럽게 대화하는 단계가 됐다. 다섯 시간을 죽은 시간이라 여기고 관 속에 누운 주검처럼 지냈던 그들의 내부에 어떤 변화가 생긴 듯했다. 투덜대고 비아냥거리기만 했던 김씨가 웃기 시작했고 눈만 깜박이던 서씨는 몸을 일으켜 흥미롭게 그를 쳐다봤다. 정씨는 더이상 내게 시비를 걸지 않고 이어폰을 끼고 영어단어를 외우기 시작했고 염세주의자 최씨는 병상을 그의 옆으로 옮겨 엄청난 수다쟁이가 됐다. 투석실은 분명 그로 인해 밝고 명랑해졌다. 그토록 원했지만 내가 해내지 못한 것을 그가 단번에 해낸 것이다. 사람들은 그를 좋아했다.

나는 아니었다. 그의 적극성, 노력, 긍정적인 성향, 왕성함, 모든 것이 불편했다. 그가 투병의지를 불태울수록 까닭 없이 불쾌해졌고 전에 없던 짜증이 생겼다. 투석실에서 들리는 환자들의 말소리와 활기찬 웃음소리를 들으면 기분이 저조해졌고 특히 그 속에 숨어 바늘처럼 고막을 찔러대는 그의 목소리는 견디기 힘들 정도였다.

벽에 테니스공을 던지고 받기를 반복했다. 텅, 텅, 텅, 소리가 방에 쌓여갈수록 더 답답해졌다. 너무 세게 던져 강하게 튀어나온 공을 받지 못했다. 침대 밑 어둠 속에 숨은 공은 보이지 않았고 손에도 닿지 않았다. 그대로 침대에 드러누웠다. 마음이 복잡했다. 설명하기 어려운 짜증과 답답함이 생겼다. 도대체 왜 이렇게 날카롭고 예민해지는 걸까. 그가 원하는 것이 뭘까. 어쩌면 그는 자신이 망가뜨린 가족을 다시 재건하고 싶은 소망을 품고 있는지도 모른다. 하지만 그것은 아주 오래전에 와해된 일이다. 돌멩이 하나 남지 않고 완전히 박살났다. 그렇다면 나는 그가 어떻게 하기를 바라고 있는 걸까. 자문해봤지만 그 역시 답하기가 힘들었다. 솔직한 심정으로 나는 그가 불행하게 살거나 어딘가에서 죽기를 바라지도 않았지만 또 그렇다고 그가 불행하지 않거나 잘 지내기를 바라지도 않고 있었다. 그것은 나로서는 설명하기 힘든 감정이었다. 그는 법적으로 정당한 방식의 죗값을 치렀다. 심지어 평생 고통 속에 살아야 하는 고약한 병도 얻었다. 그는 내게 뭔가를 요구하지도 않았고 아버지 노릇을 하려고 하지도 않았다. 그럼에도 불구하고 나는 그가 거슬렸고 뻔뻔하다고 생각했다. 그에게 가할 수 있는 가장 합리적인 태도는 그와 맺고 있는 혈연을 인정하지 않고 아버지로 생각하지 않는 거다. 무정하고 어떻게 보면 잔인한 처사일 수도 있지만 이런 태도는 미움도 복수도 아닌 자연스럽고 당연한 마음이다. 그와 나 사이를 이어주는 것은 아무것도 없다. 그런데 왜 나는 그를 이렇게 불편해하는 걸까. 이런 복잡한 감정과 고민이 마음을 지배하는 것 자체가 스스로 규정하고 있는 그에 대한 내 입장을 부정하는 격이 아닌가. 이성적이고 합리적인 방식으로 생각을 정리하려는 순간에도 그에 대한 반감은 왕성하게 자라나는 덩굴처럼 갈수록 나를 강하게 사로잡았다. 내게는 그를 만나고 난 후의 모든 일들이 충격의 연속이었다. 한꺼번에 흡수되는 정체불명의 감정들과 너무도 많은 힘들이 나를 다른 방향으로 끌어당기고 있었다. 기습적으로 찾아온 이 상황을 나는 어떻게 해야 할지 알 수 없었다. 편두통이 생겼고 하루에도 몇 번씩 어둡고 위험한 충동에 시달려야 했다. 그의 얼굴을 대하면 대할수록 점점 비참해지는 자신을 발견했고 마음이 상했으며 이상하게 억울했으며 기이한 수치심을 느꼈다.

가장 견딜 수 없는 건 그의 식탐이었다. 환자들은 투석중에 뭔가를 먹어야 한다. 투석기는 노폐물과 독소만 걸러내는 똑똑한 기계가 아니다. 몸에 필요한 영양소와 필수성분까지 모두 없애버린다. 투석이 끝난 몸은 모래성처럼 헐겁고 위태로워진다. 때

문에 병원에서는 환자들에게 투석 도중에 계란과 치즈를 섭취시
킨다. 하지만 환자들은 먹는 것에 적극적이지 않다. 먹어야 살지
만 동시에 먹으면 죽는다. 음식물이 섭취되면서부터 피는 다시
오염되기 때문이다. 환자들은 보통 두세 개의 계란과 두 장의 치
즈를 먹는다. 그것도 마지못해 억지로 입에 집어넣는다. 하지만
그는 달랐다. 계란을 다섯 개 이상 원했고 치즈도 일곱 장씩 먹
었다. 때에 따라 더 많이 달라고 요구했다. 그의 식욕은 왕성했
고 눈에는 식탐이 가득했다. 계란을 한 번에 두 개씩 입에 집어
넣고 터질 듯 부푼 볼을 움직이며 우물거리는 그를 보고 있으면
역겨웠고 분노가 치솟았다. 이렇게 먹으면 그는 분명 후회하게
된다. 금방 몸이 부을 것이고 투석하기 전까지 끔찍한 부작용에
시달리며 신경 곳곳에서 통증을 느끼게 될 것이다. 어떻게 이토
록 무모하고 어리석을 수 있단 말인가.

　계란 삶기는 내가 가장 좋아하는 일 중 하나였다. 열여섯 개의
투석기를 환자들 혈압에 맞게 일일이 세팅하고 보조하는 일은
한 시간 이상 소요된다. 혈액투석이 시작되면 여유가 생긴다. 처
치실에 들어가 잠깐 쉬거나 간호사들과 가볍게 담소를 나누기도
한다. 간호사들은 알코올솜이나 반창고 같은 소모품을 점검하고
나는 환자들의 간식을 준비한다. 하루에 계란 두 판을 삶는다.
끓는 물속에 가지런히 서서 동글동글 익어가는 계란을 지켜보는
일은 묘한 감동과 희열을 줬다. 따뜻한 계란과 치즈를 바구니에
담아 환자들에게 나누어주는 일도 좋았다. 기분이 좋을 때는 껍
질을 까주기도 했고 환자들과 가벼운 농담도 주고받았다. 그런

데 이젠 아니었다. 삶은 계란을 바구니에 옮겨 담고 수도꼭지를 틀어 찬물을 끼얹었다. 개수대 구멍으로 물이 빠지는 것을 멍하게 지켜보다 깨달았다. 계란을 삶고 있는 이 시간이 더이상 즐겁지 않다는 것을. 일상의 모든 것이 하나부터 열까지 뒤섞이고 엉망진창으로 더러워진 기분이었다. 그럼에도 불구하고 나는 그에게 아직까지 아무 말도 하지 않았고 불쾌한 기분을 내색하지도 않았다. 그는 여전히 나를 어려워했고 내 동선을 눈여겨보며 눈치를 살폈다. 병든 개처럼 축 처져 있는 그의 시선을 느낄 때마다 마음속에서 뭔가가 하나씩 폭발하는 것을 느꼈다. 나는 내 자신이 위태로운 상태라는 것을 인정했다. 그것은 시간이 지나면 자연히 아물고 나아지는 종류의 상처가 아니라는 것도 알았으며 뭔가를 억누르느라 지칠 대로 지쳤다는 것도 깨달았다. 더이상은 견딜 수 없다. 견딜 수 없다. 계란을 손에 움켜쥐고 중얼거렸다.

투석을 끝내고 집으로 돌아가는 그를 쫓아갔다. 처음에는 단지 몇 마디 말을 하려고 했을 뿐인데 어느새 나는 그의 뒤를 밟고 있었다. 그의 걸음은 보조를 맞추기 힘들 정도로 느리고 힘이 없었다. 나는 엉거주춤한 모습으로 건물이나 좁은 골목 틈에 몸을 가리며 그를 따라갔다. 그는 좁은 골목 끝에 붙어 있는 허름한 건물로 들어갔다. 한낮인데도 골목은 어두웠고 상한 음식 냄새와 오래된 기름 냄새가 공기중에 뒤섞여 있었다. 그가 들어간 곳은 간판도 없는 단층 여인숙이었다. 균열이 생긴 외벽과 벗겨진 페인트가 살비듬처럼 떨어지는 건물은 금방이라도 허물어질 것처럼 아슬아슬했다. 이곳에서 숙식하는 자들이 어떤 모양으로 사는지 다 알 것 같았다. 복도 끝 방의 커튼이 걷히고 창문이 열렸다. 그는 잠시 창틈에 기대어 멍하게 서 있다가 이내 모습을 감췄다. 나는 가볍게 숨을 고르고 건물 안으로 들어갔다. 눅눅하고 찬 기운이 서려 있는 좁은 복도의 끝까지 걸어가 그의 방문을 두드렸다. 문이 열렸다. 그는 바닥에 쭈그리고 앉아 당황스러운 표정으로 나를 쳐다봤다. 방은 어두웠고 한쪽 구석에 단정하게 접어놓은 이불과 그 위에 낡은 헝겊가방이 놓여 있었고 바닥에는 속에 무엇이 들었는지 알 수 없는 구겨진 비닐봉지만 뒹굴고 있었다. 그리고 아무것도 없었다. 그는 부끄러운 표정으로 몸을 옆으로 틀더니 들어오라고 했다. 나는 한발 뒤로 물러서며 말했다. 밖에서 잠깐 이야기 좀 해요. 나는 성큼성큼 걸어 복도를 빠져나갔고 그가 곧 느린 걸음으로 뒤따라나왔다.

그가 밖으로 나오자마자 나는 말했다.

불편합니다. 불편해요. 병원에서 당신을 만나는 것이 싫습니다. 무슨 생각으로 이러는지 모르겠습니다. 지금에 와서 당신이 내 아버지라고 말할 작정입니까? 분명하게 말하지만 저는 당신을 아버지라고 생각해본 적 없습니다. 지금도 그렇고 앞으로도 그럴 것입니다. 당신과 나 사이에는 아무것도 그 어떤 것도 없습니다. 기억도 추억도 원망도 없어요. 나는 당신을 미워하지도 않습니다. 용서할 생각도 없고 용서를 할 입장도 아닙니다. 다만 저는 당신을 더는 보고 싶지 않습니다.

그는 고개를 숙이고 아무 말도 하지 않았다. 구두 앞부분으로 바닥의 모래를 파며 숨을 들이마셨다가 크게 내뱉곤 했다. 그는 고개를 숙인 채 천천히 입을 뗐다.

전에도 말했지만 나는 그저…… 네가 한번 보고 싶었다. 그게 다다. 정말이다. 믿어다오. 세월이 많이 흘렀다. 너도 알다시피 나는 죄를 지었고 아내와 자식을 잃었고 생의 절반을 교도소에서 보냈다. 믿을지 모르겠지만 나는 이제 많이 변했단다. 더이상 예전의 내가 아니야. 교화됐고 열심히 노력했다. 반성했고 끊임없이 뉘우쳤다. 좋은 사람이 되기 위해서 더 나아지려고 애를 썼어. 하지만 죄가 많아 병을 얻었고 계속 치료를 해야 하는 신세가 됐다. 긴 세월을 갇혀 지내다보니 이곳에 아는 사람은 아무도 없더구나. 병원이 무서웠고 바깥의 모든 것들이 두려웠다. 그리고 네가 궁금했다. 단 한 번이라도 네가 보고 싶었다. 너를 찾다가 네가 병원에 있다는 사실을 알게 됐단다. 나는 지금에 와서 너에게 아버지 대우를 바란 것이 아니다. 다만 너는…… 최소한 너는…… 나를 해하거나 나쁘게 대할 것 같진 않았다. 그래도 우린…… 혈육이 아니냐.

아니요, 혈육이 아닙니다. 내 피는 당신의 피와 무관합니다. 당신이 열심히 사는 것이 싫습니다. 당신은…… 그저 그렇게 계속 비참하게 희망 없이 외롭게 늙어야 한다고 생각해요. 대답하고 싶었지만 나는 입을 다물었다. 그 앞에서 입 밖으로 꺼낼 수 있는 말이 더는 없었다. 몸을 데우고 있던 열이 일순간 발밑으로 빠져나가는 기분이 들었다. 한참 동안 나는 말없이 그와 마주보고 서 있었다.

어쨌든 당신은 내 어머니를 죽였습니다.

두 손을 모으고 우물쭈물 말을 고르는 그를 내버려두고 나는 천천히 걸어 골목을 빠져나왔다. 골목 밖 큰 거리에는 햇빛이, 너무 많은 햇빛이 부담스러울 정도로 넘쳐흘렀다. 완전히 다른 종류의 기분들이 뒤섞였으나 어느 것 하나 분명하게 느껴지는 것은 없었다. 그냥 허탈한 생각이 들었다. 나와 멀지 않은 곳에 그가 살아서 숨쉬고 있다는 사실이 불합리하고 이상했다.

얼어붙은 바다를 깨고 쇄빙선이 느린 속도로 전진하고 있다. 거대한 얼음판은 크고 작은 조각으로 갈라져 유빙이 되고 수면 은 둔중하게 울렁인다. 배가 육지에 닿는다. 오래된 눈이 단단하 게 굳어 있는 육지에는 바다코끼리들이 아무렇게나 누워 한가하 게 햇볕을 쬐고 있다. 배에서 두 명의 남자가 내려선다. 그들은 등산용 스틱 같은 가늘고 긴 막대기를 손가락 사이로 돌리고 있 다. 한쪽은 뾰족하고 다른 한쪽은 뭉툭하다. 그들은 익숙한 게임 을 하는 듯 서로를 마주보며 몇 마디 이야기를 나누었고 간간이 짧게 웃는다. 무심한 바다코끼리들과 그 사이를 산보하듯 걷는 남자들의 자연스러운 모습이 기묘한 느낌을 준다. 바다코끼리들 은 게을러 보였고 심하게 살쪄 있다. 스스로도 감당이 안 되는 거대한 송곳니는 서로의 배에 걸쳤다. 수컷의 커다랗게 벌린 입 은 벌어진 상처처럼 붉다. 남자들 중 하나가 바다코끼리의 머릿 속에 막대기의 뾰족한 끝을 쑤셔넣는다. 눈 속에 막대기를 집어넣듯 너무도 쉽고 경쾌한 움직임이다. 바다코끼리들은 커다란 몸을 크게 한번 튕기며 맥없이 쓰러진다. 정수리에서 피가 솟는다. 주위는 금방 붉게 물든다. 다른 한 명이 바닥에 누워 부르르 떨고 있는 바다코끼리의 머리를 향해 뭉툭한 부분으로 올려친다. 막대기는 골프클럽의 스윙처럼 부드럽고 단호한 궤적을 그리며 정확하게 머리를 타격한다. 막대기와는 비교도 안 될 만큼 단단하고 커다란 송곳니를 세워 달려들 만도 한데 녀석들은 그러지 않았다. 위험을 알아챈 바다코끼리들이 하늘을 향해 머리를 높이 쳐들고 비명을 지르며 반대편으로 도망간다. 다리가 굳어버린 늙은 노인이 손바닥으로 방바닥을 기어가듯 처절하고 비참한 모습이었다.

침대에 걸터앉아 손으로 머리를 감싸고 한참 동안 앉아 있었다. 꿈은 증발하거나 사라지지 않고 점점 더 견고한 형상으로 또렷하게 남았다. 그것이 죽은 어머니의 이미지라는 것을 안다. 평생에 걸쳐 잊을 만하면 나타나는 악몽이다. 반복되는 꿈의 이미지는 익숙했고 꿈꾸고 난 뒤에 남는 나쁜 감정도 어느 정도 단련됐다. 기분이 나빠지는 것 이상은 없다. 하지만 이번엔 달랐다. 빠르게 뛰는 심장이 진정되지 않았고 호흡이 거칠어졌으며 무엇보다 나빠진 기분이 좀처럼 나아지지 않았다. 꿈이 전과는 미묘하게 달랐다. 이제까지 꿈에 등장했던 남자는 한 명이었다. 그런데 이 꿈에서는 두 명이다. 전에는 바다코끼리에 대한 이미지에만 집중했었다. 이번에는 반대였다. 남자들이 자꾸 떠올랐다. 꿈에서도 주목하지 않았던 장면이고 지금도 원치 않지만 나는 지금 그들의 흐릿한 얼굴에 집요하게 초점을 맞추며 보고 싶지 않은 얼굴을 상상하고 있다. 멈추고 싶고 그만두고 싶어도 생각은 멈추지 않는다. 확인하고 싶지만 동시에 절대로 알고 싶지 않은 어떤 장면 앞에서 나는 정신병자처럼 초조해하며 또렷해지려는 생각들을 메스로 하나씩 찢는다. 이 순간 나를 정말 역겹게 한 것은 이제는 나 스스로가 헷갈리기 시작했다는 것이다. 그는 내게 아무것도 아닌 존재가 아니라는 것, 그에게 연연하고 있는 나 자신을 통제할 수 없다는 것, 내 의지와 상관없이 그는 나의 아버지일 수밖에 없다는 것을 인정해야 한다는 강제된 생각들. 나는 하얗게 질려 있는 팔뚝을 내려봤다. 그의 말이 생각났다. '우리는 혈육이 아니냐.' 아니냐, 는 그의 말에 아니라고 대답할 수 없다. 나는 허벅지 위에 놓여 있는 팔을 바라봤다. 내 것이 아닌 것 같았고 딱딱한 사물처럼 이질스럽게 느껴졌다. 피부 밑에 희미하게 숨어 있는 푸른 정맥이 보인다. 그 속에 바늘을 집어넣고 나도 투석기 옆에 누웠으면 좋겠다. 몸속에 남아 있는 피를 투석기에 모두 돌리면 나는 그와 아무 상관없는 사람이 될 수 있을까. 나는 숨을 크게 들이마셨다가 천천히 내뱉으며 침대에서 일어섰다. 나도 모르게 허탈한 웃음이 새어나왔다. 투석의 무의미함은 누구보다 내가 더 잘 알고 있지 않은가. 창밖은 어둡고 바깥은 깊은 새벽이다. 출근할 시간이다.

그는 잠들어 있었다. 반으로 접힌 신문이 배 위에 놓여 있었고 손에는 볼펜이 쥐어져 있었다. 그가 투석실을 이용한 지 두 달

만에 처음 있는 일이었다. 그의 침묵은 투석실 전체의 침묵을 가져왔다. 오랜만에 고요해진 병실은 새벽의 늪지처럼 적막했다. 나는 발소리를 죽이고 천천히 병실을 돌며 잠들어 있는 환자들의 상태를 확인했다. 그리고 그의 병상 앞에서 멈춰 섰다. 그를 천천히 쳐다봤다. 방심한 얼굴에는 짙은 피로가 쌓여 있었다. 벌어진 입에서 반쯤 깨진 누런 치아가 보였고 눈꺼풀 속의 안구는 좌우로 움직이고 있었다. 병상 옆 선반 위의 접시에는 계란 껍질이 수북하게 쌓여 있었고 뜯어낸 치즈 봉지가 어지럽게 흩어져 있었다. 나는 그의 투석기를 응시했다. 검붉은 피가 튜브를 타고 규칙적인 속도로 돌고 있었다. 손가락으로 피가 돌고 있는 튜브를 살짝 잡았다. 동맥에서 나오는 관은 따뜻했고 정맥으로 들어가는 관은 서늘했다. 나는 무심코 상의 호주머니에 오른손을 집어넣었다. 반창고와 가위가 닿았다. 손가락으로 반창고를 쳐내고 가위를 움켜쥐었다. 열기가 사라진 차가운 충동이 온몸을 휘감았다. 나는 상상했다. 동맥에서 시작되는 튜브에 가윗날을 집어넣고 가볍게 힘을 줘 싹둑, 잘라낸다. 튜브에서 쏟아지는 피가 그의 몸을 적시고 병실 바닥에 뿌려질 것이다. 나는 가위를 쥔채 주머니에서 손을 뺐다. 그때 그가 눈꺼풀을 천천히 들어올리고 흐릿한 눈으로 나를 쳐다봤다. 그가 번쩍 눈을 떴다. 나는 그의 눈을 피하지 않고 차분하게 그를 내려봤다. 간호사들은 처치실에 들어가 쉬고 있었고 의사는 진료실에 있었다. 그의 눈빛은 불안하게 떨리고 있었다. 나는 그의 관자놀이를 노려봤다. 뒤엉킨 머리카락 사이에 숨어 있는 혈관이 빠르게 뛰고 있었다. 가위를 움켜쥔 오른손에 힘이 들어갔다. 불현듯 바다코끼리가 떠올랐다. 머리에 푹 들어가던 막대기의 뾰족한 끝이 생각났고 확인하지 않으려고 했던 남자들의 편안한 얼굴을 본 것만 같았다. 상승하는 기운과 달리 머리는 차갑게 식었다. 처음으로 나는 이십사 년 전의 그를 조금은 이해할 수 있을 것 같았다. 그는 아무 말도 하지 않고 입술을 떨며 마비된 생물처럼 고개를 돌려 가만히 있었다. 그 순간 갑자기 투석기에서 경고음이 울렸다. 튜브를 잡은 손에 힘이 너무 들어간 것이다. 들고 있던 유리잔을 놓친 것처럼 뭔가 부서졌고 난 화들짝 놀라며 사로잡혀 있던 이상한 기운에서 깨어났다. 투석기의 수치를 조절하고 경고음을 껐다. 주머니에서 반창고를 꺼내 일정량을 가위로 잘라내 그의 어깨에 붙어 있는 반창고를 새것으로 바꿔줬다. 바닥에 떨어진 치즈 봉지를 주워 접시 위에 올리고 천천히 처치실로 돌아왔다.

업무가 끝났다. 환자들은 모두 집으로 돌아갔고 간호사들과 의사는 식사를 하러 병원 밖으로 나갔다. 나는 퇴근을 했다가 병원으로 다시 돌아왔다. 처치실 탁자에 지갑을 놓고 온 것이다. 문을 열고 들어가 안을 확인한 순간 나는 놀랐다. 냉장고 문이 열려 있었고 누군가 등을 돌리고 뭔가를 숨기고 있었다. 그였다. 나는 마른침을 삼키고 침착하게 냉장고 문을 닫고 그가 숨기고 있는 물건을 확인했다. 치즈였다. 그는 슬라이스 치즈가 삼십 개씩 포장되어 있는 박스 한 개를 들고 서 있었다. 그는 나를 똑바로 쳐다보지 못하고 시선 둘 곳을 찾으며 당황해했고 아무 말도 못하고 머뭇거렸다. 나는 고개를 돌려 처치실의 작은 창으로 밖을 쳐다봤다. 구름이 많았고 흐릿한 태양이 구름 속에 숨어 흰 달처럼 보였다. 크고 작은 건물이 빽빽하게 서 있었고 팔 차선 도로 위에는 자동차들이 신호를 기다리며 정차해 있었다. 나는 말없이 탁자 위의 지갑을 바지뒷주머니에 찔러넣었다. 그리고 그가 바닥에 내려놓은 치즈 한 박스를 집어들었고 냉장고를 열어 치즈 한 박스를 더 꺼내 열려 있는 그의 헝겊가방에 넣었다. 그는 부끄러운 표정으로 내 손만 쳐다보고 있었다. 그가 더듬대며 말했다.

이번 달만 지나면…… 다른 병원으로 옮길게.

나는 아무 말도 하지 않았다. 그저 조용히 서서 앙상하게 말라 있는 그의 팔뚝을 쳐다봤다. 무슨 말이든 하고 싶었는데 아무 말도 하지 못했다. 그는 고개를 숙이고 뒷머리를 긁으며 잘못을 저지른 아이처럼 어쩔 줄 몰라했다. 나는 처치실 문을 열었고 뒤돌아서서 무표정한 얼굴로 창밖을 쳐다봤다. 그가 황급히 밖으로 나갔다. 나는 탁자에 걸터앉아 한참 동안 반쯤 열려 있는 처치실 문을 바라봤다. 그리고 냉장고 문을 쳐다봤고 창문으로 보이는 하늘을 쳐다봤다. 흐릿했던 태양을 완전히 가리며 구름은 북쪽을 향해 빠르게 이동하고 있었다. 탁자에서 일어나 개수대로 걸어갔다. 수도꼭지에서 한 방울씩 물이 떨어지고 있었다. 나는 수도꼭지를 꽉 잠그고 플라스틱 바구니에 담겨 있는 삶은 계란 두 개를 꺼내들었다. 열려 있는 창문에서는 습한 바람이 들어왔고 어디에선가 정체를 알 수 없는 비린내가 났다. 나는 창문을 닫고 탁자에 걸터앉아 계란 껍질을 깠다. 갑자기 견딜 수 없이 배가 고팠고 현기증이 났다. 하얗고 부드러운 계란을 반으로 나누고 한쪽을 입에 넣고 우물우물 씹었다.

어쩔 수 없는 일에 대하여

소설에서도 몇 번 썼고 어떤 산문에서도 쓴 문장이 있다. 그것은 '어쩔 수 없는 것은 어쩔 수 없다'이다. 나는 이 문장을 의식적으로 곳곳에서 반복적으로 사용했다. 어쩔 수 없는 문제를 어쩔 수 없다, 라고 정리한 것은 답을 찾을 수 없다는 모종의 깨달음이기도 했고 말장난 같은 그 문장이 이상한 형식의 해답이기도 했으며 어떤 면으로는 포기이기도 했다. 그렇게 그 질문을 끝내려고 했는데 나는 여전히 그 질문에서 헤어나지 못하고 있다. 받아들일 수 없는 몇몇 일들이 있었고 때문에 울분이 생겼으며 명확한 대상도 없으면서 강한 저항심에 사로잡혔다. 이해되지 않으면 이해되지 않은 채 살면 되지만 이해되지 않은 방식의 삶이 또다시 이해되지 않았다. 정말 어떻게 해야 할지 모를 정도로 혼란스러웠다. 그 시절의 나는 회의감과 분노 한가운데서 휘둘리며 표류하고 있었던 것 같다. 그러니까 나는 그 질문에 대해 답하는 하나의 형식으로서 이 소설을 썼다.

사랑했던 H가 아주 쓸쓸한 목소리로 말했다.
"형. 내가 아버지를 진짜 미워했는데요. 커갈수록 아버지처럼 되고 있어요. 그런데 아버지는 죽고 없어요. 나는 매 순간마다 아버지를 만나는 것 같아요. 그게 정말 싫어요. 아버지에 대한 증오가 나에 대한 증오로 바뀌고 있어요."
나는 H의 어깨에 팔을 두르며 쿨하게 대답했다.
"누구나 그래. 피는 어쩔 수 없어. 어쩔 수 없는 것은…… 음, 그냥 어쩔 수 없는 일이야. 그냥 받아들여."
H는 그 말에 묘한 표정을 지으며 긍정도 부정도 하지 않았다. 그리고 나는 지금까지도 그렇게 대답했던 것에 대해 후회하고 있다.

그리고 네 편의 단편소설을 썼다. 모두 '피의 문제'를 다루고 있다. 의도치 않게 연작소설을 쓴 셈이다. '피'는 인간에게 있어 가장 강력한 구속력을 가진 운명이면서 동시에 가장 반발심을 느끼는 문제이다. 피 속에는 많은 것들이 녹아 있다. 그것은 누구도 결정할 수 없고 선택할 수도 없다. 그냥 그렇게 태어난 것이고 부모로부터 물려받은 성향이고 본성인 것이다. 본질은 어쩔 수 없는 것인데도 인간은 그것으로 인해 스스로를 저주하고 이상한 방식으로 죄의식을 느끼며 살고 있다.

나는 궁금하다. 다른 생물들도 자신의 본질을 미워할까? 만약 본질을 미워하는 유일한 생물이 인간이라면 나는 인간이 가장 슬픈 생물인 것 같다. 세상에서 내가 나 자신을 미워하는 것보다 슬픈 게 뭐가 있겠는가.

누군가 어쩔 수 없는 것에 대해 묻는다면 다시는 그것을 어쩔 수 없는 일이라고 답하지 않으리라. 나 또한 어쩔 수 없는 일은 어쩔 수 없다고 말하지 않으리라. 그 마음으로 계속 쓰겠다.

그들의 개체발생학적 기원

황현경

　좋은 소설은 이미 훌륭한 인간학이다. 또한 인간학인 까닭에 그것은 종종 계보학이다. 한 인간의 내면을 향한 집요한 굴착은 때로 내면을 지나 그의 기원에까지 기어이 날을 들이밀고 나서야 마침내 완성되는 법, 거듭 읽히는 신화와 고전 여럿이 우연찮게도 가전(家傳)인 이유가 여기에 있다. 그러니 '당신의 피', 이 "지지부진하게 이어지는 끝없는 반복의 연속"은 얼마나 끈적한 것인가. 그러니 「당신의 피」, 이토록 계보학적인 제목을 앞세울 바에야 이 소설은 마땅히 지독한 계보학이거나 혹은 계보학과의 지독한 싸움이 되어야 하지 않겠는가.

　이 소설은 주인공 '나'가 이십사 년 전 아내 살해사건의 범인으로 무기수가 된 아버지로부터 걸려온 전화를 받는 장면으로 시작한다. 그는 작은방의 문턱을 밟고서 지켜보던 다섯 살 '나'

의 눈앞에서 그의 아내, 곧 '나'의 어머니의 관자놀이에 칼날을 박아넣은 살인자, 또한 그럼에도 '나'의 아버지이다. 그런 그가 '나'의 앞에 나타났다는 것, 그렇다면 「당신의 피」는 역시 이 진저리쳐지는 가계(家系), 즉 '피'의 (예정된) 수용 혹은 (불가능한) 거부에 대한 애기일 수밖에 없지 않겠는가. 그러하다면 이 첫 만남 끝에 놓인 '나'의 질문은 소설을 통해 '나'가 내내 싸워야 할 질문인 동시에 이 소설 자체일 터. 과연 "그가 왜 나를 찾아왔을까".

오로지 '혈육'이라는 이유 하나만으로도 "그가 나를 만나고 싶어하는 것은 어찌 보면 당연하다". "그저…… 네가 한번 보고 싶었다"던 그의 고백을 '나'도 우리도 아무튼 받아들일 수는 있다. 그러나 진정 이것으로 충분한가. '나'는 확신한다. "존재하지 않는 기억들" 속에서만 존재하다가 "단순한 하나의 사건"으로 헤어져 이십사 년의 시간을 훌쩍 뛰어넘어 다시 나타났을 뿐인 "그는 내게 아무것도 아니다". 여기까지를 정리하자면 이 소설은 불현듯 나타나 '나'를 과거로 끌어당기는 아버지에 대해 여기 남아 그리로 끌려가지 않으려는 '나'가 벌이는 싸움이다. 이는 결국 '나'에게 대물림되어 "혈관을 타고 돌며 생체기능을 무너뜨리고 생명을 위협"하는 '당신의 피', 그 지긋지긋한 계보와의 싸움이다.

바로 이 지점에서부터 '나'의 싸움은 결코 '지지부진'하지 않은 아주 지독한 것이 된다. 그것이 계보인 한 과거는 현재의 시점에서 절대로 수정할 수 없는 것, 오이디푸스 이래 수없이 반복된 이 싸움의 끝은 결국 아버지를 (실제적으로든 상징적으로든) 살해함으로써 도리어 자신의 패배를 자인하고 계보를 승인하는 것이 아니었던가. 이에 「당신의 피」는 언제나 패배로 마무리되어온 이 계보학적 귀결에 대해 현대의학의 탄생 이후에서야 비로소 상상할 수 있게 된 가장 발칙한 방법으로 맞선다. 이는 두말할 것 없이 아버지의 피, 즉 가계를, 과거를, 기원을, 계보를 투석기에 돌려 여과하는 것이다. 그것이 진정 "몸속의 노폐물과 독소"와 함께 "피 속에 녹아 있는 유머와 즐거움, 욕망과 에너지까지 모두 제거"할 수 있는 기계라면, 그것은 혹 계보를 걸러낼 수도 있지 않겠는가.

하지만 아버지의 피에 섞인 '성분'들은 투석기를 거치고서도 결코 여과되지 않고 남아 '나'를 견딜 수 없게 한다. 그의 "적극성, 노력, 긍정적인 성향, 왕성함", 남들은 투석 도중에 마지못해 억지로 입에 집어넣곤 하는 계란과 치즈에 대한 무모한 식욕과 식탐, 곧 '당신의 피'만은 끝내 걸러지지 않는다. 걸러지지 않은 그것은 바람에 날려 공중에서 뱅글뱅글 도는 망가진 종이상자와 검은 비닐봉지마냥, 벽에 던져졌다 곧장 튕겨져나오길 되풀이하는 테니스공마냥 다시금 그의 혈관을 타고 끊임없이 흐른다. "투석의 무의미함은 누구보다 내가 더 잘 알고 있지 않은가." 정작 '당신의 피'를 걸러낸 것은 이십사 년의 "세월", 그렇게 그는 "교화됐고 열심히 노력했다. 반성했고 끊임없이 뉘우쳤다". 그렇게 이미, 그는 완벽하게 치유되었다!(He was cured all right!) 그렇다면 '나'의 꿈속에 새로이 나타나서는 바다코끼리의 머릿속에 막대기의 뾰족한 끝을 "너무도 쉽고 경쾌"하게 쑤셔넣는 "흐릿한 얼굴"은 과연 누구의 것인가. 그렇다. 마땅히 걸러져야 하는 것은, 그러나 도무지 걸러질 수 없는 것은 이제 '당신'이 아닌 '나의 피'다.

그렇다면 파국. 아버지는 여과되지 않은 식탐으로 슬라이스 치즈를 찾고, '나'는 견딜 수 없는 허기로 삶은 계란을 입에 넣고 우물우물 씹는다. 이 장면에는 그간 살부(殺父)로 귀결되어온 패배의 계보학을 넘어서는 지점이 존재한다. 이것이 고작 용서일 수 없다는 것은 부연할 필요가 없을 것, 한편으로는 '조금'의 이해 이상이라는 점도 명백하다. 이 장면에 이르러 '나'는 비로소 "먹어야 살지만 동시에 먹으면 죽는" 개별적이며 독립적인 폐쇄 순환회로가 된다. 마침내 '당신의 피'가 '당신의 피'로서, '나의 피'가 '나의 피'로서 외따로 흐르는 순간이다. 이 결정적 장면은 그러나 역시 정용준의 것이기에, 내내 좀처럼 그렇다고도 아니라고도 발화하지 못하던 일인칭 화자 '나'는 그 한마디를 끝내 입 밖에 내지 않는다. 단언하건대 '나'는 이렇게 말하고 싶었으리라. "나는 완벽하게 치유되었다!(I was cured all right!)"

이 파국의 힘은 작중에서 대답 없이 던져지기만 했던 수많은 질문들을 모조리 무화시킨다. "그가 왜 나를 찾아왔을까" "그가 원하는 것이 뭘까" "나는 그가 어떻게 하기를 바라고 있는 걸까" "왜 나는 그를 이렇게 불편해하는 걸까", 그리고 바로 이 궁극적 질문, "몸속에 남아 있는 피를 투석기에 모두 돌리면 나는 그와 아무 상관없는 사람이 될 수 있을까". 좀처럼 이 질문들에 대한 대답을 찾을 수 없다면, 도리어 이 질문들이 유효한 것인지를 질문해야 하지 않을까. 종국에 이르기까지 끝끝내 유폐된 대답들로 말미암아 정작 이 질문들은 그 자체로 '아무 상관없는' 것이 되어버린다. '그'가 "내게 완전한 타인"일 뿐 "아무것도" 아닐진대, 그와 "나 사이에는 아무것도 그 어떤 것도 없"을진대, 그럼에도 굳이 이 질문들만이 '아무것'일 수는 도저히 없지 않은가. 결과적으로는 '그'가 아무것도 아니라는 점에서, 또한 '그'에 대한 질문들이 아무것도 아니라는 점에서, 이 소설은 아버지로부터 '나'에게로 흐르는 피의 계보학이라기보다는 차라리 악(惡)이라는 배아로부터 성체에 이르기까지의 발생과정을 추적하는 개체 발생학이다. 이 생물학, 다시 말해 최저 인간학적 상상력의 정점은 이를테면 이런 것이다.

불현듯 바다코끼리가 떠올랐다. 머리에 푹 들어가던 막대기의 뾰족한 끝이 생각났고 확인하지 않으려고 했던 남자들의 편안한 얼굴을 본 것만 같았다. 상승하는 기운과 달리 머리는 차갑게 식었다. 처음으로 나는 이십사 년 전의 그를 조금은 이해할 수 있을 것 같았다.(243쪽)

이십사 년이라는 시간이 가로놓여 있음에도 불구하고 아버지에 대한 '나'의 이 '조금'의 이해가 비로소 가능해지는 것은 무엇 때문인가. 이는 그들이 동일한 초기 배아에서 발생한 성체, 즉 본질적으로는 동일한 개체들이기 때문이다. 이 '조금'의 이해가

가능해지는 순간에 이르러, 그리고 그들의 개체적 욕망이 제각기 폭발하는 마지막 장면에 이르러, 시간의 학문인 계보학은 개체발생학적 동일성에 의해 완전히 기각된다. "북쪽을 향해 빠르게 이동하"는 구름이 "흐릿했던 태양"을 완전히 가리는 그 한순간, 그것은 이 두 괴물들이 놓인 동일한 계통발생학적 시간대의 한순간이다.

그간 정용준의 소설들이 '죽음의 문장'으로, 아울러 줄곧 말하여지지 않는 말로 가까스로 이야기한 것이 사랑이었음을 우리는 기억한다. 다시 말해 오로지 사랑, 즉 인간 대 인간, 감정 대 감정이 완전한 하나로 겹쳐지는 한순간을 위해 우리는 '죽음의 문장'의 끔찍한 아름다움을 견뎌왔던 것이다. 그러나 「당신의 피」의 그들이 공유하는 그 한순간, 마침내 그곳에 사랑 따위가 끼어들 여지는 없다. 그러니 바라건대 당신의 모든 순간과 그들의 그 한순간이 같은 진화론적 시간대에 놓인 것이 아니길. 간절히 바라건대 부디 당신만은 그들을 아주 '조금'도 이해할 수 없길.

황현경
서울대 국문과 졸업. 동대학원 박사과정 수료.
2012년 문학동네신인상에 평론이 당선되어 등단.

박솔뫼

우리는 매일 오후에

.
.
.

작가노트 옮겨 적어둔 것들
해설 박인성_박솔뫼를 위한 예언은 없을 것이다

박솔뫼

1985년생. 2009년 장편소설 『을』로 『자음과모음』 신인문학상을 수상하며 등단. 소설집 『그럼 무얼 부르지』 『겨울의 눈빛』 『사랑하는 개』, 장편소설 『백 행을 쓰고 싶다』 『도시의 시간』 『머리부터 천천히』, 중편소설 『인터내셔널의 밤』이 있다. 김승옥문학상, 문지문학상을 수상했다.

우리는 매일 오후에

남자는 먼저 잠이 들었고 그러고 보면 남자는 늘 먼저 잠이 들고 나는 눈을 깜박이며 오늘 있었던 일들을 생각해. 어제 있었던 일들을 천천히 생각하기도 하고 그전에 있었던 일들을 생각하기도 한다. 남자는 오늘 몸이 작아졌는데 어째서 작아진 걸까 나는 그것을 알고 싶지만 이유를 생각하기도 전에 작아진 남자는 작아진 채로 내 앞에 있었다. 남자는 작아졌고 작아진 남자는 어느 정도냐 하면 집에서 키우는 강아지의 절반 크기야. 강아지는 많은 종류가 있지만 머릿속에 강아지를 떠올려봐 그때 떠오르는 강아지의 절반 크기로 남자는 작아졌고 그러니까 남자는 내 두 손안에 들어온다. 이제는 내 어깨 위에 앉아 있을 수도 있어. 그때는 강아지처럼은 아니고 새나 다람쥐처럼. 몸이 작아지기 전에도 남자는 커다랗지도 힘이 세지도 않아서 내가 장난을 칠 생각으로 어깨를 잡고 흔들면 앞뒤로 흔들거렸다. 혹은 흔들거리는 척해주었다.

우리는 매일 재미있는 이야기들을 하는데 오늘 오후에도 재미있는 이야기를 하였다. 아주 쓸모없는 이야기. 남자는 배를 잡고 웃었다. 허리를 꺾고 마구 웃었다. 우와 너 아주 몸이 반으로 접힌 채로 웃는구나, 나는 그렇게 말하며 눈물을 흘리며 같이 웃었다. 그리고 고개를 드니 남자가 아주 작아져 있었다. 아주 작아진 남자가 처음에는 보이지 않아 너 어딨어 어딨어 하고 찾자 남자는 웃음을 참는 목소리로 여기 여기 하고 손을 간신히 들었다. 테이블 다리 옆의 남자는 작은 덩어리 또 그 손은 손톱 같았다. 나는 무릎을 꿇고 바닥을 기어 아주 작아진 남자와 눈을 마주했다. 작아진 남자의 눈은 나를 바라보고 있었고 나는 정신을 차리지 않으면 이 작은 무언가를 놓쳐버릴 듯했다. 정신을 차리려 남자의 눈을 계속 바라보았다. 손을 들어 남자의 머리를 감쌌다. 남자의 머리가 내 손안에 쏘옥 들어왔다. 남자를 들어 무릎 위에 앉히고 이렇게 작아지다니 이렇게나 가벼워지다니 하고 놀라워했다.

이렇게 작아진 사람은 뭔가 예언을 해줘야 하지 않겠어?

나는 눈이 멀지 않았어.

그렇지만 눈이 먼 사람들이 예전에 신화에서 그랬던 것처럼 작아진 너는 뭔가 예언을.

예언을?

응. 예언.

남자는 내 무릎에 누워 고개를 내 무릎 사이에 묻고 글쎄 그런 것까지…… 하고 생각에 잠긴 얼굴을 했다. 나는 다시 남자를 들어 이미 깔린 이불 위에 눕히고 나도 그 옆에 누웠다. 실은 앞으로 무슨 일이 생길지는 별로 궁금하지 않았다. 남자와 나는 매일 오후에 나란히 누워 오늘은 무슨 일이 생겼어? 세상에는 뭐가 있어? 누가 죽었어? 뭐가 맛있어? 이건 왜 이래? 나는 묻고 남자는 대답을 한다. 대체로는 내가 묻고 가끔 남자가 물을 때도 있고 사실 누가 묻는가 하는 것은 크게 중요하지 않고 중요한 것은! 그러니까 우리는 대화를 한다는 것이다. 어제에 대해 어제와 서로에 대해. 오늘 남자는 몸이 작아졌고 나는 그것으로 이미 뭔가를 알아버린 듯했다. 남자는 이제 내 주머니에 웅크리고 있을 수도 있고 어깨에 앉아 있을 수도 있고 나는 걷는 것을 좋아하며 우리는 산책을 많이 하게 될 것이다. 그러니 예언을 하지 않아도 돼. 걸으면 된다. 오래오래 걸으면 돼.

어제는 동남아시아 필리핀에서 홍수가 났고 사람들이 많이 죽었다. 그보다 훨씬 전에는 미국에서 빌딩이 무너지는 일이 있었는데 그 일의 원인은 부실공사가 아니었다. 남자의 친구 중 한 명은 자기 집 옥상에서 음악을 들으며 놀다가 그 장면을 목격했다. 그 친구가 말해준 것인데 옥상에서 그 사건을 목격한 사람들의 단체가 있다고 한다. UFO 목격 단체처럼 말이다. 그 단체의 이름은 뭐고 또 하는 일이 뭐냐 하면……

작년에는 일본에서 큰 지진이 있었다. 그 일은 작년 일이고 그러므로 과거시제를 쓰긴 쓰는데 과거시제를 쓰고 나면 무언가 획 하고 목을 감는 느낌이 들었다. 나는 목이 막혀 캑캑거리며 —이다 —이다 —이다 하고 시제를 고치며 말한다. 큰 지진이 있었던 나라인 일본은 한국과 아주 가까운 나라이다. 한국의 수도는 서울이고 서울에는 아주 많은 일본 음식점이 있고 그들 다수는 최근에 생긴 것이다. 이 모든 것은 남자가 여태 오후에 알려준 이야기들이다. 대부분은 나의 질문에 대한 대답들이었는데 내가 궁금해하는 것은 어제의 일 엊그제의 일, 최근이라면 오늘 아침의 일이었다. 앞으로 무슨 일이 생길지에 관해서는, 글쎄. 크게 궁금해하지 않았고 궁금해지지 않는다. 남자는 작아졌고 이제 우리는 예전과 같이 질문을 하자. 우리에게 예언은 앞으로도 없을 것이다.

엊그제는 나와 남자가 외출을 했는데 나는 늘 길을 헤매고 남자는 늘 길을 잘 찾는다. 나와 남자는 길에서 각자의 일관성을 찾고 있었다. 남자는 매일 새로운 길로 나의 손을 잡고 반걸음쯤 앞장서서 걸어갔다. 나는 많은 날들과 시간들을 겪어왔다. 그래서 알게 된 것들이 있다. 그것은 늘 헤매더라도 같은 길을 걷고 또 걸으면 그 길은 헌 길이 되고 새 길이 되기는 힘들고 이, 골목이라고 부르는 것을 지나면 대개 큰길이 나온다는 것이다. 그런 것들을 알게 되었다. 그런 것은 믿거나 주장할 것은 아니고 그렇구나, 하며 길이 헌 길이 되는 것을 지켜보거나 하게 되는 것이었다. 그런데 남자의 손을 잡고 걸으면 골목을 지나면 더 좁은 골목이 나오거나 골목이 점점 좁아져 빨려들어가버릴 듯해 뒤돌아 도망쳐버리게 되거나 처음 보는 옥색 지붕의 집이 골목을 가로막고 있어 큰길로 향하는 출구를 모조리 막아버리고 있거나 했다. 그런 일들을 겪게 되었다. 가끔 남자의 볼을 잡고 가만히 서 있었다. 너는 어떤 사람이야? 속으로 그런 질문을 했다. 질문이 천천히 퍼져나가 골목을 지나 바람에 실려갈 때쯤에야 다시 걷고는 했다.

엊그제 우리는 손을 잡고 걸었다. 우선 대문을 열고 나와 걷기 시작했다. 대문을 열고 열 걸음쯤 걸으면 익숙한 슈퍼가 나온다. 나는 머릿속으로 파란 간판을 떠올리며 걸었는데 고개를 드니 눈앞에는 병원이 있었다. 푸른색 간판의 슈퍼가 아니라 연회색의 커다란 건물이 나왔다. 그 커다란 건물은 근처 집들에 비해 너무 커서 시야에 걸렸다. 슥 하고 지나칠 수가 없었다. 없는 척할 수가 없었던 것이다. 나는 깜짝 놀라 말했다.

병원! 병원이야!
응. 저 병원 지하에서는 밥을 팔지.
병원! 병원이라고!
응. 병원 병원이고 지하에서는 밥을 팔아.
먹어봤어? 어떻게 병원이 나온 거야?
나도 몰라. (주머니를 뒤지다 주머니 안에서 뭔가를 꺼낸다.)
이거 만두. 엊그제 병원 지하에서 밥을 먹다 남은 거야.
(입을 벌려 만두를 받아먹으며) 아 아플 땐 이제 저 병원에 가

면 되겠구나. 배고파도 저 병원에 가면 되는구나.

엊그제에는 슈퍼가 아니라 병원이 나왔고 나는 남자가 예언을 해주지 않아도 이제 아프면 병원에 가야 한다는 것을 안다. 그러니 이제 새로운 것을 미래의 것을 말해주지 않아도 괜찮다. 하지만 어떻게 하면 병원이 나오는지는 알 수 없었고 이제 병원이 나오는 걸까? 아니면 다른 무언가가 나오는 걸까? 두근거려하며 집을 나왔는데 예전처럼 슈퍼가 나왔다. 그것은 어제의 일이다. 혼자 걸을 때면 풍경은 거리는 건물은 변함없고 길들이 늘 제자리에 변함없이 그대로 서 있다. 그것은 회색의 거리. 혼자 걷는 길은 회색의 길과 길. 나는 방 안, 혹은 도시 어딘가에 있을 남자를 떠올리며 회색의 거리를 걸었다. 길이 점차 헌 길로 바뀌었고 예기치 않은 일들은 사라진 시간이었다. 어제는 그랬다. 나는 미련을 버리지 못하고 슈퍼 안 어딘가에 병원이 숨겨져 있나 슈퍼를 한 바퀴 돌아보았지만 아무것도 없었다. 금방 포기하고 가려던 길을 갔다. 이 슈퍼는 병원을 숨길 만큼 크지 않다. 그 병원은 반으로 접히고 또 접혀 슈퍼 안으로 숨겨졌나. 슈퍼 바닥에 묻혀 있나. 찾을 수가 없었다. 병원은 어떨 때 나오는 거야? 남자와 길을 걸으면 늘 생각지도 못했던 것이 눈앞에 나타났고 나는 다시 속으로 물었다. 남자의 볼을 꼬집는 것처럼 허공에 손을 뻗으며 대체 병원은 어떨 때 나오는 거야? 혼자 선 채로 물었다. 오늘 오후에 그걸 물어볼 것이다. 잊지 않고 물어볼 것이다, 라고 속으로 말했다.

그런 생각을 하며 고개를 돌려 남자를 보았다. 남자는 여전히 자고 있고 자고 있는 몸은 작아서 내가 잘못 뒤척이면 내 몸에 깔려버릴지도 몰랐다. 내가 너를 깔아뭉개면 안 되는데 너는 살아 있고 사람이고 우리는 많은 이야기를 한다. 이렇게 작아진 네가 사람이 아니라고 해도 너를 깔아뭉개는 것은 잘못이다. 웃다가 갑자기 몸이 작아진 네가 사람이 아니라 그렇다고 동물도 아니고 아주 이상한 것이라고 해도 너를 깔아뭉개는 것은 잘못이다. 그리고 너는 실은 이상하지 않고 작아지기만 했고 나는 언제라도 너에게 입을 맞출 것이다. 질문을 할 것이다. 질문을 듣고 대답해주려 벌리는 입에 내 혀를 넣었다 빼고 입술을 깨물 것이다. 남자를 실수로라도 누르거나 뭉개버릴까봐 신경이 쓰여 잠을 이루지 못해 잠이 들었다가도 금방 깼다. 깨어서는 옆에 누워 잠을 자고 있는 남자를 확인했다.

넓은 창에서는 햇볕이 들어왔다. 방의 어떤 부분은 어둡고 어떤 부분은 밝았다. 나는 똑바로 누워 있었다. 작아진 남자는 내 가슴과 가슴 사이에 엎드려 누워 있었다. 내 얇은 티셔츠를 담요처럼 덮고 있었다. 언제 이리로 들어간 거야? 아니 들어온 거야? 나는 픽 하고 웃었다. 너는 커져도 작아져도 가슴을 좋아하는구나. 내 웃음소리에 남자가 잠에서 깨어버렸다. 남자는 잠시 고개를 흔들다 재채기를 하고는 티셔츠 밖으로 기어나와 낑낑거리며 내 바지를 벗기려들었다. 나는 남자를 도와 잠옷 바지를 내렸다. 남자는 내 팬티 안으로 들어가 다시 잠을 잤다. 팬티를 이불처럼 덮고 팔과 머리만 밖으로 내민 채 일정한 숨소리를 내며 잠을 잤다. 잠을 자다 깨어서는 내 음모를 빗다가 땋다가 하고 놀았다. 그 놀이가 재미있는지 남자는 내 팬티를 벗기려들었는데 나는 이번에는 도와주지 않고 빙글빙글 웃으며 못 본 척했다. 남자는 놀리지 말라고 하며 힘들게 힘들게 팬티를 벗겼다. 나는 똑바로 누워 천장을 보며 다리 사이에서 남자가 움직였다 멈췄다 손가락을 들었다 내렸다 하는 것을 느끼며 웃다가 말 걸다가 했다. 그러다 남자는 맨발로 내 질 속으로 들어왔고 마치 침낭에서 기어나왔다 다시 들어가는 것처럼 하반신 전체를 넣었다 뺐다 했다. 남자는 양손으로 내 음모를 밧줄처럼 꽉 쥐고 하반신을 넣었다 뺐다 했다. 남자는 뭐라고 말을 했는데 그 소리가 작고 멀어서 몇 번이나 더 물어봐야 했다.

뭐? 뭐라고? 뭐? 뭐?
……
응? 다시 말해봐. 뭐라고?
여기는 따뜻해. 모든 곳보다 따뜻해.

남자는 내 몸 안에 들어와 있고 이제는 목만 바깥으로 내민 채 숨을 쉬고 있다. 나는 천천히 몸을 일으켜 앉았다. 남자의 얼굴은 붉고 나의 얼굴도 붉고 우리는 눈을 마주한 채 서로를 바라본다. 나는 나로 앉아 있고 너는 내 질 안에 온몸을 넣고 눈을 깜빡이며 나를 보고 나는 천천히 몸을 기울여 작아진 너에게 입을 맞추고 너의 얼굴을 혀로 핥았다. 남자는 천천히 자신의 오른쪽 팔을 빼내 내 볼을 손가락으로 문질렀다.

오후는 언제나 금방 와. 나는 그것을 잘 알았다. 남자를 팬티 안에 넣은 채로 무릎으로 기어 냉장고까지 갔다. 우유를 꺼내고 우유를 든 채로 싱크대 위에 올려놓은 카스텔라를 가져왔다. 바닥에 앉아 우유를 마셨다. 나는 다시 싱크대로 손을 뻗어 숟가락을 가져와 우유를 따랐다. 팬티 속 남자를 꺼내 어깨에 올렸다. 남자는 축축해져 있었다. 남자는 숟가락 속 우유를 먹고 나는 카스텔라를 먹고 나는 다시 숟가락에 우유를 따르고 그 위에 카스텔라를 적셔준다. 방 안에는 어두운 곳이 있고 어떤 곳은 밝았다. 햇볕은 싱크대를 지나 내 어깨와 어깨 위 남자를 지나 바닥에 던져진 옷을 지났다. 그곳은 밝았다. 나는 밝은 곳에 앉아 우유와 카스텔라를 먹었다. 햇볕에 눈이 부신지 남자는 눈을 감은 채로 말했다. 나는 두번째 손가락으로 남자의 눈을 가려주었다. 우리는 오후가 올 때까지 밝은 곳에 앉아 있었다. 무슨 이야기인가도 했는데 무언가 하면 이런 이야기이다. 나는 앞으로도 아주 많은 것들을 물어볼 예정이고 너도 대체로 대답을 해줄 것이라는 것과 물어보았던 것도 또 물을 것이고 그렇다면 대답이라는 것도 또 해야 한다는 것이다.

작년 3월 11일 일본 동북 지역에는 대지진과 지진해일이 일어났다. 그게 끝이 아니었는데 이어서 후쿠시마 원자력발전소에서 폭발사고가 일어났고 그 사고의 여파는 아직도 강력하다. 앞으로도 강력할 것이다. 나는 남자에게 작년에 일본에서 일어난 것이 무엇이었지 매일매일 신문에 텔레비전에 모든 포털사이트 뉴스 화면에 나오던 압도적인 그것은 무엇이었지 그것은 지진이야? 혹은 지진과 비슷한 거야? 아니면 갑자기 일어난 모든 커다란 어떤 것들이야? 묻고 남자는 자세하게 그러나 간단하게 말해준다. 그것은 대지진과 지진해일 그리고 원자력발전소 폭발사고였어. 그렇게 말해준다. 그러니까 지진이고 지진과 비슷한 것이고 갑자기 일어난 모든 커다란 어떤 것들이기도 하지.

남자는 말해주고 내게 고개를 기대고 나는 나의 고개와 내게 기댄 남자의 고개를 남자의 어깨를 향해 밀고 남자는 나의 고개와 자신의 고개를 내게 다시 밀고 그리고 우리는 무엇이 일어났나 무슨 일이 일어났던 것인가 생각해보았는데⋯⋯

현재 일본의 도쿄의 수도의 의회의 원전 찬성론자의 그리하여 그곳의 많은 사람들은 그럭저럭 잘 지내는 듯하다. 그것이 서로 고개를 밀던 나와 남자의 결론이었다. 어떻게 그럴 수 있는지 알 수 없지만 그곳의 사람들은 잘 지내는 듯해 보였다. 그런가 하면 무엇이 일어났나 매일같이 생각하는 서울에 사는 우리도 아주 잘 지내고 있다. 그것 역시 또하나의 결론이었다. 글쎄 잘은 모르지만 우리는 매일 산책을 하니까. 적어도 우리는 산책을 하니까. 산책을 하는 많은 사람들은 잘 지낼 것이다. 왜냐하면 정말 잘 지내고 잘 지내서 잘 지낼 수밖에 없으니까. 산책을 하며 앞을 보며 걸어가 그 길은 아주 온건해서 모든 것을 긍정한다. 산책을 하다 무릎을 꿇고 앉아 꽃을 꺾을 수는 있지만 그게 하는 일의 전부이다. 산책자는 그 길 위를 걸으며 꽃을 꺾거나 풀을 보는 것만 한다. 그런 이유로 모든 산책하는 사람들은 잘 지낼 수밖에 없을 것이고 무슨 일이 일어났건 일어나지 않았건 일본의 산책하는 사람들도 잘 지낼 것이다. 일본의 도쿄의 수도의 의회의 원전 찬성론자의 그 밖의 그 밖에 포함되는 많은 이들이 그렇게 말하고들 있었으니까요. 어쨌거나 누구든 꽃을 보면 되는 것이다.

나와 남자는 옷을 입고 나는 남자를 내 어깨 위에 올리고 어둡거나 밝은 방을 나섰다. 이 문을 열고 걸어나가면 슈퍼가 나타날까 오랜만에 병원이 나타날까 우리는 궁금해했는데 아무것도 나타나지 않아 그저 걷기만 했다. 너와 걸으면 늘 알 수 없는 일들이 생기고 처음 보는 길들이 스스로를 드러내고 나는 이제 그것이 익숙하고 그것에만 친해졌다. 너는 나의 질문에는 익숙해졌지 나의 물음표와도 친해졌지? 이제 너에게 나의 몸은 아주 커다래졌고 너는 커다란 나의 몸에 친해졌니 나는 작은 너의 몸과 아직 덜 친해졌지만 우리의 몸이 비슷했을 때 우리는 곧 서로의 몸에 친해졌던 것처럼 나는 커지려고 한 건 아니지만 너에 비해 커져버렸고 그게 지금이니까 너는 나의 몸을 자꾸자꾸 눌러보고 핥고 깨물고 만지다보면 친해지겠지. 슈퍼가 있던 자리 병원이 있던 자리에는 아무것도 없고 좁은 골목이 길게 이어져 있었다. 그 좁은 골목은 이것이 너희에게 펼쳐진 오늘이라는 듯이 끝이 보이지 않게 이어져 있었다. 나는 어깨 위의 남자의 머리를 손가락으로 툭툭 치면서 너는 왜 매일 새로운 길을 만들어내? 웃으며 물었다. 남자는 떨어지지 않으려 내 어깨 위에서 균형을 잡고 있었다.

그렇게 걷다보니 일본 가정식 음식점이 나타났는데 일본 가정식 음식점의 맞은편에는 스시집이 있었다. 두 일본 음식점이 나란히 서서 일본 음식을 팔고 있었다. 우리는 계속 묻고 대답하니까 나는 왜 이렇게 일본 음식점이 많아? 하고 물었고 작아진 너는 내 목을 잡고 내가 잘 들리도록 내 귀를 향해 말하기 시작한다. 일본 음식점이 이렇게 많아진 건 일본이 점점 사라졌달까, 원래 일본이라고 생각하던 것들이 실은 일본이 아니었달까 뭐 그런 이유 때문이지. 일본은 점점 사라져갔고 일본이라고 생각하던 것들은 착각이었고 그렇게 된 이유는 말야 꼭 작년의 일 때문만은 아냐. 점점 점점 그렇게 된 거지. 하지만 작년의 사건은 9·11처럼 날짜를 따서 부르는 그 일은 방사능은 원전은 지리학적 시간을 걸고 말하는 그 모든 말들은 의회는 산책만 하는 모든 꽃을 좋아하는 사람들은 너무 엄청난데다 너무 커다란데다 또 뭐랄까 그 모든 것은 사람들이 머릿속에 가지고 있던 일본, 뭐 이 역시 원래 없었던 것일 수도 있지 그런 일본을 지워버렸을 뿐만 아니라 지운 것이 지워졌다는 것이 정말 기정사실이라고 확인시켜준 거지. 이 모든 일본 음식점들은 이제는 없는 일본이라는 공통 기억을 대변한다고 해야 할까 이제 사라진 일본을 기념한달까 전 세계의 사람들이 누가 시키지도 않았는데 차곡차곡 쌓아놓던 일본이라는 풍경을 엽서로 만들어 그걸 액자에 넣어 걸어놓은 것 같은 거야.

　남자는 작은 입으로 줄줄줄 말하다가 숨이 차서 그대로 누웠다. 그대로 누우면 떨어지므로 내 목을 잡고 그대로 누웠다. 나는 어깨 아래에서 덜렁거리는 남자의 발을 툭툭 치며 계속 걸어나갔다. 이곳은 새로운 골목 내일이 지나면 사라질 수도 있고 그러면 영영 못 올 수도 있는 길. 그 길 위의 일본 음식점은 일본 음식을 팔고 거기에 쓰여 있는 일본어는 고고학자들이 해독해야 할 문자처럼 느껴지고 어째서 그렇게 느껴지는가 하면 희귀한 언어로 쓰인 오래된 서고의 책이 휙 하고 길 한복판에 펼쳐진 듯했기 때문에. 그 언어는 이전에는 포스터 같고 기호 같고 눈에 보이는 선명한 것 같았을 텐데 내가 이전이라고 말하는 이전이라는 시간은 아주 짧지만 깊어서 내가 거기에 발을 잘못 디디면 빠져버리겠지만 빠진다고 떨어져 죽거나 큰 상처가 나거나 하는 것은 아니다. 그저 빠지고 빠져서 빠지기만 할 뿐이다. 그걸 알고 있다 나는. 그래서 조심스럽게 이전이라고 말하고 눈으로 천천히 어색하게 간판을 더듬었다. 우리는 새로운 골목을 걸어가지만 새로운 골목에 있는 것은 1980년대 집장사들이 틀로 찍어 만들어낸 듯한 붉은 양옥들과 양옥들. 나는 남자의 발을 어깨로 치다 가만히 멈춰 서서 뒤를 돌아보았다. 여전히 이어지는 집과 길 다시 뒤를 돌아 이어진 길을 바라보면 하늘은 뿌옇고 먼 곳에서부터 붉어지고 있었다. 나는 남자를 재킷주머니에 넣고 좀더 걸었다. 너에게 주머니는 조금 좁지. 어깨는 조금 어지럽고 무섭지. 나는 남자를 주머니에서 빼 팔에 안고 좀더 걸었다. 양옥집들이 이어진 길 끝에 삼층짜리 흰 건물이 있었고 나는 좁게 나 있는 계단을 따라 올라가기 시작했다. 왜인지 익숙한 곳을 가는 것처럼 자연스럽게 계단을 올라갔다. 건물의 이층에는 흰 문이 하나 있었다. 손잡이를 잡고 돌렸다. 의외로 쉽게 문이 열리고 열린 문 안으로는 상자가 잔뜩 쌓인 방이 보였다. 그 방은 어지럽지는 않았지만 그렇다고 정리되어 있지도 않았다. 상자들은 이삿짐처럼 노끈에 묶여 있는 것이 몇 개 있었지만 대부분은 텅 빈 상자였고 상자가 놓인 바닥에는 시멘트 가루처럼 보이는 가루가 묻어 있었다. 나는 다시 문을 닫고 나와 발을 털고 현관문 옆에 앉았다. 이 집은 숨기 좋아 보이는 곳이었다. 들키지 않을 것 같았다. 이봐, 누구에게 몸을 숨기고 싶니? 이 집은 대체 누군가로부터 도망치기 좋은 곳이니? 혼잣말이라기보다 허공의 누군가에게 말하듯이 천천히 정확하게 물었다. 남자가 내 목을 깨물었다, 작아진 이로.

　남자에게 졸리냐고 묻고 피곤하냐고 묻고 배고프냐고 물었다. 드물게 많은 것을 물었다. 몸이 작아지면 컸을 때보다 쉽게 피곤해질지도 몰라 금방 배고파질지도 몰라 그런 생각으로 물어보았다. 작은 새끼들은 갓난이들은 짐승들은 약하고 돌봐줘야 하잖아. 그러니까 물어보고 살펴봐야 한다. 나는 다시 문을 열고 들어가 상자 몇 개를 치웠다. 그 자리에 누워보았는데 바닥의 시멘트 가루와 노끈이 눈에 들어오자 왜인지 불안해져 벌떡 일어나 문을 열고 나갔다. 마치 누가 쫓아오는 것처럼 급하게 문을 열고 뛰쳐나갔다. 손안의 남자가 내 손목을 힘주어 붙들었다. 문 앞에 앉아 남자를 바라보았다. 정말 안 졸려? 묻고는 아주 작아진 남자를 껴안았다. 계단에 기대어 묻는다. 지금 이런 걸 물으면 안될 것 같지만 물어. 오늘은 무슨 일인가가, 어제는 무슨 일이? 어딘가의 사람들에게 말야, 어떻고 어떤 일이? 나는 대답을 들으려 남자를 어깨에 얹었고 남자는 내 목을 잡고 속삭인다.

어제는 말야.
응.
내가 작아졌어.

나는 내 목 근방에 있는 새끼 짐승 같은 남자를 만졌다. 작아진 남자는 어디서부터 어디까지가 머리인지 어깨이고 팔이고 발은 어디 얼마나 작니. 더듬거리며 만졌다. 어제는 남자가 작아졌고 내가 온몸으로 알아야 할 사건은 그것이었고 나는 이제 작아진 몸과 친해져야 해 나는 천천히 만지고 또 만진다 남자를.

남자를 어깨에 얹은 채로 다시 문을 열었다. 쌓여 있는 상자를 살피다 몇 걸음 더 들어가보았다. 몇 개의 문이 보였다. 하나는 화장실 하나는 다른 방 하나는 또다른 방, 모든 것은 긴 복도와 의외의 벽으로 연결되어 있었다. 여긴 정말 숨기 좋은 곳이네 생각하다 가장 가까운 곳에 있던 문을 열었다. 그곳은 좁은 방이었는데 역시나 상자가 쌓여 있었고 몇 권의 책과 쌀과 밀가루가 있었다. 그 옆에 공책도 몇 권 있었다. 정말로 누군가가 대피하기 위해 만든 집 같았는데 좀더 대피하기 좋은 곳을 이 집 지하나

이 집과 연결된 근처의 집에 설계해놓고 이 집에서는 물품만 나르는 것처럼 보였다. 그러므로 이곳은 대피를 준비하거나 돕는 곳이며 결국 숨어 있기 위한 곳이었다. 어깨의 남자를 무릎에 앉혔다. 그래, 어제는 네가 작아졌어 하지만 나는 이제 너를 숨겨줄 수 있다. 아주 잘 숨겨줄 수 있어. 어제 무슨 일이 일어났더라도 오늘 아침에 무슨 일이, 그리하여 결국에 일어난 일이 네가 작아진 것이어도 또다시 결국에 너를 잘 숨겨줄 수 있어.

나는 문득 남자는 숨기 위해 자꾸만 새로운 길을 보여주는 것이 아닌가 더욱 잘 숨기 위해 작아진 것이 아닌가 하는 생각이 들어 남자를 다시 쳐다보았다. 정말 작네, 이렇게 작으니 너는 잘 숨을 수 있을 거야. 모든 길을 걷다 가장 숨기 좋은 곳으로 나를 끌고 가 천천히 내 몸으로 들어와 숨을 수 있을 거야. 우리는 매일 질문을 하고 모든 골목을 걷고 알 수 없는 모퉁이를 돌다보면 정말로 언젠가는 숨을 곳을 찾게 될 것이다. 숨으려 했던 것인지 무엇을 하려 했던 것인지도 알 수 없었지만 작아진 남자는 눈을 깜빡이고 있었고 나는 남자에게 속삭였다. 너는 가장 잘 숨는 사람이 되어 가장 잘 대답해주는 사람으로 살아갈 수 있을 거야 하고.

낯선 곳은 무척 무서웠지만 무슨 일이 일어나도 남자를 어딘가에 내 몸 어딘가에 숨겨버릴 거야 하는 의지로 무의미하게 공포를 참는 시간을 보냈다. 숨기 좋은 집에서 숨겨주기 좋은 몸이 되어 숨기 편하게 작아진 남자를 안고 있었다. 너는 정말 새끼 짐승 같아 작게 속삭였다. 남자는 강아지처럼 웅크린 채 몸을 살짝 움직였다. 미래를 묻지 않는 이유는 이것이 미래임을 알기 때문이었다. 땅속이든 막다른 골목이든 골목 안 하얀 집이든 숨어들어가 몸을 작게 웅크리자. 그러면 홍수와 테러와 방사능을 피할 수 있을 거야. 방사능은 눈에 보이지 않고 맛도 색도 냄새도 없지만 우리가 이렇게 헤맨다면 피할 수 있을 거야. 강아지 같은 남자의 작은 등에 고개를 묻었다.

작은방의 문에 기대어 얼핏 잠이 들었는데 사람들이 웅성거리며 이야기하는 꿈을 꾸었다. 꿈속의 사람들은 무슨 일이 일어났다고 웅성거렸다. 나는 불안해하며 잠에서 깼다. 꿈에서 깨어 주위를 살폈다. 무릎 위의 남자는 나를 보고 있었고 남자의 표정은 이게 무슨 일이야? 하고 묻고 있었고 상자가 쌓인 빈집은 여전히 빈집이었다. 남자를 안고 빈집을 빠져나왔다.

우리는 왔던 길을 천천히 되짚어 걸어갔는데 몇 개의 집이 사라졌고 빈 공터가 생겼고 거기에는 그네와 미끄럼틀이 있었다. 이것은, 이 빈 공터는 오늘의 풍경이 아닌 것 같아. 일본 음식점은 그대로 있었는데 우리는 점심인지 저녁인지 그 둘 중 어느 것도 아닌 식사를 그곳에서 하기로 했다. 나와 너는 카레를 먹기로 하고 식당 안을 바라보았다. 레이스로 된 커튼이 있었고 섬세함과 아기자기함이 가게 안을 채우고 있었다. 어제는 남자가 몸이 작아졌고 고리원전에서는 사고가 일어났고 사람들은 부산을 제2의 도시라고 하는데 원전은 부산에도 있어 해운대와 아주 가깝게 (그것은 마치…… 마치…… 신세계백화점처럼!). 일 년 전에는 후쿠시마 원자력발전소에서 폭발사고가 일어났고 이 일은 과거 현재 미래 모든 시제를 포함하고 그것을 말해준 남자의 몸이 작아진 것은 우연한 일이었고 그 밖에 많은 일들은 우연히 일어나지만 그 많은 것들에 들어가는 것은 무엇일까라고 질문을 던지면 우연을 남용하지 말라고 대답하는 것은 우연 그 자신이었다. 이제 나는 우연이라는 말을 쓰지 않기로 다짐하며 걷는다. 서울의 모든 일본 음식점은 정말이지 관광 기념엽서 같아서 그런 곳이 실제로 있을 것임은 분명하지만 멀고 아득하기만 했다. 무엇을 기념하려는 걸까 실제로 있을 것이 분명한 섬세함과 아기자기함, 단정함과 선명한 색의 기모노, 군더더기 없는 편집의 잡지와 책 하라 켄야가 만든 것들과 그것들이 놓여 있는 모든 테이블, 의자와 가게, 장소와 앉을 곳들 공간과 팔을 기댈 곳 그런 것들은 일본은 아닌 머나먼 다른 어떤 곳에 있을 것 같았다. 일본이라고 하는 곳은 아니지만 일본이 아닌 다른 어떤 곳도 아닌. 나는 입에 머금은 물을 남자의 입에 흘려넣어주었다. 컵은 커다랗지. 네가 쥐기 힘들지? 남자는 숨을 헐떡이며 물을 받아마셨다. 주인은 카레를 테이블 위에 놓아주고 나는 허겁지겁 먹다가 후후 불며 카레를 식힌 후 남자에게 먹여주고 남자는 앗 뜨거 하고 외치고 놀라고 후후 불고 그러다보니 카레는 식고 그러자 우리는 조금 편하게 카레를 먹고 숟가락을 내려놓고 주위를 둘러보면 이곳은 분명한 일본 가정식 음식점, 섬세하고 아기자기하고 레이스 커튼이 있으며 군더더기 없이 단정한 테이블보와 그에 어울리는 흰 접시와 나무로 된 숟가락과 유리컵.

남자가 냅킨을 들고 폈는데 얼굴을 가리고도 한참 남았다. 접시는 금세 비워졌고 다 먹었어? 다 먹었어 우리는 물을 마셨다. 우리는 계산을 하고 일어나 식당을 나와 다시 걸었다. 남자는 내 목을 안은 채로 내 어깨에 앉아 있었고 나는 어깨에 닿는 남자의 발을 툭툭 치며 걸었다. 집에 다다르자 파란색 간판의 슈퍼는 다시 원래 자리로 돌아와 있었고 나는 슈퍼에서 치즈가 든 크래커를 샀고 우유도 샀다. 나는 크래커와 우유를 버리고 남자만을 꼭 끌어안고 왔던 길을 되짚어 뛰어가고 싶어졌다. 손에 든 비닐봉지를 바라보다 이것은 쉽게 버릴 수 있어 나는 버리고 달려갈 수 있어 생각했다. 일본어로 된 간판을 단 식당 문을 열고 들어가 카레를 주세요! 소리를 지르고 싶었는데 그러고 나서는 삼층의 하얀 건물을 다시 올라가서 그곳에서 몸을 웅크린 채 숨어 있는 것을 하고 싶었다. 그러지 않고 비닐봉지를 든 채로 곧 사라질 저편을 바라보다 집으로 돌아왔다. 여전히 남자를 끌어안고서.

어두운 곳이 있고 밝은 곳도 있던 방은 전체적으로 어두운 방이 되었고 나와 남자는 함께 씻고 남자는 다시 하반신 전체를 내 질 안에 집어넣고 나는 세면대를 붙잡은 채로 몸을 웅크리고 남자는 나의 음모와 허벅지를 붙잡는다. 나는 앓는 소리를 내고 잠시 후 우리는 다시 씻고 수건으로 몸을 감싼 채로 나와 이미 깔려 있는 이불 위에 눕는다. 하루가 끝나가고 있어. 우리는 오늘도 질문을 하고 골목을 걸었다. 우리를 감싸는 것은 커다란 샤워용 수건이고 요는 건조하고 이불은 포근하고 공기는 평화롭다. 나는 참지 못하고 또 묻는다. 어제 무슨 일이 있었더라. 네가 작아졌고 나는 그대로고 나는 그 사실을 잘 알고 있지만 마치 이게 나의 할 일이라는 듯이 참지 못하고 또 물었다. 작아진 남자는 천천히 내 어깨까지 기어올라와 젖어 있는 내 머리카락을 잡아 당기는 장난을 치며 말해줬다. 어제는 고리원전에서 사고가 일어났고 사람들은 그 사고를 한 달이나 감췄고 그러니까 엄밀히 말하자면 그것은 어제 일어난 일이 아니고 어제 알게 된 일인데 고리원전이라는 것은 부산에 있다 너 부산 아니 부산에 아주 큰 신세계백화점처럼 크고 환한 고리원전이 있다 어쨌거나 그보다 일 년쯤 전에는 일본에서 큰 지진이 일어났고 지진이 일어난 곳은 도호쿠·간토 지방이었고 곧이어 쓰나미가 들이닥쳤으며 이어서 후쿠시마 원자력발전소에서는 폭발이 일어났고 당연하다는 듯이 후쿠시마 원자력발전소의 시스템은 붕괴되었다. 나는 그것을 아는데 내가 그것을 아는 이유는 방금 전 남자에게 묻고 또 묻고 남자의 이어지는 대답을 들어서. 남자가 그것을 알고 있는 이유 역시 내가 묻고 또 물었으니까! 그리고, 그리고 또 무슨 일이 있었어? 남자는 그것에 관해서라면 아주 할말이 많다는 표정을 하고 있었다. '어제는 말야……' 하고 입을 떼고 무언가 말하려다 왜인지 곧 관두어버렸다. 남자는 그런 표정을 하고 남자의 오른편 배경으로는 할말이 많아! 하고 외치는 말풍선이 떴다 사라졌다. 나는 남자의 표정과 멀리서 나타났다 사라지는 남자의 말을 바라보다 커다란 수건으로 남자를 안고 있는 나를 꽉 묶었다 풀었다. 남자는 작게 소리를 지르고 나는 깔깔거리며 웃었다. 그러고 보니 우리는 둘 다 맨몸이잖아. 그럼 뭘 하면 좋나,

뭘 하면 좋나 그런 생각 안 하고 할 수 있는 게 좋지. 남자는 내 몸 위로 기어올라와 내 가슴 위에 엎드려 누웠다. 어제 아주 많은 일들이 있었고 오늘 우리는 이것저것을 했다. 그보다 더 전에도 아주 많은 일들이 있었고 그러므로 나는 앞으로도 아주 많은 일들이 있을 것이라는 것을 자연히 알게 된다. 주위를 살폈는데 나는 숨을 쉬고 내 몸 위의 남자도 내 가슴 위에서 나의 호흡에 맞춰 오르락내리락하고 있다. 너는 내 몸에 친해졌어? 내 가슴이 얼마나 커다래 보이니? 남자와 나는 조금 쓰다듬고 잠시 깨물다가 남자의 몸은 작아서 조금만 깨물어도 전체를 깨무는 것이 되고 나는 나의 부주의를 깨닫고 우리는 다시 껴안고 가만히 있는다. 남자는 내 가슴 사이에서 졸린 표정을 하고. 그리고 남자는 잠이 들고 남자는 늘 언제나 나보다 먼저 잠이 들고 그것은 어째서야? 나는 이미 잠든 남자에게 묻지만 이 대답은 지금 들을 수 없어. 왠지 나중이 되어도 답을 들을 수 없는 질문이며 영영 답을 몰라도 좋을 질문일 것이다. 답은 많을 수 있지만 가끔 없는 것도 괜찮고 나는 네가 늘 언제나 먼저 잠들어도 그 이유가 아주 궁금하지는 않을 것이다. 그리고 나도 당연하다는 듯이 잠이 들고 네가 가슴을 깨물면 그걸 신호처럼 여기고 잠에서 깨어날지도 모른다. 그런 이야기를 속삭이며 수건을 빼서 의자에 걸어놓고 이불을 덮는다.

어제는 남자의 몸이 작아졌고 고리원전에서 사고가 일어났다는 게 밝혀졌고 그보다 일 년쯤 전에는 사월에 눈이 내렸으며 일본에서는 큰 지진이 일어났고 지진 후에는 쓰나미가 몰려왔으며 그다음에 일어난 일들은 무얼까. 가끔 일본 음식점은 박물관처럼 보이고 어쩌면 박물관이 틀림없어요. 기념엽서이자 박물관이자 팸플릿 같은 것들. 일본 음식점이 기념엽서 같다면 그 기념엽서로 벽을 채워볼까. 벽에 기념엽서를 붙이고 또 붙여볼까. 기념엽서로 채워진 벽은 기념엽서로 채워진 벽이라는 의미뿐이다. 그래도 계속해볼까. 그게 무엇인지 끔찍하게 후회를 하든지 손뼉을 치며 감동하든지 기념엽서를 계속 붙여볼까. 그러고 나서 모두들 숨기 좋은 곳을 만들고 그곳에 숨고 숨죽이며 기도하고 나는 마치 이 모든 것을 알고 있었다는 듯이 숨겨주기 좋은 몸이 되어버렸다. 나와 남자가 잘 아는 것은 어제 일어난 일들과 오늘 아침의 일들. 우리는 매일 오후에 지난 일들을 묻고 답하며 밝거나 어두운 방 안에 앉아 있거나 누워 있다. 그것은 우리의 미래를 말해주고 우리는 또다시 숨기 좋은 곳을 향해 헤매기로 한다. 그 이후에도 우리에게는 많은 일이 일어났는데……

나는 잠자리에 들고 고개를 돌려 먼저 잠이 든 남자를 바라보며 너는 왜 늘 먼저 잠이 드니 생각하다 잠이 든다. 다음 오후에도 우리는 어제 일어난 일을 묻다 집을 나설 것이다. 걸을 것이다. 오른발을 먼저 내밀어. 아니다 왼발을 먼저 내밀어. 아니 다시 오른발인가 왼발인가를 내밀어.

옮겨 적어둔 것들

『녹색평론』에 실린 글 중 몇 개를 일기에 적어두었다.

'내게는 어둠에 견디는 사상이란 허식 없이 엄격하고 극히 인간자립적인 것이어야 한다는 예감이 든다.'

— 마쓰시타 류이치, '어둠'의 사상

'일본의 어떤 반핵 운동가가 원전이 가동중인 지역의 주민들을 모아놓고 강연을 했는데, 나중에 질의 시간에 그 지역에 사는 중학교 여학생이 말하더래요. 자기와 또래 친구들은 원전 주변에서 나서 자랐기 때문에 나중에 시집가는 것도 어려울 것을 알고 있다. 부모들한테는 그런 말 안 하고 있지만 자기들끼리는 그런 애기 나누면서 한탄하고 있다. 원전이 그렇게 위험한 것을 알면서 왜 어른들은 결사적으로 반대를 하지 않느냐 그런 말을 하면서 울더라는 거죠.'

— 원자력 관련 대담 중 일부

『녹색평론』에 실린 글은 아니지만 다른 책에 실린 김종철의 대담 중 몇 개도 적어두었다.

'가마나카 감독은 이라크뿐만 아니라 미국 서북부 햄퍼드라고, 원래 핵무기 처음 만들었을 때 원자로를 가동했던 지역에도 가보고 미국 사람들이 방사능 피해를 입고 있는 모습들을 생생하게 목격했습니다. 그래서 가마나카의 결론이 뭐냐 하면, 이제 세계 전체가 피폭지대라는 겁니다. 우리 모두가 전부 히바쿠샤(피폭자)라는 거예요.'

위의 '우리 모두가 전부 피폭자'라는 것은 옮겨 적어둔 것 중 하나이다.

박솔뫼를 위한 예언은 없을 것이다

박인성

경험 없는 세대가 맞이한 파국 이후의 세계란 어떤 것일까? 박솔뫼는 명징한 답변도, 미래를 맞이하기 위한 예언도 아니라, 끊임없이 불충분하며 불만족스러운 질문의 형태로만 의미를 가지는 이야기를 그려냈다. 여기에 아주 사적이고 사소하지만 친밀한, 젊은 남녀 한 쌍이 구축한 '매일 오후'의 시공간이 존재한다. 매일 오후에 그들은 재미있는 이야기를 하거나, 목적 없이 외출을 하거나, 그저 의미 없는 질문을 주고받을 것이다. 바로 어제 다람쥐처럼 작아진 남자와, 그런 남자와 자신의 어깨 위에서, 손안에서, 혹은 질 속에서 함께하는 여자는 이미 지나간 어떤 것들 앞에서도 크게 놀라지 않고 낙담하지도 않는 최소한의 세계, 왜소화된 자아와 최소한의 접촉으로써만 영위되는 삶의 공간에 스스로를 정위하고 있다. 문제는 남자가 작아졌다는 비

현실적인 설정이 아니라, 그러한 변모 자체가 어떤 경험도 아니며, 그렇기에 미래에의 예언으로도 이어지지 않는 그들이 처한 불모의 상황 그 자체다.

경험이 없다는 것은 이를테면 "내가 궁금해하는 것은 어제의 일 엊그제의 일, 최근이라면 오늘 아침의 일이었다. 앞으로 무슨 일이 생길지에 관해서는, 글쎄. 크게 궁금해하지 않았고 궁금해지지 않는다"라는 것과 같다. 흥미롭게도 이 소설의 초반부 몇 개의 문단은 "어제는" "작년에는" "엊그제는"과 같은 단어로 시작하며 지나간 과거에 이미 벌어진 사건들에 대하여 연속적으로 서술하고 있다. 그러나 그 차례로 서술되는 사건들은 어떤 인과성을 지닌 것도 아니고 시간적으로 선형적인 것도 아니다. 단지 이미 지나갔다는 공통성 속에 그 과거들의 단순 나열에는 오히려 기묘한 동시성, 혹은 극단적인 무시간성이 있는 것이다. 이 과거의 사건들은 이미 지나간 것이고 과거시제로 쓰일 수밖에 없는 것이지만 그 과거시제의 사용에 "목이 막혀 캑캑거리며" 그것을 굳이 현재시제로 고쳐 말하는 시도 속에는 근본적인 시차(時差)의 무화(無化)가 있다. 중요한 것은 일종의 대과거(大過去)들 사이의 질적인 격차가 아니라 얼추 '최근'이라는 표현으로 대변되는 시간의 봉합이다. 그러므로 "미래를 묻지 않는 이유는 이것이 미래임을 알기 때문이었다"와 같은 표현에는 일종의 영원회귀의 일상이 암시된다. '미래는 이미 와 있다'라는 종류의 낙관적인 표현이 아니라, 더이상 아무것도 새롭게 오지 않을 때 '미래는 이미 현재다'라는 종류의 무력한 앎의 차원인 것이다.

박솔뫼의, 문장이 되지 못하는 문장들을 주의깊게 읽어야만 하는 이유가 바로 여기에 있다.

나는 많은 날들과 시간들을 겪어왔다. 그래서 알게 된 것들이 있다. 그것은 늘 헤매더라도 같은 길을 걷고 또 걸으면 그 길은 헌 길이 되고 새 길이 되기는 힘들고 이, 골목이라고 부르는 것을 지나면 대개 큰길이 나온다는 것이다. 그런 것들을 알게 되었다. 그런 것은 믿거나 주장할 것은 아니고 그렇구나, 하며 길이 헌 길이 되는 것을 지켜보거나 하게 되는 것이었다.(260쪽)

"믿거나 주장할 것"이 없는 순간, 삶은 경험을 상실한 체험으로 전락한다. 앞으로 일어날 일들은 이미 일어난 일들과 다르지 않으며, 그러므로 믿거나 주장할 것이 아니며, 동시에 예언조차 할 수 없는 종류의 것이다. 소설 속에서 언급하듯 이미 일어난 사건들은 홍수·지진·원자력발전소 폭발사고와 같은 거대한 파국, 종말의 징표들이지만, 오히려 진정한 파국은 그 압도적인 사건들의 격차가 무화되는 영원회귀의 '매일 오후' 그 자체라 할 만하다. "길이 점차 헌 길로 바뀌었고 예기치 않은 일들은 사라진 시간이었다." 그것은 시간상의 격차뿐만 아니라, 크기의 격차조차 무화되는 시간-공간이지 않은가. 작품 전반에 걸쳐 직접적으로든 간접적으로든 "갑자기 일어난 모든 커다란 어떤 것들"과 '그'가 작아진 사건 사이에는 근본적인 격차가 존재하지 않는다. 거대한 규모의 파국은 이미 벌어진 일이며, 더이상 온전한 불가지도 우연성도 존재하지 않는 이후의 세계에서, 살아보지 못한 시간으로서의 미래에 대한 예견이란 역설적으로 불가능하다. "그러니 이제 새로운 것을 미래의 것을 말해주지 않아도 괜찮다"라는 명랑성 이면의 깊은 체념에는 스펙터클로서의 거대한 파국보다 내밀한 영원회귀로서의 파국이, 편재하거나 내면화된 파국이 더욱 압도적으로 체감된다.

이 작품이 그려내는 최소화된 삶의 순간, 그들의 '매일 오후'는 영원히 반복되는 파국에 처한 반(反)-미래이며, 이미 사라진 어떤 것들을 대신하는 종류의 대체된 삶-순간들이다. 그렇기에 이야기를 서술하는 그녀와 작아진 그와의 접촉으로만 이루어지는 관계는 아무리 일상 속에서도 거의 분리되지 않을 정도의 친밀감으로 이루어져 있을지언정, 여기에 진정한 의미에서의 삶의 서정이란 불가능하며 그들은 피할 수 없는 불안에 맨몸으로 노출되어 있다. "꿈속의 사람들은 무슨 일이 일어났다고 웅성거렸다. 나는 불안해하며 잠에서 깼다." 여전히 무언가가 벌어질지도 모르는 예기치 못한 미래에 대한 불안은 꿈속에서나마 존재할 뿐이지만, 오히려 아무것도 벌어지지 않는 삶의 순간들, 그들의 산책과 웃음과 대화는 사실 보다 근본적인 불안을 감추기 위한 겹겹의 제스처들에 불과한 것은 아닐까.

미니멀리즘과 영원회귀로 이루어지는 플롯(의 무력화) 속에서 박솔뫼는 무엇도 온전히 재현할 수 없음을 잘 알고 있다. 그리하여 소설의 문장들은 이미 발화하면서 망설인다. "웃다가 갑자기 몸이 작아진 네가 사람이 아니라 그렇다고 동물도 아니고 아주 이상한 것이라고 해도 너를 깔아뭉개는 것은 잘못이다." A도 아니고 B도 아닌, 온전히 사물에 이름을 붙이지도 이것과 저것을 접합시키지도 못하는 지점에서 그녀의 문장은 서성인다. 마찬가지로 불분명한 그녀의 말들과 작아진 그의 몸은 그렇게 서로를 비비고 접촉하면서도 온전히 서로를 보완하지는 못한다. 이를테면 여기에서 그려지는, 인간학의 문턱에서 멈춰 선 징후적인 몸-언어-공간은 유토피아도 아니고 디스토피아도 아닌 일종의 헤테로토피아(heterotopia)가 된다. 인간이 온전히 인간의 형상이 되지 못하는 지점에서 언어 역시 그 문법성과 지시성을 상실하게 될 것이다.

재현의 법칙이 굴절되는 공간성, 몸체, 사건 들이야말로 박솔뫼가 발화하고 있는 종류의 '문장이 되지 못하는' 언어와 상동적이다. 박솔뫼가 이 작품에서 보여주고 있는 거대한 파국의 징표, 과거와 함께 지나간 현실의 정체성 너머에서 별안간 최소화되어버린 인간의 형상이자 언어로서 문제적인 시공간은 여전히 명징하지 않다. 현실의 재현 역시 불완전한 순간에 이것과 저것은 온전히 구분되거나 이름 붙여지는 것이 아니라, 이것일 수도 있고 그것일 수도 있다. 그러니 그와 그녀의 대화 역시 일종의 비선형적인 순환 속에서 길을 잃는다. "나는 앞으로도 아주 많은 것들을 물어볼 예정이고 너도 대체로 대답을 해줄 것이라는 것과 물어보았던 것도 또 물을 것이고 그렇다면 대답이라는 것도 또 해야 한다는 것이다." 선형적인 인과관계가 무화되는 일종의 역설이 아무렇지도 않게 통용되는 순간, 그와 그녀 사이의 대화는, 관계는 끊임없이 그 결말을, 어떤 종류의 인간학적인 응답을 유예한다.

"그러니까 물어보고 살펴봐야 한다"라는 너무나 당연하고 사소한 전언이야말로 이 소설에서 소중하다. 아무리 최소화된 인간 형상일지라도 그녀는 작아진 그를 혹시라도 뭉개버리지 않기 위해서 노력한다. 작아진 그가 그럼에도 인간이라서가 아니라, 단지 인간도 아니고 동물도 아닌 그가 그녀에게는 이상하지 않았기 때문에. 그의 비밀을 폭로하고 응답을 듣는 것이 아니라, 그에게 몸을 내어주고 그가 잠들기를 기다렸다가 응답 없는 질문을 계속하는 것은 영원회귀의 파국 속에서 가능한 최소한의 제스처일뿐일지라도 극도의 수동성을 넘어선, 포기할 수 없는 정념으로 여겨진다. 그녀는, 그가 작아진 어제를 대과거로, 무시간적인 과거로 흘려보내지 않기 위해 계속해서 그를 품으려 하고, 더이상 연인도 그렇다고 그녀의 아이도 아닌 그 또한 그녀의 육체 내밀한 곳에 존재의 터를 잡기 위해 노력하는 것이다. 그것은 어떤 종류의 경험이, 될 수는 없을까?

애초에/여전히 필요하고 가능한 것은 예언이 아니라 질문인 듯하다. 그리고 서로를 품고 있는 순간 맨몸의 연인만큼이나 경험 없는 세대인 우리 역시 맨몸으로 어떤 예언도 없이 어느 순간에 갑작스럽게 닥쳐올 급진적인 위험에 무방비로 스스로를 노출시킬 필요가 있다. "우리에게 예언은 앞으로도 없을 것이다." 이것은 경험 없는 세대가 맞이한 미래 없는 미래 앞에서 가능한 최대치의 응답일지도 모르겠다. 마찬가지로 박솔뫼를 읽는 이들에게 그녀의 소설을 지나간 과거로 흘려보내는 파국의 응답이나, 미래의 새로움을 추출하려 하는 예언의 욕망은 실패하거나 유예될 것이다. 여전히, 온전히 다 하지 못한 질문의 형태로 그 문장들이, 박솔뫼의 소설들이 존재하기 때문이다. 그리고 어떤 종류의 경험이란, 아직 오지 못한 응답 속에 있을 터이다.

박인성
서강대 국문과 졸업. 동대학원 박사과정 재학중.
2011년 경향신문 신춘문예에 평론이 당선되어 등단.

2013 제4회 젊은작가상

심사 경위

심사평

심사위원 권희철 김인숙 김화영 남진우 성석제 신수정
선고위원 박인성 신샛별 이소연 이재원 이학영 정실비 황현경

다시, 봄이다. 새로운 기운이 싹트는 계절에 '젊은작가상'을 발표한다는 것이, 새삼스럽다. 등단 십 년 이내 작가들이 지난 한 해 발표한 중단편들을 대상으로 하는 '젊은작가상' 역시 그 사이 네번째 봄을 맞았다. 지난 일 년간 발표된 수많은 작품들을 모두 검토하는 즐거운 노고는 이번에도 젊은 비평가들의 몫이었다. 2012년 계간 『문학동네』의 '리뷰 좌담' 코너를 맡아준 신샛별, 이소연, 이학영, 정실비씨, 2013년에 같은 코너를 맡아준 박인성, 이재원, 황현경씨, 총 일곱 분이 그들이다. 긴 시간 논의 끝에 총 열여섯 명 작가의 열여섯 편의 작품이 추려졌다.

권희철, 김인숙, 김화영, 남진우, 성석제, 신수정 이상 여섯 분이 모여 1월 25일에 본심을 진행했다. 수상작에는 들지 못했지만 이수진, 최진영, 김엄지, 황현진 등 등단 이삼 년 이내의 '젊은’ 작가들의 작품이 다수 포함되어 있어, 과연 ‘젊은작가상’답다는 인상이 지배적이었다. 여섯 심사위원들이 짧게 또 길게 나눈 의견들도 크게 다르지 않았다. 젊은 작가들의 신선한 작품들이 눈에 띄었다는 것, 이를 우리 독자들이 어떻게 읽어줄지가 또 궁금하다는 것.

지난해 대상을 수상한 손보미, 독자와 평단의 지지를 고루 받고 있는 황정은, 그리고 재작년 첫 소설집을 내고 꾸준히 좋은 작품을 선보이고 있는 정용준, 세 사람은 ‘젊은작가상’ 2회 수상의 영예를, 독특한 자기만의 세계를 구축하고 있는 이장욱, 김미월 두 작가는 3회째 수상의 영예를 안게 되었으며, 실험정신이 돋보이는 박솔뫼를 이 지면을 통해서는 처음 선보이게 되었다.

올해 대상작을 눈여겨보아주기 바란다. 대상 수상작인 김종옥의 「거리의 마술사」는 작가의 2012년 신춘문예 등단작이다. 등단 첫해, 그것도 등단작으로 ‘젊은작가상’ 대상 수상작을 결정하면서, 심사위원들 역시 놀라지 않을 수 없었다. 이 또한 ‘젊은작가상’만이 가질 수 있는 힘인 동시에, 신인만이 가질 수 있는 힘일 것이다. “이야기되는 것이 거의 불가능해 보이는” 것들에 대해, 이 작가가 앞으로 또 어떻게 자신만의 미묘한 분위기로 그려내 보일지가 더욱 기대된다.

권희철(문학평론가)

　김종옥의 「거리의 마술사」는 학교 폭력과 '왕따' 문제를 다루며 한 학생의 자살 혹은 사고사의 주변을 파헤치고 있다. 최근 우리 사회에서 중요한 이슈로 떠오른 문제를 날렵하게 포착하고 있다는 점이 대번에 눈에 들어오지만 이 작품의 미덕은 현장 보고를 뛰어넘는 섬세함과 진지한 성찰에 있는 것 같다. 사건과 관련해 이뤄진 면담에서 희수가 말한 것과 말하지 않은 것, 어른들에 대한 불신 때문에 말하지 못한 것과 그럼에도 말하고 싶었던 것 들이 미묘하게 엇갈리며 상담실의 긴장된 공기를 손에 잡힐 듯 보여준다. 김종옥의 다른 작품들, 예컨대 「방학식」과 「추석 전야」 같은 소설에서도 확인할 수 있지만, 이야기되는 것이 거의

권희철

불가능해 보이는 어떤 미묘한 분위기를 그려 보이는 것이 이 작가의 독특한 매력인 것 같다.

학교 폭력의 이면에 대한 성찰이 지나치게 관념적이라는 느낌이 들 때도 있지만 상담실의 긴장감이 진지한 성찰에 충분히 몰입하게 만들어주고 있어 결점이라고 생각되지는 않는다. 「거리의 마술사」가 우리를 인도하는 생각들은 대략 이런 방식으로 정리될 수 있을 것이다. 학교 폭력은 물론 그 자체로도 문제다. 하지만 그 폭력을 구성하는 어떤 전도가 보다 심각한 문제인지도 모른다. 우리가 어떤 '무리'를 지을 때 어떤 실정적인 내용도 제시하지 않고 그 무리를 긍정할 수 있는 방법이 있다. 무리 안으로 들어오지 않은 이질적인 소수를 부정적인 것으로 간주하면 무리는 긍정적인 것이 된다. 우리가 아닌 네가 나쁘다, 그러므로 우리는 좋다. 그것은 속임수일 뿐이지만 속임수가 반복되면서 어떤 전도가 일어난다. '우리 아닌 것은 나쁜 것, 그러므로 우리는 좋은 것, 그런데 나쁜 것을 나쁘게 취급해주는 것이 뭐가 문제란 말인가' '왕따를 당하는 녀석들에게는 그럴 만한 구석이 있다'고 말하면서 피해자에게 사태의 책임을 떠넘기기. 스스로 구성한 속임수에 걸려들어 뭐가 뭔지도 모르게 돼버리는 것이 학교 폭력에 참여하는 아이들의 윤리적 상황이다(이 속임수를 가해자들에게 되돌려주는 것이 소설 속 남우―마술사의 역할이 아니었을까?). 어떤 의미에서는 이 윤리적 혼란에 빠진 가해자들이야말로 도움이 필요한 아이들이다. "악은 악을 바라보는 그 눈 속에 있다"의 새로운 사례처럼 보이는 이런 분석들이 인상적이었다.

한 가지 덧붙이자면, 방금 인용한 문장은 소설 속의 문장이기도 하지만 헤겔의 '아름다운 영혼'을 이데올로기 비판에 적용하는 슬라보예 지젝의 문장이기도 하다. 또 이런 사례도 있다. 우리가 별다른 계획 없이 모였다가 흩어지곤 할 때 "누군가(신을 가리킨다―인용자)는 항상 그 숫자를 세어두지 않았을까? 그 숫자를 기억하는 누군가가 항상 어딘가에 있지 않을까?"라고 묻는 것은 소설 속 희수의 물음이기도 하지만 정신분석학이 참조하는 구조주의언어학의 가르침이기도 하다. 작가가 이들 이론에 대한 성실한 독자라는 점을 지적하려는 것이 아니다. 작가가 어떤 이론에 매료되어 소설 안에서 그 점을 자주 노출시키는 것은 장점이기보다 오히려 단점이 될 때가 많다. 그런 요소들이 소설에서 노골적으로 드러나버리면 거부감이 들기조차 한다. 그런데 「거리의 마술사」에서 저런 문장들은 인물들의 생각과 대화 속에서 매우 자연스러운 모양을 하고 적절한 위치에 배치되어 있어 자세히 들여다보지 않으면 특별히 지적하기도 어렵다. 작가가 진지한 독자로서 어떤 이론을 인용하고 있다기보다 그런 이론의 가르침을 따라잡고 소설적으로 소화하고 있기 때문일까. 이 대목에서 「거리의 마술사」는 조금 위태로워 보이기도 하지만 그것이 이 소설이 가진 묘한 긴장감을 구성하는 동력인 것 같기도 하다. 철학과 소설 사이에서 이 신예 소설가가 보여주는 곡예가 나는 즐겁다.

손보미의 「과학자의 사랑」은 그녀의 소설이 언제나 그렇듯 대단히 정교한 이야기의 구조를 갖추고 있는데, 그 촘촘한 이야기는 이상하게도 가장 결정적인 대목을 말하지 않고 그것은 말해지지 않은 덕에 더욱 강렬한 방식으로 전달된다. 과학자 고든 굴드가 끝내 알아차리지 못한 것은 두 가지다. '우아한 수식'을 완성하는 데 끝내 방해요인처럼 보였던 백억분의 일의 오차야말로 실은 그가 발견한 최고의 과학적 진리라는 것. 그리고 비비안 굴드의 남편으로서의 삶을 완성하는 데 끝내 방해요인처럼 보였던 에밀리 로즈의 유혹은…… 이 말줄임표를 채워넣으면서, 자신의 감정에 대한 오해 속에서 생을 마감하는 고든 굴드의 마지막 편지를 보면서, 내내 마음이 아팠다.

황정은 소설의 매력에 대해 설명하려고 할 때마다 나는 늘 어려움을 겪는다. 그녀의 소설에는 딱히 특별할 것이 없기 때문이다. 황정은의 소설에서 어떤 강렬한 사건이라든가 소설이 다루는 소재에 대한 심도 있는 논평이라든가 정교한 이미지의 전개라든가 하는 눈에 띄는 단단하고 뾰족한 매력을 지적하기는 어렵다. 그럼에도 그녀의 소설을 읽고 나면 가슴이 먹먹해지고 오래 여운이 남는 것은 왜일까? 성급하게 어떤 사건의 추이를 말하려고 하기보다, '일시 정지' 버튼을 실수로 잘못 누른 화면처럼 보일 정도로 삶의 어떤 단면들을 찬찬히 음미하는 작가의 습관 때문일까. 「上行」의 경우가 특히 더 그랬던 것 같다. 적막한 시골 마을 찬 저녁의 한 장면 속에 들어와 있는 듯, 그 장면들에 서 시골 할머니와 도시 청년의 분노 어린 한숨이 새어나오는 듯 했다.

이장욱의 「절반 이상의 하루오」는 '유령적 존재'를 다뤄온 그간의 작가의 작업들의 연속선상에 있는 것처럼 보인다. 우리가 사회적 관계망 속에서 한 자리를 차지할 때, 우리에게 부여되거나 우리 자신이 유지하고자 하는 어떤 속성들 혹은 설명들이 있다. 그것이야말로 '나'를 구성하는 현실적 요소들인데 그러한 속성들 혹은 설명들을 벗어나는 무엇인가를 통해서 자신을 구성하고자 하는 엉뚱한 사람이 있다면 어떨까. 이장욱은 하루오를 통해 그런 삶을 보여주고 있다. 유령적 존재의 이 새로운 사례, 하루오를 규정하는 것들로부터 벗어나 있는 것으로만 이루어진 '절반 이상의 하루오'를 지켜보는 것은 꽤 흥미로운 일이었다.

정용준의 「당신의 피」는 삶이라는 모순을 다루고 있다. 살아가려면 우선 무엇인가를 먹는 일이 필수적인데 무엇인가를 먹는 일은 동시에 우리의 피를 오염시키는 일이기도 하다. 평범한 일상 속에서 이 점은 그다지 문제되지 않지만 투석실의 그로테스크한 풍경 속에서는 갑자기 절박해진다. 신장이 제 기능을 하지 못하는 사람들을 위해 투석기가 피를 맑게 해줄 수는 있지만 피를 맑게 하는 것은 피에 포함된 영양소들까지 제거하는 일이기 때문에 영양을 보충하기 위해 투석중에도 무엇인가를 먹어야 한다. 그런데 무엇인가를 먹는 일이 다시 피를 오염시킨다! 이 모

순의 순환에 대한 포착과 투석기를 매개한 피의 순환의 포착이
서로 호응하며 삶이라는 모순을 성공적으로 이미지화하고 있다.

  김미월의 「아직 일어나지 않은 일」이 가리키는 바는 조금 모
호하게 느껴졌다. 지구 멸망 하루 전날의 풍경을 그리고 있는 이
소설에서 '아직 일어나지 않은 일'은 곧 닥칠 지구 멸망을 의미
하는 것일까. 그렇기도 하겠지만 그게 전부는 아니다. 내일 지구
가 멸망한다면 우리가 간절히 원했지만 이러저러한 사정들 때문
에 미뤄뒀던 그 일을 지금 당장 해내야 한다. 학생 시절 화자는
그 점에 대해서 생각했고, 그래서 어떤 남자에게 사랑을 고백하
는 지구 멸망 하루 전날에 대해 글을 쓴 적도 있다. 그런데 지금
실제로 지구 멸망 하루 전날 바로 그 남자와 함께 있는 와중에
화자는 뭘 하고 있는 걸까? '아직 일어나지 않은 일'이란 바로
이런 대목을 가리키는 것이 아닐까. 지구 멸망 하루 전날이라고
하기에 이 소설이 제시하는 혼란은 지극히 사소한 수준이다. 그
런 잔잔한 표면 아래에 '아직 일어나지 않은 일'들이 잔뜩 깔려
있다. 이 소설은 바로 그것들의 '아직'을 뒤집어놓기를 재촉하고
있는 게 아닐까. 맨 마지막 장면에서 통조림 깡통을 뒤집는 것처
럼 말이다.

  박솔뫼의 「우리는 매일 오후에」는 여러모로 김미월의 「아직
일어나지 않은 일」과 비교될 만하다. 만일 박솔뫼의 소설에 '아
직 일어나지 않은 일'이 있다면 그것이야말로 지구 멸망이다. 맙
소사. 우리는 후쿠시마 시대에 살고 있는데도 마치 백화점이라
는 듯 해운대 가깝게 여전히 원전이 가동되고 있다. 이런저런 사

고를 겪으면서도 말이다. 용케도 멸망은 '아직 일어나지 않은 일'이지만 지금의 조건 속에서는 곧 일어날 것이 확실하다. 「아직 일어나지 않은 일」의 가정은 '내일 지구가 멸망한다면'이고 그 가정의 진리는 '아직 일어나지 않은 (간절히 원했던) 일'이 일어나게 해야 한다는 것이다(그러나 실은 이 '재촉'이 무력화될 것이라는 체념이 이미 포함되어 있는 것 같다). 「우리는 매일 오후에」는 그와 반대다. 여기서의 가정은 '지금의 조건이 유지된다면'이고 그 가정의 진리는 무기력한 혼돈 속에서 머지않아 파멸을 맞이하게 되리라는 것이다. 최근 수년 동안 지속적으로 확인되는 재난과 파국의 상상력의 새로운 버전들을 관찰하는 일이 흥미로웠다.

김인숙(소설가)

예심에서 올라온 작품은 총 열여섯 편이었다. 젊은 작가들의 열여섯 편 작품을 읽는 동안 마음이 내리 행복했다. 문학에 있어서 젊다는 것이 작가의 나이나 등단 연도를 일컫는 것은 결코 아닐 터이다. 나는 '젊은 작가'들의 작품 이전에 '젊은 작품'들에 반했고 그들이 내게 준 풍성한 매력에 매료되었다. 그중의 어떤 작품을 올리고 어떤 작품을 떨어뜨린다는 것이 내게는 결코 쉬운 일이 아니었는데, 거의 모든 작품들이 각각의 개성을 매우 뚜렷하게 드러내고 있었기 때문이다. 그러나 바로 그 때문에 심사위

원들 간의 선호가 많이 갈리기도 했다. 고루 지지를 얻은 작품이 있는가 하면, 전혀 상반된 평가를 받은 작품들도 많았다. 그것은 그만큼 모든 작품들이 매우 도전적인 문제의식을 가지고 있고, 그것을 풀어내는 방식에 있어서도 자신만의 길을 선명하게 견지하고 있다는 뜻이기도 하겠다.

김인숙

이장욱의 「절반 이상의 하루오」는 매우 안정적인 작품이다. 그의 전작들이 주었던 신뢰를 이번에도 전혀 저버리지 않았다. '일본인이면서도 일본인 같지 않은' 하루오를 통해 '존재이면서도 존재인 것 같지 않은' 나의 자리를 되돌아보게 한다. 그러나 이 작가의 안정성이 좀더 참신한 문제의식으로 넘어서서 신선한 감동으로 이어지기까지에는 좀 약하지 않았나 하는 아쉬움도 있었다. 손에 잡힐 듯하면서도 잡히지 않는 것 같은 그 무엇은 작가의 의도이기도 하겠으나 그 작품의 한계로서도 또한 작용하지 않았을까 하는 생각이 든다. 작가를 신뢰하다보니 항상 좀더 좀더, 하는 기대가 드는 것일지도 모르겠다.

손보미의 「과학자의 사랑」도 많은 지지를 받았다. 나는 이 소설을 읽으면서 처음에는 좀 따라 읽기가 어려웠는데, 작품이 말하고자 하는 바가 무엇일지 금방 짐작이 되지 않았기 때문이다. 그러나 다 읽고 나서는 금세 다시 한번 읽어보고 싶어질 만큼 이 작품에 매료되었다. 다시 읽어보니 첫번째 문장부터 모든 것이 다 계산되어 있었다는 생각이 들 만큼 치밀한 작품이었다. 어딘가 어설프기 짝이 없는 한 과학자의 허세는 그가 평생 동안 간직해온 백억분의 일의 오차와 일치하는데, 그 우스꽝스러움이 우스운 것에 멈추지 않고 내 삶을 끌어당기거나 밀어내는 중력에 대한 생각으로 이어지게 한다. 손보미의 다음 작품을 어서 읽어보고 싶어진다.

황정은의 「上行」은 어디에서도 일어나지 않을 것 같은 일을, 그러나 어디에서나 일어날 것 같은 상황으로 그려내고 있다. 그들의 고추밭은 어디에 있는가? 고추도 따고 감도 따고 은행도 줍는데, 그 일을 온종일 함께하는 그들은 다들 누구인가. 무심한 듯한 일상, 무심한 듯한 말들, 그리고 무심한 듯한 관계들, 그러나 그것이 과연 우리들이기나 한 것인가. 황정은은 언제나 그렇듯이 뜻밖의 지점에서 뜻밖의 것을 생각하게 만든다. 나는 이 작가의 작품을 좀더 열심히, 차근차근 챙겨 읽어야겠다는 생각을 한다.

정용준의 「당신의 피」는 아주 깔끔하게 잘 쓰인 작품이다. 어머니를 살해한 아버지, 그 아버지의 생명을 이어주면서 또 고갈시키는 나쁜 피, 그 아버지의 결석과 투석을 지켜보는 아들 등의 이미지는 서로 조응하면서 다시 더 깊은 이미지로 승화한다. 교과서적으로 꽉 짜인 그 매끈함이 그러나 반면, 독자를 작품 속에 너무 가두어놓는 것은 아닌가 하는 생각도 들게 했다.

김미월의 「아직 일어나지 않은 일」도 흥미롭게 읽었다. 고백하건대 나는 김미월의 새로운 작품이 나올 때마다 항상 신이 나는 마음으로 그 작품의 첫 페이지를 펼쳐보곤 한다. 단순하게 얘기하면, 김미월의 작품은 늘 재미있다. 재미있는 작품처럼 신나게 기대할 수 있는 작품이 어디 있나. 이번에도 그런 신뢰를 가지고 읽었다. 김미월은 역시 김미월이되, 이번 작품은 문제의식을 풀어내는 것이 좀 가볍게 흘러가지 않았나 하는 느낌이 있었다. 복숭아 통조림을 따는 것으로 마무리되는 마지막 부분도 나로서는 좀 쉬운 결말이다 싶은 느낌이 있었다.

박솔뫼의 「우리는 매일 오후에」는 독특한 작품이다. 이미지와 상상이 과감하다. 그래서 아슬아슬하기도 한데, 그 아슬아슬함의 경계에 스스로 주저앉지 않고 끝까지 잘 밀어붙이는 뚝심이 보인다. 즐겁게 읽었다.

김종옥의 「거리의 마술사」는 이번에 처음 읽었다. 첫 도입부터 깜짝 놀랐다가, 이 작품이 그의 등단작인 것을 알고 또 한번 깜짝 놀랐다. 등단작인 걸 미리 알고 읽지는 않았으나 나중에 그걸 알고 다시 읽으면서, 오히려 더 편견을 가지려고 했었다. 그보다 오랜 활동을 해온 작가들과의 경합이기도 하거니와, 등단작 하나로 그 작가를 평가할 수는 없으리라는 생각 때문이었다. 그랬음에도 두 번 읽고, 세 번 읽으면서도 나는 이 작품의 매력을 부정할 수가 없었다. 편견을 빼고 다시 읽었다. 마치 소설 작법의 정답 같은 플롯과 이미지의 구성 등은 썩 세련되어 보이지는 않더라도 단점이 될 수 없다고 생각했다. 오히려 이제 막 소설쓰기를 시작한 작가의 무한한 매력과 장점으로 봐도 된다고 판단이 섰다. 이 작가의 작품이 대상을 받게 된다면, 젊은 작품

의 앞날이 더 넓게 열리겠다는 생각도 있었다. 이 작가의 앞날에
나는 지지를 보냈다.

그리 많은 지지를 받지 못했던 작품 중에 격하게 홀로 애정을
가졌던 작품들도 있다. 그 작가의 작품을 오래 좇아 읽으면서
그 독법에 익숙해지고, 그러면서 그 작품을 넘어 그 작가가 말
하고자 하는 말을, 혹은 세계를 보게 되었기 때문이었을 것이다
(혹은 그렇다고 믿게 되었기 때문이었을 수도 있다). 작품에 대
한 애정이 작가에 대한 애정으로 이어지는 것은 아주 당연한 일
이다. 젊은 작가들만을 모아 그들의 작품을 같이 읽어보게 하는
것이 의미 있는 이유는 그 때문이기도 할 것이다. 이번에 예선
에서 올라온 열여섯 편의 작품 중 어떤 작가의 작품은 열 편도
더 보았고, 어떤 작가의 작품은 처음인 것도 있었다. 그러나 이
모든 작가들이 내게 신뢰를 주었다. 나는 이 작가들이 젊은 작
가들이라는 것이 고맙다. 내가 반해도 좋을 작가들이 수두룩하
게 생겨났으니, 나의 문학 또한 덕분에 풍성해지겠다. 그래서
수상작이 되었거나, 그러지 못했거나 열여섯 분의 작가들께 진
심으로 감사드린다.

김화영(불문학자, 문학평론가)

가장 흥미롭게, 그래서 즐겁게 읽은 작품은 셋이다. 황정은의
「上行」, 정용준의 「당신의 피」, 김종옥의 「거리의 마술사」가 그

것이다. 새해 벽두에 단행본으로 내놓는 "젊은" 작가들의 작품 집다운 신선함을 염두에 두기 때문이었을까, 내겐 황정은의 산뜻한 「上行」이 으뜸이다. 작품을 읽는 동안 줄곧 내가 문학상의 심사를 하고 있다는 강박에서 벗어나 평범하고 소박한 독자가 되어 즐거웠다. 그저 화자 "나"를 따라 "쌀쌀한 가을 아침"에 출발하는 차에 몸을 실으면 된다. 단 하루 동안의 고추 따기 시골 여행. 하행과 상행. 경쾌한 단문들의 호흡에 보폭을 맞추면서 마주치는 매 순간의 평범한 현재가 마치 기적인 양 반짝인다. 시간은 과거에서 현재를 거쳐 미래로 자연스럽게 흘러간다. 앞과 뒤의 논리를 맞추는 곡예도 필요 없다. 국도를 벗어나면 지방도로, 집이 있고 고추밭이 있고 감나무와 은행나무가 있다. 토끼장이 있고 버려진 공장이 있다. 낮이 지나면 밤이 온다. 고추, 감, 고구마, 호박을 자루에 가득 담고 돌아온다. 그런데 이 단순한 하루 여행 이야기를 다 읽고 나면 뭔가 두고 온 것이 있는 듯 뒤가 돌아보여진다. 오제, 그의 어머니, 죽은 고모와 고모부, 그리고 새 고모와 그녀의 어머니, 혹은 죽은 멍멍이와 그 새끼 멍멍이, 이렇게 점점 헐거워지다못해 아주 풀려버리고 무관하게 지워져버리는 인간관계, 전쟁, 질병, 궁핍, 노쇠, 이별, 불투명한 미래의 위협이 이 경쾌함 속에서 흐린 빛을 던지며 잡아당긴다. 그 한복판에는 열쇠를 잃어버린 빈방에 울리는 시계 소리가 있다. 그 시계 소리가 상상력의 신비스러운 제너레이터다. 그 소리를 따라가면 문득 "밥 먹어" "금값이 오르면 전쟁 난다" "나 소피본다" "자고 가. 밥 줄게" 같은 외마디소리가 짧은 기적처럼 뒤통

수를 친다. 그래서 처음부터 다시 읽
어보고 싶어진다. 단편소설이라는
장르가 모파상, 체호프, 오 헨리, 이
효석, 김유정, 이런 먼 상류에서 흘러
내려오는 것이라는 생각, 그 하류의
평범한 삶 속에 모국어가 날카롭게
빛을 발하고 있는 것 같아서 좋다. 그
리고 등뒤에서 누군가 "그리고 삶은
계속된다"라고 말을 건네는 것 같아
좋다.

김화영

　김종옥의 「거리의 마술사」는 우선 2012년 신춘문예 당선작으
로 예심을 통과했다는 사실이 신선해서 유난히 눈이 가는 작품
이다. 문학청년들의 등용문으로 치열한 관심의 대상이었던 신춘
문예가 퇴색해가는 느낌을 주는 오늘, 의외의 선택이다. 집단적
인 삶 속에서 일어나는 "왕따"라는 고통스럽고 괴이한 심리현상
을 "마술"이라는 시각에서 해석하는 방식이 독특하다. 하나의
국부적인 현상을 "눈으로 보는 것"과 "이해하는 것" 사이의 어긋
남이라는 마술을 매개로 보편적 삶의 얼굴로까지 연장하는 논리
도 신비스럽지만 그 논리를 독자에게 설득시키는 소설적 장치들
또한 세련되었다. 이 새로운 작가가 앞으로 어떤 세계를 펼쳐 보
일지 기대된다.

　정용준의 「당신의 피」는 사실 이번 수상작들 가운데 가장 돋
보이는 "역작"이다. 작품마다 일정한 높이를 유지하는 이 작가

의 저력에 신뢰가 간다. 문학작품의 중요한 기능 중의 하나가 바로 삶의 우연이 아닌 필연적 "모순", 즉 인간 조건을 드러내는 데 있다면 「당신의 피」가 보여주는 자질은 가히 실존적이라 할 만하다. 피를 깨끗하게 걸러내는 "투석"과 다시 피를 더럽히는 "영양 공급"은 둘 다 삶의 필요조건이지만 이 둘은 서로 모순관계에 놓인다. 이 모순은 혈연의 부정과 혈연의 구속 사이의 모순과 짝을 이루면서도 "가위"의 공격성과 "반창고"의 치유라는 순환관계로 확장된다. "당신의 피"라는 의미심장한 제목과 아울러 군더더기 없고 정치한 상황 설정과 서술의 경제가 삶의 두께를 실감적으로 드러낸다.

이장욱의 「절반 이상의 하루오」는 작자의 이름을 가리고 읽어도 이제는 누구의 작품인지 짐작할 수 있을 것 같은, '이장욱 표' 분위기가 매혹의 열쇠다. 의미의 "절반 이상"이 삭제된 표현, 행동, 현상을 곳곳에 잠복시켜 암시의 파장을 증폭시키는 기술, 우연히 만났다가 헤어지고 또 우연히 만나는 사람들, 그 반복에서 의미가 "절반 이상" 생겨났다가 다시 지워져버릴 때 연속과 단절이 만들어내는 무늬…… 현실과 환상의 흔들리는 경계, 돌연 현실 저쪽의 "유리막 같은 것이 갑자기 사라져버"리면서 전에 몰랐던 세상의 "바깥 공기"가 확 밀려드는 느낌, 그에 더하여, 현실의 밑바탕이 기우뚱하는 순간을 저만큼 물러서서 심상한 표정으로 눈짓해 보이는 듯한 어조, 이런 것이 이 작가의 작품을 읽는 흥미요 묘미다.

손보미의 「과학자의 사랑」은 이 작가의 트레이드마크가 될 조짐을 보여주는 "번역 문체"의 공인과정인지도 모른다. 노련한 기술적 시범이요 흥미로운 선택이다. 균형 잡힌 서술방식도 압권이다. 그런데 "과학"이나 과도한 논리관계의 추적이 소설 속에서는 대개 불청객인 양 부담으로 느껴지는 내 개인적인 취향 때문이겠지만, 조밀한 서술의 시늉이나 외국 인명, 지명, 논문의 주제, 그리고 편지들의 번호나 선후관계와 친숙해지려는 그 고단한 해독의 수고의 끝에 얻게 되는 것이 과연 무엇일까 하는 의문이 남는다. "백억분의 일 오차 자체를 포함하는" 방정식은 곧 삶, 사랑, 혹은 예술의 작동원리를 암시하는 방정식일까? 끝으로 남는 또 한 가지 의문─이런 의도적인 "번역 문체"를 다시 외국어로 번역할 경우 얻게 되는 효과는 어떤 것일까?

마지막으로 두 편의 재난소설이 남았다. 김미월의 「아직 일어나지 않은 일」은 "내일" 당장 "세계가 끝장난다"는 예고에 의하여 모든 행동이 무의미로 평준화되는, 거의 형이상학적 현상을 일상의 반응들 속에서 소상하게 관찰 묘사한다. 이 예외적인 상황 속에서 각 인물들이 보여주는 사소한 행동 하나하나는 모두가 다 흥미의 대상이다. 그러나 범인과 동기가 처음부터 공개된 탐정소설을 읽는 기분이어서 흥미의 시동이 자꾸만 꺼진다. 내일 세계가 끝장나도 눈앞의 복숭아 통조림을 따는 일이 시급하다는 세계관 혹은 유머는 김미월의 소설에서 늘 새로운 균형미를 발견했던 독자에겐 다소 미흡한 수확이다. 끝으로, 박솔뫼의 「우리는 매일 오후에」는 몇 번을 다시 읽어도 도무지 손안에, 마음 안에 들어오지 않는 이상한 작품이다. 그 "이상함"은 언어가

"말을 더듬을 때까지" 벼랑 끝까지 밀어붙이려는 듯한 문체, 그리고 다 읽고 나면 까닭 없이 마음이 따뜻해지는 어떤 "불안 속의 정다움" 같은 것에서 온다. 기정사실로 변한 현재만이 존재하는 표피의 세계. 과거도 미래도 현재완료 속에 포함된다. 거대한 미래의 위협 속에 놓인 존재가 제 몸피를 줄임으로써 숨어들 수 있는 아늑한 모성으로서의 현재가 애틋하여 자꾸만 눈에 밟힌다. 너무나 불편한 나머지 오히려 정다워지고 마는 수수께끼가 이 소설의 매력이라면 매력이다. 그러나 심사위원의 의무가 아니었어도 과연 이 작품을 내처 읽었을지는 단언할 수 없다.

남진우(시인, 문학평론가)

지난해에 이어 올해도 젊은작가상 심사에 참여하게 되었다. 지난 일 년간 발표된 젊은 작가들의 작품 중에서도 뛰어난 작품을 '몰아서' 읽을 수 있는 행운을 누리게 되었다. 이런 호사가 어디 있나 하는 마음으로 경건하게 대상이 된 작품을 읽어나갔다. 열여섯 편의 후보작들이 다 마음에 드는 것은 아니었고 이런 작품이 어쩌다 올라왔나 싶은 생각이 드는 작품이 없는 것도 아니었지만 전체적으로 즐겁고 유익한 독서의 시간을 가질 수 있었다.

김미월의 「아직 일어나지 않은 일」. 아마도 지구 멸망을 다룬 소설이나 영화 가운데 이 작품보다 더 어이없는 지구 최후의 날을 다룬 작품은 없을 성싶다. 지구 멸망 전날의 풍경을 그린 이 작품은 그래도 지구 멸망 전야인데 이럴 수 있을까 하는 생각과 지구 멸망 전야라고 해봐야 이렇지 않겠어 하는 생각 사이를 왕복하게 만들었다. 비장한 상황과 심상한 현실 풍경의 대조, 그 언밸런스함에서 유머가 발생한다. 여러 번 되풀이되는 복숭아 통조림에 관한 이야기가 황당하게 해소되는 결말도 읽는 사람에게 실소를 선사한다. 조지 버나드 쇼의 묘비명이 어영부영 살다 내 이렇게 될 줄 알았다, 라던가. 인류의 최후 역시 비슷하지 않겠냐고 이 작가는 묻고 있는 것 같다.

박솔뫼의 「우리는 매일 오후에」는 젊은 작가들이 즐겨 택하는 우화적 방식의 작품이었다. '작아지는 남자'라는 모티프를 활용하고 있는데 전체적으로 추상적이고 모호하다는 느낌을 주었다. 나로서는 동의가 안 되는 선정이었지만 이 작가가 앞으로의 작업을 통해 내 우려를 불식시켜줄 것으로 기대한다.

이장욱의 「절반 이상의 하루오」. 단편소설의 정석을 보여주는 것 같은 작품. 슬렁슬렁 잘 읽히고 읽은 다음엔 긴 여운을 남기는 사랑스러운 작품이다. 그런데 조금 지나면 뭔가 속은 것 같은 기분이 드는 건 왜일까? 이장욱은 어느덧 작가로서도 어느 단계에 올라 이야기의 완급을 자유자재로 조절하며 환상과 아이러니와 페이소스를 적절하게 산포시킬 줄 아는 여유를 획득한 것 같다. 그래서 그의 소설은 숙달된 조교의 시범처럼 보이는 면이 있다. 여기엔 긍정적 측면과 부정적 측면 양면이 있으므로 작가의 주의가 요청된다는 말을 덧붙이고 싶다.

남진우

정용준의 「당신의 피」는 정통적인 소설이다. 요즘 주위에서 차고 넘치는 게 모래알 가족에 관한 이야기지만 이 작품은 독특한 각도에서 이 주제에 접근한다. 어머니를 살해한 아버지와 그런 아버지를 마음속에서 지우고 사는 아들이 다시 만나게 되었을 때, 더욱이 병원의 신장투석실에서 '피'를 매개로 만날 수밖에 없게 되었을 때 이들 사이에 오가는 마음의 미세한 떨림이 실감나게 그려져 있다. 결말에서 아들의 애써 덤덤한 척하는 행동을 따라가는 차분한 묘사가 인상적이었다.

손보미의 「과학자의 사랑」. 가짜 전기 형식을 취하고 있는 이 작품은 등장인물을 능란하게 가지고 놀면서 이야기를 엮어나가는 작가의 솜씨를 엿볼 수 있다. 사랑과 중력의 유사성/차이를 성찰하는 대목이 많이 나오지만 이것이 너무 지나쳐 소설이 옆길로 새지 않을 정도로 잘 통제하고 있다. 그래서 상큼한 뒷맛을 남긴다. 사족을 하나 붙이자면 이거 제목이 너무 거창한 거 아닌가. 어느 과학자도 아니고 그냥 과학자라니…… 과학자는 다 이렇게 사랑하는 건가.

황정은의 「上行」. 이 작가의 최근작이 대개 그렇듯이 극적인 플롯을 의도적으로 배제하고 잔잔하게 일상을 따라가는 형식을 취하고 있는 작품이다. 어느 하루 여인으로 추정되는 두 인물의 시골 나들이가 아무런 과장이나 수식 없이 담백하게 그려져 있다. 그래서 얼핏 무미건조한 느낌을 주기도 하지만 찬찬히 읽으면 우리가 살고 있는 현실의 공허함이 절실하게 다가오도록 만드는 작품이기도 하다. 툭, 툭 던져지는 대화에도 만만치 않은 삶의 실감이 담겨 있다. 오제가 벽 너머의 사발시계의 소리를 끄는 에피소드는 뜬금없는 듯하면서도 이 작가 특유의 매력이 발휘된 장면이었다.

김종옥의 「거리의 마술사」. 요즘 사회적으로 문제가 되고 있는 청소년 왕따라는 주제가 이렇게 다뤄질 수도 있구나 하는 생각이 들게 만드는 작품이었다. 소설이 간혹 시에 접근하는 순간이 있는데 이 소설의 몇몇 대목이 그러했다. 어떤 한 작품을 읽고 그다음 작품이 잘 예상되지 않는 작가가 있다면 내겐 이 작품이 그런 경우였다. 데뷔작으로 젊은작가상 대상을 받게 된 그의 초고속 수상을 축하한다. 소설 속의 마술에 소설 바깥의 심사위원들이 당한 게 아닌가 우려가 들기도 하지만, 그런들 어떠랴, 심사는 때로 이런 뜻밖의 결과 때문에라도 할 만한 것 아니겠는가.

2013년 젊은작가상 수상의 영광을 안은 일곱 작가에게 축하를 드린다. 내일의 한국문학은 무조건 그대들이 책임져야 한다.

성석제(소설가)

젊은작가상 심사를 하다보니 작가에게는 젊다느니 나이가 들었다느니 하는 수식어가 잘 어울리지 않는다는 생각이 들었다. 대부분의 작가는 자연인으로서의 연령과 상관없이 언제나 젊고, 또 일단 작가가 된 이상은 자연인으로서의 연령과 상관없이 노회하게 느껴지도록 충분히 나이가 들어버린다. 또한 작가는 젊으나 늙으나 독자가 작가에게 품는 평범한 선입관을 부수는 것을 원고에 대한 대가로 지불되는 원고료처럼 당연시한다. 그럼에도 '젊은 작가'라는 호칭이 붙는 이 상이 작가들에게 격려가 될 것이라는 느낌이 든 것은, 그만큼 후보로 오른 작품들이 무엇에도 구애받지 않으며 거칠 데가 없이 무모하고 파괴적이며 치열해서였다. 그것은 젊음의 특징이 아니라 좋은 작가의 덕성이다. 나 또한 동시대의 같은 작가로서 운좋게 옆에 빈둥거리며 서 있다가 한번 마시면 영원히 죽지 않는다는 넥타르(Nektar)를 얻어마시는 기분이었다.

한 가지 아쉬운 것은 후보작들이 단편소설에 한정되었다는 것이다. 작품을 발표하는 매체환경과 제도 운영의 기술적인 문제가 있겠으나 더 짧고 실험적인 소설에서 중편소설, 장편소설까지 아우르는 이상적인 방법은 없을까. 그것은 젊음의 신주(神酒)에 작취미성인 사람의 생각일 수도 있겠다.

박솔뫼의 「우리는 매일 오후에」는 파울 첼란의 시 「죽음의 푸가」를 연상시켰다. '새벽의 검은 우유/우리는 그것을 저녁에 마신다/우리는 정오와 아침에 그것을 마신다/우리는 그것을 밤에 마신다/우리는 마시고 또 마신다'로 시작되는 바로 그 시. 완결되지 않는 서술이 이어지는 시적 어조를 띠고 있고 언술이

반복적이며 나치를 대신하는 원전사
고와 쓰나미, 시스템 붕괴가 있다는
것이 그렇다. 형식으로나 내용으로
나 소설의 외연이 얼마나 늘어날지
를 실험해보는 느낌이 드는 작품인
데 성취를 떠나 방식 자체가 흥미로
웠다.

성석제

　김미월의 「아직 일어나지 않은
일」은 평소의 김미월답지 않은 파격
적인 무엇인가에 대한 기대를 품게
만든 작품이다. 파탄도 이음매도 쉽게 드러내지 않으면서 차분
하게 완결된 구조를 만들어간다는 것은 이 작가의 강점이면서
놀라운 점이다. 다만 마지막 부분에 이르러 세계의 뻔뻔한 얼굴
에 구멍을 뚫고 할퀴어버리는 과단성이 있었으면 하는 생각이
들었다.

　이장욱의 「절반 이상의 하루오」는 언제나 평균점 이상의 득점
을 기록하는 작가의 작품임에 분명하다. "(하루오가 쓴 글은) 왜
그리 인기가 있는지 알 수 없을 정도로 그냥 무색무취하다고 할
까. 그러면서도 나 자신부터 그의 게시물을 멍하니 읽고 있으니
신기하다면 신기한 노릇이었다"라는 작품 속 언명처럼 무색무취
한데도 무슨 마법을 걸어놓은 듯 신기하게 멍하니 읽게 만든다.
하지만 "절반 이상의 하루오는 어딘지 다른 하루오이다" 하고
말했듯 이장욱 역시 이 작품에서 '이전과 다른 이장욱'을 보여줬

으면, 그것도 좀 표독하고 쓰디쓰고 매운 면모를 보여줬으면 어 땠을까 하는 아쉬움이 있었다.

정용준의 「당신의 피」는 완성도가 아주 높은 작품이다. 간호 조무사와 환자, 아버지와 아들, 더럽혀진 피와 핏줄, 망나니와 성실한 직장인, 달걀과 투석이 대비되며 서사의 그물망을 겹겹 이 치고 있고 아버지에 대한 아들의 애증이 공감과 실감을 불러 일으킨다. 문장은 정확히 조준되어 있고 이해하기 쉽다. 다만 지 시와 대상이 너무 정교하게 맞아떨어진다는 것이 이 작품의 장 점인 동시에 심심하게 만드는 약점이기도 하다.

반면 황정은의 「上行」은 지시와 대상 사이가 헐겁다. 지시 행 위 자체가 느슨하게 풀어져 있다는 느낌이다. 이런 면이 서사와 문맥, 상징이 치밀하게 조직된 작품들이 숲을 이룬 가운데서 남 다른 개성으로 비칠 수도 있겠다.

손보미의 「과학자의 사랑」은 정밀하다. 대상과 충분한 거리를 확보하고 남의 일을 남의 일처럼 그리되 어느새에 세상이 다 아 는 사실로 만들어버리는 게 이 작가의 범상치 않은 점인데 「과학 자의 사랑」은 그런 면에서 성공적인 작품임에 틀림없다. 이제 이 틀을 벗어난 또다른 기대에 부응해야 한다는 부담까지 만들 수 있다면 이 작품은 또한 제 역할을 한 셈이 될 것이다.

김종옥의 「거리의 마술사」는 젊은 문학의 폭죽이다. 그것은 이 시대에 가장 뜨겁고 민감한 문제에서 출발해 어두운 하늘로 찬란하게 솟아올랐다. 폭죽 자체가 스스로의 궤적을 선택할 수 있을까? 아마 그렇지는 않을 것이다. 분명한 것은 폭죽이 언젠가는 떨어지고 그것이 애초에 출발했던 어둠에 묻히고 만다는 것이다. 또한 누군가는 다시 폭죽을 장전할 것이다.

이 성읍 거리거리에서 화약 냄새가 진동하고 있다.

신수정(문학평론가)

'젊은작가상'이라는 타이틀에 걸맞게 나는 이번 심사를 통해 정말 많은 젊은 작가들을 만나게 되었다. 그 가운데 어떤 작가들은 나에게도 생소한 경우가 없지 않았으며, 이름만 알고 있다가 이제야 작품을 제대로 찾아 읽게 된 경우도 적지 않았다. 무엇보다 나를 놀라게 한 것은 그들의 생물학적 나이였다. 1980년대 중후반에 태어나 최근 몇 년 사이 등단한 작가들이 적지 않았다는 것. 문학적으로 젊다는 것이 작가의 생물학적 나이를 말하는 것은 아니지만, 그 나이가 아니고서는 결코 포착할 수 없는 삶의 순간들이 있다고, 나는 믿는다. 시간이 흘러 삶의 더께가 모든 것을 압도하기 이전의 감각. 그것은 세속에 무지하다는 점에서 유치하지만 오로지 문학만 바라보고 있다는 점에서 절대적이다. 비록 최종 리스트에 오르지는 못했지만 김엄지, 이수진, 최진영 등의 작품에서 나는 그런 것을 느꼈다. 아마도 그것은 또 한 세계가 형성되고 있다는 감회, 그것과 무관하지 않을 것이다.

박솔뫼의 「우리는 매일 오후에」야말로 이 감회의 출발점이었다. 나로선 1990년대 초반 배수아 소설을 처음 읽었을 때가 연상

신수정

되기도 했는데, 물고 물리는 해독 불능의 난해한 문체가 손쉬운 소통을 거부하는 이 소설은 그러나 다 읽고 나면 무언지 모를 아련한 감상 속으로 우리를 몰고 가는 힘이 있다. 재앙적 상상력을 앞세우고 있는 우리 문단의 여타의 소설들이 어쩔 수 없이 무겁고 장중했다면 이 소설은 이 묵시 이후의 삶, 무엇보다도 아직 젊다고 볼 수밖에 없는 남자와 여자의 일상에 포커스를 맞추고 있는 만큼 가볍고 감각적이다. 그런데 이 잔잔하고 소박하며 지나치게 사적인 일상은 사실, 엄청난 재앙의 후유증, 실패한 예언에 대한 실망, 잃어버린 미래의 보상품이다. 「우리는 매일 오후에」의 심층에는 묵시록 이후의 허무와 좌절감이 자리잡고 있다. 그들은 필사적으로 이 실재와의 대면을 회피하고자 한다. 그들이 할 수 있는 것은 고작 '외면'이다. 그러니까 소설 표면의 소박한 일상은 이 재앙으로서의 세계를 부인함으로써 간신히 얻게 된 작은 평화라고 할 만하다. 이 평화가 오래갈 리가 없다. 그것은 순간의 유예일 뿐이다. 이 소설에 나타나는 '어리고 여린 짐승들'의 재미있는 '매일'은, 그런 의미에서 모든 것을 알고 있는 자의 깜찍한 자기 위장에 가깝다. 아마도 우리가 이 소설을 통해 어떤 슬픔의 그림자를 느낄 수 있다면, 그것은 그 때문일 것이다. 너무 많은 일들을 겪은 자들은 그 어떤 것에도 놀라지 않는다. 그들은 '매일 오후에' 어제와 다름 없이 까르르 웃으며 산책을 할 뿐이다. 그러다보면 헌 길이 새 길이 되기도 하고 없던 길이 갑자기 나타나기도 할 것이다. 그렇게 삶은 지속된다. 박솔뫼는 이로써 '미래 없는 세대'의 '현재'를 우리에게 보여주었다. 나는 그녀가 너무 놀라웠다.

박솔뫼의 묵시가 슬픔의 위장이라면 김미월의 그것은 능란한 유머다. 이 작가의 「아직 일어나지 않은 일」 역시 내일로 다가온 지구 멸망을 소재로 하고 있기는 하다. 그러나 소설의 톤은 이 인류사의 대재앙을 마치 아무것도 아닌 것인 양 희화화한다. 심지어 내일 세상이 멸망한다고 하면 가장 억울할 사람이 누구냐는 식의 질문에 내일 치아 교정 끝내는 사람이라는 말장난까지 덧붙인다. 종언이 내일이라고 해서 "여느 때"와 크게 달라질 것은 없다는 것이다. 김미월은 묵시를 가지고 논다. 종언을 앞두고 그 흔한 비장미 하나 보이지 않는다. 여기에는 감성이 개입될 여지가 없다. 삶의 논리 앞에서 그것은 다만 사치로 보일 뿐이다. 마치 "우리가 사라지고 난 후의 세상에 대한 이야기라니. 상상이 가지 않았다"라는 투다. 이 점이 이 소설을 신선하고 세련되게 만든 요소이기는 하다. 그러나 상대적으로 이전의 이 작가의 작품들에 비해 소품이라는 느낌을 버리지 못하게 하는 측면 역시 여기에서 기인한다. 나는 소설의 마지막, 서두부터 배치해두었던 '통조림'을 뒤집어 통조림 바닥의 원터치 캔을 확인하는 장면이 이 소설을 살렸다고 생각한다. "통조림을 뒤집어보기만 해도 되었을 것"들이 세상에는 얼마나 많은가. "세상에 그렇게 쉬운 일"을 '나'만 모르고 있었던 것이다. '나'와 '공'의 사랑은 그렇게 시작된다. 지구 멸망 열네 시간을 앞두고. 이것이야말로 진정 '아직 일어나지 않은 일'이 아니겠는가. 김미월은 열네 시간에 절망하는 대신 아직 일어나지 않은 일에 대한 설렘을 선택했다. 삶은 여전히 기대와 희망으로 반짝인다. 비록 열네 시간밖에 남지 않았다 하더라도.

김미월의 '쿨한 따뜻함'은 이장욱의 「절반 이상의 하루오」에서도 닮은 듯 다르게 발견된다. 나는 김미월, 이장욱, 이 두 작가가 이제 어떤 이야기든 소설로 써낼 수 있는 자신감을 얻은 것처럼 보인다고 생각했다. 그것은 어깨에 들어간 힘을 뺀 듯한 무심한 서술에서 기인하는 바 크다. 물론, 그런 만큼 매번 홈런을 치기는 어려울 수도 있다. 그러나 장기전을 위해서 어깨에 힘을 빼는 것은 절대적으로 필요하다. 「절반 이상의 하루오」 역시 이장욱의 특기인 여행담에서 출발한다. 이번에는 인도다. 이 성스러운 공간을 배경으로 할아버지는 미국인이고 어머니는 오키나와 출신인 한 일본인 남자의 이야기를 펼쳐놓는다. 출신 성분에서도 보이듯 이 남자의 삶은 그 어느 것에도 얽매이지 않는다. 그는 어디를 가든 현지 사람보다 더 현지인 같다. 그러나 그가 처음부터 이런 식의 삶의 자세를 지니고 있었던 것은 아니다. 그는 어느 한순간 '자살여행'의 와중에서 "나라는 존재가 오 센티미터쯤 다른 세계로 옮겨진 것" 같은 순간을 맛본다. 이장욱은 우리의 존재를 오 센티미터만큼만 들어올려 다른 지점으로 옮겨놓기야말로 삶을 대하는 가장 절실한 기술이라고 생각하는 듯하다.

온전한 나 대신 절반만 나로 살기. 이것은 그의 말대로 '도' 일까, 아닐까. 답을 알 수는 없지만 분명한 것은 「절반 이상의 하루오」의 진짜 주인공은 '시간'이라는 것이다. 이 소설의 후반부는 "시간은 많은 것을 순식간에 바꿔놓았다"에 빚지고 있다. 모든 것을 변화시키는 시간 앞에서 어떻게 온전하고 절대적인 나로 살 수 있으랴. 화자 '나'가 소설 말미에서 '하루오'로 바뀌는 것이야말로 진정 삶의 아이러니일 것이다.

정용준의 「당신의 피」는 이 아이러니를 소설의 내적 구조로 채택한다. 부부 갈등 끝에 아내를 죽이고 감옥에 갔던 사내가 신장 투석을 위해 가석방되어 아들을 찾아온다. 아들은 신장 투석 간호조무사. 비교적 다른 작품들에 비해 정통소설에 가깝게 여겨지는 이 소설은 우리 소설의 본령인 '아비 찾기'를 향해 달려간다. 이 소설에는 두 가지의 아이러니가 있다. 우선 신장 투석 자체가 더러워진 피를 맑게 하기 위함인데 그렇게 하기 위해서는 에너지 충원을 위해 투석 과정중 계란과 치즈를 먹지 않을 수 없다. 그러나 그로 인해 피는 맑아지자마자 다시 불순물에 노출된다. 이 악순환은 소설 속 아비와 아들의 관계에 고스란히 대입된다. 아들은 살인자 아비를 인정할 수 없지만 신장병 환자인 아비는 간호조무사인 아들이 받아들이지 않을 수 없는 존재다. 소설은 이 악순환의 와중에서 어떤 선택도 하지 않는다. 정용준이 선택한 것이 있다면 다만 그 악순환들, 그 아이러니의 연쇄를 보여주기다. 그것은 삶에 대한 무거운 질문이자 정직한 답이라고 할 만하다.

쌀쌀한 가을 아침, 친구네 집에 고추 따러 갔다 온 이야기가 소설의 전부인 황정은의 「上行」은 그녀의 다른 작품들, 이를테면 「양산 펴기」 등과 마찬가지로 어떤 관념이나 주석적 서술 대신 에피소드를 묘사하는 데만 공을 들이고 있는 흥미로운 작품이다. 문체는 간결하기 이를 데 없고 사실은 선명하기 짝이 없다. 그럼에도 이 소설을 읽고 나면 오늘날 우리의 젊은 세대를 관통하는 어떤 사회 역사적인 그늘에 몸을 담그고 나온 듯한 느낌을 받게 된다. 심지어 주변의 황량한 농촌 풍경에 대한 묘사를 통해서는 깊은 서정을 느끼기도 한다. 가히 황정은 스타일이라고 부를 만한 경지다. 또다른 심사 자리에서 이 소설을 이미 먼저 접한 적이 있던 나로선, 다만 이 작가의 스타일이 매력적으로 여겨지는 한편, 어떤 식으로든 하나로 굳어지는 것이 아닌가 싶어 안타깝기도 했다. 구체적인 현실로 하여금 말하게 하는 것은 세련된 서술방식임에 틀림없고 삶에 대한 녹록지 않은 혜안을 요하는 일임에는 분명하나, 지나치게 정답에 가깝게 여겨진다고 할까, 삶의 문제를 파헤치기만 하고 어느 것 하나 제대로 매듭짓지 못한 정용준의 「당신의 피」의 질문과 여러모로 대조적으로 보이긴 했다.

제4회 문학동네 젊은작가상 대상 수상작은 김종옥의 「거리의 마술사」에 돌아갔다. 이 소설 이전 「추석 전야」를 먼저 읽은 나로선 김종옥의 신춘문예 등단작인 이 소설이 그것보다 낫다는 데 동의하기 어렵다. 물론, 이 소설은 이 소설 나름대로의 매력이 있다. 왕따 자폐아를 중심으로 십대 소년 소녀의 섬세한 내면을 예민하게 포착하고 있는 이 소설은 무엇보다도 장면 전환이 세련되게 다가온다. 과거와 현재를 넘나들며 요약 서술과 대화를 절묘하게 배치한 구성은 이 소설로 하여금 다소 뻔하게 보일 수 있는 왕따의 자살이라는 소재를 구성의 묘미에 의해 타파하게 한다. 변호사와의 대화 끝에 이어지는 희수의 회상은 현재와 과거의 연쇄를 부각시키는 데 적절하고 과거를 현재화하며 소설의 말미, 거리의 마술사와 주인공 남우를 겹쳐놓으며 소설을 동화적 환상성 속으로 이끄는 데 결정적인 역할을 하기도 한다. 어떻게 보면 이 소설은 이 겹침의 마술을 위해 쓰인 것인지도 모르겠다. 김종옥은 이 마술에 의지해 시류적인 이야기를 존재론적으로 높게 들어올리는 데 성공했다. 그것은 모든 마술이 그러하듯 강력하고 몽환적이다. 그러나 나로선 바로 이 부분이 지나치게 미학적으로 여겨지고 그런 만큼 다소 작위적으로 다가오는 것도 사실이다. 과잉의욕이라고 할까.

개인적으로 이번 심사에서 가장 인상적인 소설은 손보미의 「과학자의 사랑」이었다. 가상의 과학자 고든 굴드를 만들어내고 『파퓰러 사이언스』라는 잡지의 기고문을 통해 그의 일생을 되돌아보는 형식을 취하고 있는 이 소설은 이 작가의 특징이라고 할 '번역문' 투에 가장 적합한 스타일을 선택했다고 할 수 있다. 사실, 이 소설의 일차적인 매력은 이 가상의 이야기를 실제의 이야기로 믿게 만드는 그럴듯한 디테일에서 온다. 때로 불명료하고 매끄럽지 않은 부분이 없지 않으나 손보미는 '고든 굴드'라고 하는 과학자가 그의 가정부 '에밀리 로즈'에게 보낸 스물여섯 통의 편지가 그의 삶과 어떤 관련이 있는지 정교한 장치들을 사용하여 설득력 있게 버무려낸다. 재미있는 것은 소설이 진행될수록 천재 과학자 굴드의 삶은 자가당착에 빠지고 그가 계몽의 대상자로 여겼던 가정부는 오히려 그를 동정하고 그의 연구를 진작시켜온 삶의 주관자로 돌변한다는 점이다. 이 과학자는 끝내 '사랑'이 무엇인지 모른 채 살다 간 것이다. 그것은 그의 삶이 "백억분의 일"이라는 오차를 해결하지 못한 것과 정확하게 동궤다. 이 순간 이 소설의 제목 '과학자의 사랑'은 역설로 빛난다. 손보미는 이 역설을 삶의 블랙유머라고 여기는 듯하다. 이런 식의 유머라면, 젊지 않은가. 무엇보다 나는 그녀가 창조해낸 과학자의 캐릭터에 반했다. 좌충우돌, 허울 좋은 대의명분으로 치장된 고든 굴드는 우리 소설사가 오랜만에 만나본 자기합리화의 대가였다. 그는 끝까지 그로 살다 갔다. 그런 의미에서 소설의 마지막, 그가 에밀리에게 보낸 편지의 내용 가운데 "당신은 음탕한 여자가 아니오"라는 문장은 진정 이 과학자가 쓸 수 있는 최고의 '연서'에 해당한다고 할 만하다. 손보미는 시침 뚝 떼고 이 씁쓸한 유머를 구사했다. 고수의 솜씨다.

문학동네 젊은작가상 수상작품집

2013 제4회 젊은작가상 수상작품집

ⓒ 김종옥 이장욱 김미월 황정은 손보미 정용준 박솔뫼 2013

| 1판 1쇄 | 2013년 4월 10일 |
| 1판 6쇄 | 2020년 2월 4일 |

지은이 김종옥 이장욱 김미월 황정은 손보미 정용준 박솔뫼
펴낸이 염현숙
책임편집 백다흠 | 편집 김내리 정은진 | 디자인 이경란 유현아
마케팅 정민호 박보람 우상욱 안남영
홍보 김희숙 김상만 오혜림 지문희 우상희 김현지
제작 강신은 김동욱 임현식 | 제작처 영신사

펴낸곳 (주)문학동네
출판등록 1993년 10월 22일 제406-2003-000045호
주소 10881 경기도 파주시 회동길 210
전자우편 editor@munhak.com | 대표전화 031)955-8888 | 팩스 031)955-8855
문의전화 031) 955-3576(마케팅) 031) 955-8864(편집)
문학동네카페 http://cafe.naver.com/mhdn | 트위터 @munhakdongne

ISBN 978-89-546-2116-8 03810

* 이 책의 판권은 지은이와 문학동네에 있습니다.
  이 책 내용의 전부 또는 일부를 재사용하려면 반드시 양측의 서면 동의를 받아야 합니다.
* 이 도서의 국립중앙도서관 출판예정도서목록(CIP)은 서지정보유통지원시스템 홈페이지
  (http://seoji.nl.go.kr)와 국가자료공동목록시스템(http://www.nl.go.kr/kolisnet)에서
  이용하실 수 있습니다. (CIP제어번호: CIP2013001818)

www.munhak.com